Nina Sahm

Die Tage mit Bumerang

Roman

hanserblau

1. Auflage 2019

ISBN 978-3-446-26446-5

Umschlag: ZERO Werbeagentur, München
Motive: © PixxWerk® unter Verwendung
von Motiven von Shutterstock.com
Satz im Verlag
Druck und Bindung: Friedrich Pustet, Regensburg
Printed in Germany

FSC
www.fsc.org
MIX
Papier aus verantwortungsvollen Quellen
FSC® C014889

Wie immer:

Für Stephan

Prolog

Annu hatte das Fenster geöffnet und lehnte sich nach draußen, sie atmete die kalte Luft ein und ließ dann kleine weiße Atemwölkchen durch den Garten wandern, so wie sie es als Kind von ihrem Vater gelernt hatte.

»Ich bringe dir das Zaubern bei«, hatte Matti gesagt und sich mit ihr nach draußen gestellt. Dann sogen sie ihre Lungen voll und ließen die Luft geräuschvoll wieder ausströmen. Immer wieder und wieder.

»Gesund ist das nicht«, beschwerte sich Marie.

Aber wenn es doch so viel Spaß machte?

Als Annu später in der Schule erklärt bekam, aus welchen Gründen Atemluft kondensierte, fand sie das ganz und gar unnötig. Sie verstand nicht, warum die Dinge auf so profane Weise beschrieben werden mussten und weigerte sich, Formeln auswendig zu lernen.

Am glücklichsten waren sie und ihre Eltern im Winter. Der Tag, als der erste Schnee fiel, war für die drei ein Feiertag. Annus Mutter bewunderte die Veränderung zunächst vom Haus aus, aber Matti zog es sofort nach draußen. Er lief zur Abhärtung barfuß über den weißen Teppich.

»Finnen frieren nicht«, sagte er lachend.

Annu folgte ihm und setzte ihre nackten Füße in seine Abdrücke im Schnee. Wenn die Kälte von den Fußsohlen aus langsam nach oben kroch, sprang sie neben Matti auf und ab wie ein Flummi.

»Annus frieren auch nicht«, ergänzte sie.

Manchmal kam ihr bester Freund Lars dazu, den Annu längst

mit ihrer großen Schneeliebe angesteckt hatte und der lautstark die Sekunden zählte, die er barfuß im Garten aushielt.

»Lars ist der Weltmeister im Nicht-Frieren!«, rief er. Aber sein Gesicht erzählte etwas anderes.

Erst wenn Marie im Haus nach ihnen rief, rannten sie ins Wohnzimmer zurück. Dann machte Marie ihren berühmten Schokoladenkuchen, und Annu sah jedes Mal mit offenem Mund zu, wie ihre Mutter die Kokosflocken auf die flüssige Glasur rieseln ließ, als wäre sie Frau Holle persönlich. Aber das war noch nicht alles: Annu durfte ausnahmsweise so viele Stücke essen, wie sie wollte. Dazu gab es heißen Kakao und für die Erwachsenen einen Lumumba, und dann stießen sie auf den Schnee an, als hätten sie noch nie welchen gesehen. Sonst war Marie strenger, weil sich Annu nicht zu früh an all die Süßigkeiten gewöhnen sollte. Aber an den Tagen des Winteranfangs gab es keine Verbote.

Wenn Annu gefragt wurde, worauf sie sich am meisten freute, sagte sie jedes Mal: den Winter. Das war besser als Geburtstag, besser als Weihnachten. Sie malte auch nicht wie die anderen Kinder niedliche Tiere oder Häuser mit Blumen. Bei ihr war immer alles von einer weißen Schicht bedeckt. Das schiefe Haus, in dem sie mit ihren Eltern wohnte. Der Wald, der direkt dahinter anfing. Und das kleine bayerische Dorf mit den siebenundachtzig Einwohnern. Manchmal zog Annu sogar mitten im Sommer ihre Schneehose und die gefütterten Stiefel an und lief damit durch das Haus, stapfte von Zimmer zu Zimmer, als würde ihr jeder Schritt schwerfallen.

»Was ist denn mit dir los?«, fragte Marie dann kopfschüttelnd.

»Ich spiele Winter«, antwortete Annu. »Es liegt überall so tiefer Schnee, ich komme kaum durch. Hilfst du mir beim Schippen?«

Ein Wunsch, den Marie ihr nicht ausschlagen konnte. Also holte sie zwei Plastikschaufeln aus dem Garten, und dann ging es los. Die beiden räumten erst im Flur und im Bad einen Weg frei, danach ging es durch das Wohnzimmer und die Küche, die Treppe hoch durch das Kinderzimmer und das Schlafzimmer der Eltern und schließlich noch eine Treppe nach oben und durch den Dachboden. Das Ganze dauerte lange, aber Annu war gründlich und erinnerte Marie daran, keine Schneereste zu vergessen. Wenn das ganze Haus wieder frei war, wollte Annu die Wege mit Brotkrumen streuen, damit niemand ausrutschte. Aber das war der Punkt, wo Marie nicht mehr mitspielte.

»Das geht nur im echten Winter und mit echtem Streusalz«, protestierte sie und schickte Annu auf ihr Zimmer zurück.

Fünfundzwanzig Jahre später wohnte Annu alleine in dem schiefen Haus am Ende der Straße, die einmal durch das ganze Dorf führte. Vorbei am stillgelegten Bahnhof und der kleinen Billardkneipe, vorbei am Gemischtwarenladen, der gleichzeitig Bäcker, Post und Lotto-Annahmestelle war. Nach wie vor hielt Annu an den Ritualen fest und feierte die ersten schneeweißen Tage des Jahres, auch wenn die Eltern nicht mehr da waren. Sie öffnete die Haustür, schlüpfte aus den Hausschuhen und trat barfuß auf die weiche Schneedecke, die knirschend nachgab. Der Schmerz kam zeitverzögert und kroch langsam durch ihren ganzen Körper. Wie lange konnte sie wohl draußen bleiben, fragte sie sich und zählte die Sekunden. Sie bewegte die kalten Zehen und blieb auf der Stelle stehen, bis sie bei zwanzig angekommen war. Dann sprang sie ein paarmal auf der Stelle in die Luft, um noch länger auszuhalten. Aber sie war nicht mehr so abgehärtet wie früher. Oder lag es an der fehlenden Begleitung? Wenn niemand neben ihr stand oder zumindest durch das Fenster zusah, machte es viel weniger Spaß. Ihre Eltern lebten seit fünf Jahren nicht mehr, daran hatte sie sich halbwegs gewöhnt. Was sie hingegen kaum ertrug, waren die Tage ohne Lars. Ihr Leben lang hatten sie sich fast jeden Tag gesehen. Sie hatten in der Schule nebeneinander gesessen und immer in der gleichen Straße gewohnt. Wenn sie sich gegenseitig besuchten, legten sie die wenigen Meter von Haus zu Haus so schnell wie möglich zurück.

»Ich bin den ganzen Weg gerannt«, sagte Annu, wenn sie bei ihm vor der Tür stand.

Und wenn er zu ihr kam, wiederholte er den gleichen Satz. Es war wie ein Code, der verkündete: Jetzt ist alles in Ordnung.

Und nun? Seit dem Unfall war alles anders. Annu konnte nicht mehr bei ihm klingeln, wenn ihr die Milch oder die Eier ausgegangen waren. Es gab keine gemeinsamen Essen mehr, keine endlosen Gespräche über alles, was ihnen wichtig war, keine Fahrten zum See. Schon ein Dreivierteljahr war er fort. Sie fing die Schneeflocken mit dem offenen Mund und ließ sie wie früher auf ihrer Zunge schmelzen.

»Annus frieren nicht«, redete sie sich ein, um noch eine Weile draußen stehen bleiben zu können. Doch sie war lange nicht so ein Eisbär wie ihr Vater und spürte die Kälte am ganzen Körper. Selbst das Atmen schmerzte. Langsam stapfte sie wieder zum Haus zurück, schließlich musste sie niemandem etwas beweisen, nicht mehr. Ob sie sich einen heißen Kakao machen sollte wie früher? Oder die große Schneeschippe herausholen und einfach das ganze Dorf frei räumen wie der Winterdienst? Vielleicht noch etwas Streusalz verteilen? Annu sah nach links und nach rechts, nach unten und nach oben, als wäre irgendwo eine Antwort in der Luft. Doch da schien ein Schweigen über dem Dorf zu liegen, kein Vogel war zu hören, und die Straßen waren wie leer gefegt. Mitten in diese gespenstische Stille hinein bog der Briefträger um die Ecke. Annu rieb sich die Augen. Ulli war auf dem Weg zu ihr? Und wie sah er überhaupt aus? Er hatte den klapprigen Drahtesel gegen ein Elektrorad getauscht und fuhr fast lautlos die Straße entlang. Auch ihn hatte sie seit dem Unfall nicht mehr gesehen, er hatte sich einen Bart wachsen lassen und anscheinend ein paar Kilo zugelegt. Gleich würde er seinen Fehler bemerken, einen kleinen Bogen machen, als wäre nichts geschehen, und schnell umdrehen, bevor es Zeugen gab. Ich gebe dir noch fünf Meter, dachte Annu. Noch vier, noch drei, noch zwei, noch einen ... Aber er schien es ernst zu meinen. Er fuhr weiter und war schon fast an ihrem Gartenzaun angekommen. Annu hob eine Hand zum Gruß. Doch Ulli sah nicht zu ihr auf, er schob nur etwas in ihren Briefkasten, rückte seine Mütze zurecht und radelte dann schnell weiter. Als wollte er sagen: Dass ich hier wieder vorbeikomme, ist genug. Je schneller ich weg bin, desto besser.

Annu ging zum Briefkasten, noch immer barfuß. Es kribbelte in ihren Füßen, so kalt war es. Die letzten Meter musste sie rennen. Sie öffnete die Briefklappe und zog einen Umschlag heraus, die krakelige Schrift erkannte sie sofort. Darin steckte eine Postkarte aus dem Naturkundemuseum, auf der Vorderseite waren Fossilien und ausgestopfte Tiere zu sehen. Sie drehte die Karte um. *Liebe Annu*, las sie, dann wurde ihr schlecht, und sie steckte die Post in ihre Tasche. Sie würde sie später lesen, nicht mit leerem Magen und kalten Füßen. Auf dem Rückweg in ihr Haus setzte sie apathisch einen Fuß vor den anderen und starrte bei jedem Meter auf diese Schrift, die sie so lange nicht mehr gesehen hatte. Auf einen Schlag kamen die ganzen Erinnerungen zurück. Stärker als jemals zuvor. Annu dachte an den Sommer, der alles veränderte. An den Herbst, als sie ungebetenen Besuch bekam. Und an den Winter, in dem sie endlich wieder das Haus verließ.

Adagio

Schon als Annu das Haus von Lars und Birte betrat, konnte sie die Duette von Ella Fitzgerald und Louis Armstrong leise aus dem Wohnzimmer hören. Lars legte das Album gerne auf, wenn Gäste kamen.

»Es stört die Gespräche am Tisch nicht, und alle wippen mit den Füßen«, sagte Lars, der ihr aus der Küche entgegenkam und sich die Hände mit einem Geschirrtuch trocknete. »Eine Gewinn-Gewinn-Situation!«

Schon zu Schulzeiten hatte er die Lehrer mit seinem Eigensinn wahnsinnig gemacht. Fremdwörter mochte er nicht, er wandelte sie für sich um und benutzte seine Kreationen dann stolz bei jeder Gelegenheit. Das Aftershave war bei ihm ein Nachduft und ein Brunch ein Spätstück. Wenn er offline war, nannte er es »balkenlos sein«, und sein Smartphone hieß »Schlautelefon«. Dieses Wort war ganz neu.

»Das ist ein Besser-nicht«, stellte er fest, wenn er jemanden auf ein No-go hinweisen wollte. Annu konnte den Satz schon nicht mehr hören und hatte kurz vor dem Abitur eine Liste angelegt, damit sie bei seinen Ausdrücken nicht den Überblick verlor. Mittlerweile hatte sie ein ganzes Notizbuch gefüllt. Oft erinnerte Lars sich erst durch die verwunderten Blicke seiner Gesprächspartner daran, dass seine Neuschöpfungen nicht im Duden standen.

Lars war nicht nur ihr verrücktester, sondern auch ihr ältester Freund. Bei seiner Hochzeit mit Birte war sie Trauzeugin gewesen, auch wenn sie sich bei der Rede schon nach dem zweiten Satz verheddert hatte. Als sie merkte, dass es nicht mehr zu retten war, hob sie ihr Sektglas und machte aus der Nummer einen einfachen Toast, zehnmal gratulierte sie den beiden, und dann tanzte sie ein Solo, das konnte sie sowieso viel besser als vor so vielen Menschen sprechen. In kleinen Runden fühlte sie sich wohler, da bekam sie auch mühelos ihren Mund auf.

Lars wohnte noch immer in der gleichen Straße. Direkt neben dem Haus seiner Eltern hatte er für seine Familie ein weiteres Haus bauen lassen. Wenn er abends vor dem Fernseher saß und die Vorhänge nicht zuzog, konnte er durch das große Bodenfenster seiner Mutter beim Kochen zusehen. Da es im Dorf wenig Ablenkung und vor allem kein einziges gutes Restaurant gab, lud er oft Freunde ein. Es waren lockere Runden, mal mit Kollegen, mal mit Verwandten, mal mit Freunden. Annu war die einzige Konstante, sie fehlte nie und ging immer als Letzte. Sogar ihren festen Platz am Tisch hatte sie inzwischen. Wenn jemand das nicht wusste und sich genau dorthin setzte, legte Lars ihm eine Hand auf die Schulter.

»Würde es dir etwas ausmachen, ein Stück nach links oder rechts zu rutschen?«, fragte er dann.

Das war ihr Einsatz, ihren Stuhl auf den Stammplatz zu schieben.

»Wir haben in diesem Haus nicht viele Traditionen«, erklärte Lars, »aber wenn wir sie brechen, bringt das großes Unglück.«

Er schaffte es, egal wo er war, die Leute auf seine Seite zu ziehen. Selbst wenn er einen schlechten Witz machte, lachten alle. Niemand konnte ihm lange böse sein, und wenn er einen Fehler beging oder etwas vergaß, musste er nur ganz still werden und die Lippen zusammenpressen. Er sah dann aus wie ein trauriges Kind, das sein Kuscheltier verloren hatte. Eine Minute dauerte es im Durchschnitt, bis das Gegenüber einlenkte. Manche entschuldigten sich sogar bei ihm, so verwirrt waren sie.

Sobald Annu den Flur betrat, sah sie sich um und fragte sich, was sie wohl diesmal erwarten würde. Die meisten Jacken kamen ihr bekannt vor, aber in einer Ecke standen feine Lederschuhe, und an der Garderobe entdeckte sie einen ihr unbekannten Mantel. Das Spiel schien also in die nächste Runde zu gehen.

»Wir sitzen alle im Wohnzimmer«, sagte Lars. »Es ist noch zu kalt zum Grillen.«

»Alle?«

»Das siehst du gleich. Ich habe noch eine Überraschung für dich!«

Sie hatte also recht gehabt. Er hatte Verstärkung eingeladen, nur für sie, auch wenn er das nicht zugeben würde. Jedes Mal tat er so, als hätte der zusätzliche Gast verzweifelt nach einer Beschäftigung für den Abend gesucht. Nicht einmal Birte rückte mit der Wahrheit heraus, sie stand Lars bei und unterstützte seine hanebüchenen Erklärungen. Die Frage war nur: Wie viele alleinstehende Männer gab es in dieser Region noch? Wie viele davon würde sie kennenlernen müssen? Und sollte sie wirklich weiterhin mitspielen?

»Hieß es nicht, dass bald ein Wetterumschwung kommt?«, fragte sie, um Zeit zu gewinnen.

»Das schon, aber diese Warmwetter-Front ist unzuverlässig. Sie verspätet sich seit Tagen.«

»Der ganze Sommerregen wird das Dorf noch wegschwemmen.«

»Und wo landen wir dann?«

»Vielleicht treibt es uns bis Finnland.«

»Träum weiter! So viel Glück haben wir nicht. Weiter als Deggendorf wird es nicht gehen.«

»Wo bleibt ihr?«, rief Birte aus dem Wohnzimmer. »Wir haben Hunger!«

Annu fragte sich, wie der Extragast wohl diesmal aussah und wo Lars und Birte ihn aufgegabelt hatten. Das Dorf war klein, fast alle in ihrem Alter waren entweder verheiratet oder so merkwürdig, dass selbst Lars nicht auf die Idee kam, sie in sein Haus zu holen.

»Ich muss dir noch etwas sagen«, setzte sie an und hielt Lars am Ärmel fest.

Es war das fünfte Essen in Folge, bei dem Lars die Single-Quote verdoppelte. Sie hatte sein neues Hobby bisher nicht kommentiert, weil sie ihn nicht vor den Kopf stoßen wollte, aber besonders viel hielt sie nicht davon. Sie war nicht auf der Suche, und ihr Leben war gut, so, wie es war. Einen persönlichen Partnervermittlungs-Service brauchte sie nicht. Sie sah schon die Werbung in seinem Flur aufleuchten: *Alle elf Monate verliebt sich hier ein Single.* Es war an der Zeit, dass er das Ganze beendete. Doch der traurige Blick von Lars ließ sie innehalten.

»Ja?«, fragte er.

»Ich ... Also, ich meine ...«

»Wenn du noch langsamer sprichst, wird das Essen kalt.«

»Schon gut, ich weiß gar nicht mehr, was ich sagen wollte.«

Er schob sie ins Wohnzimmer, wo sich die Augen der anderen auf sie richteten. Diesmal waren Luisa und ihr Mann Oskar eingeladen, die gemeinsam den Gemischtwarenladen führten. Beide hatten nicht studiert und gleich nach dem Abitur mit dem Arbeiten angefangen. Sie hatten ein leer stehendes Haus umgebaut, weil sie der Meinung waren, dass auch ein Ort mit siebenundachtzig Einwohnern eine Einkaufsmöglichkeit brauchte. Annu kam mit Oskar gut zurecht, weil er nie ein Wort zu viel verlor und einer der schweigsamsten Menschen im Dorf war. Nur mit Luisa wurde sie nicht so richtig warm. Sie konnte nicht wirklich sagen, woran es lag. Es war eine Distanz zwischen ihnen, die sich auch bei diesen Essen nicht legte, und manchmal kam es Annu so vor, als ob Luisa lieber mit Lars zusammen wäre als mit Oskar, das aber niemals zugeben würde. Annu schüttelte den Ladenbesitzern kurz die Hand und ging weiter zu Birtes Cousine Madeleine, die aus Salzburg zu Besuch war und ihren aktuellen Freund mitgebracht hatte. Sie wechselte die

Partner im Halbjahrestakt, und Annu kam mit den Namen nicht mehr hinterher, so viele hatte sie schon kommen und gehen sehen. Immerhin war Lars noch nicht auf die Idee gekommen, die Verflossenen im Anschluss als Kandidaten für Annu einzuladen. Oder war das die nächste Stufe und kam noch auf sie zu?

Neben diesen vieren saß noch ein Unbekannter am Tisch, der verlegen lächelte und dabei seine Fingerknöchel knetete.

»Das ist Helge, unser neuer Sicherheitsexperte«, sagte Lars. »Er kommt einmal im Monat aus der Stadt zu uns in die Firma, um unsere IT zu optimieren. Diesmal bleibt er zum ersten Mal über Nacht, also seid nett zu ihm.«

Die Gäste saßen dicht gedrängt am viel zu kleinen Tisch, immer wieder stieß jemand versehentlich gegen den Sitznachbarn oder trat gegen ein fremdes Bein. Helge wurde mit Fragen gelöchert, die anderen wollten mehr über Viren und Trojaner wissen und über die Erfolgsquote seiner Maßnahmen. Nur Annu hielt sich zurück. Helges Anwesenheit brachte sie durcheinander, er war so ganz und gar nicht ihr Typ, und so langsam begann sie, an Lars' Geschmack zu zweifeln. Nicht einmal eine Anekdote, die sie zur Auflockerung erzählen konnte, wollte ihr einfallen. Was war nur mit ihr los? Lars tippte sie unter dem Tisch mit dem Fuß an, und sie zeigte auf ihren Kopf.

»Migränewetter«, flüsterte sie als Entschuldigung, obwohl sie selbst genau wusste, dass ihre Laune rein gar nichts mit dem Fön zu tun hatte. Die Parfüms der Gäste vermischten sich zu einem süßlichen Geruch, und sie musste dem Drang widerstehen, eines der bodentiefen Fenster aufzureißen. Sonst war sie bei diesen Essen nicht so schüchtern. Besonders die Geschichten über die Eingewöhnungsversuche ihres finnischen Vaters in der bayerischen Pampa waren ein perfekter Eisbrecher.

Matti war in der Nähe von Helsinki aufgewachsen, hatte Maschinenbau studiert und dann beschlossen, dass die ganze Technik ihn unglücklich machte. Als Quereinsteiger begann er beim Fernsehen und machte schnell Karriere.

»Das liegt nur an meinem Bart«, war seine Erklärung. »Der ist so lang, dass ihn niemand vergisst.«

Aber das war natürlich nur ein Teil der Wahrheit. Wenn er Sportler interviewte, konnte er ihnen so ungewöhnliche Fragen stellen, dass er jedem im Gedächtnis blieb. Er brachte die Sportler dazu, für ihn zu singen, und entlockte ihnen Trainingsgeheimnisse, über die sie eigentlich nicht hatten sprechen wollen. Er war ein fröhlicher Mensch, sammelte Sprichwörter wie andere Briefmarken und konnte immer mit einem schlauen Spruch kontern.

»Der Baum fällt nicht auf einen Hieb«, tröstete er zum Beispiel einen Langläufer, der einen Winter zuvor eine Medaille nach der anderen gewonnen hatte, aber an diese Erfolge nicht mehr anknüpfen konnte und nicht die gewünschten Fortschritte machte. Einen jungen Shootingstar im Skispringen, der sich zu spät von der Schanze gelöst hatte und durch die Luft getrudelt war wie ein Anfänger, beruhigte Matti mit dem Satz »Es ist kein Tag so lang, dass der Abend nicht kommt«. Und als der Sohn eines Biathlon-Volkshelden bei allen zwanzig Schüssen ins Schwarze traf und sein erstes Rennen gewann, klopfte Matti ihm stolz auf die Schulter. »Gut gemacht!«, freute er sich. »Der Zapfen fällt eben nicht weit von der Kiefer.«

Matti packte bei jeder Übertragung eine andere Redewendung aus, als ob er auf einen unerschöpflichen Vorrat zurückgreifen könnte. In kürzester Zeit hatte er sich die Sympathien der Zuschauer gesichert, der Sender erhöhte sein Gehalt, und die Sportler tranken abends nach dem Training eine Saftschorle oder einen Wodka mit ihm, je nachdem, wie frustriert sie waren. Aber dann kam dieser eine Tag, als Matti sich von einer ganz anderen Seite zeigte und sich die Leute vor ihren Fernsehern die Augen rieben. Was war mit ihrem Matti los?, fragten sie sich und wechselten kurz das Programm, als würden sie erwarten, dass der Moderator beim Zurückschalten wieder der Alte war. Doch Matti hatte eine junge Deutsche gesehen, die zum ersten Mal in Finnland war und dort als Außenseiterin das beste Rennen ihres Lebens fuhr. Sie war als Dritte auf dem Podest gelandet, rückte sich verwundert die Wollmütze zurecht und sah dann Matti direkt in die Augen.

»Das ist Marianna Schneeberger«, sagte er in sein Mikrofon und zog die einzelnen Silben in die Länge, damit es sich noch beeindruckender anhörte. »Vor allem der Nachname ist etwas Besonderes: Schnee heißt *lumi*, Berg heißt *vuori*.«

Matti fand, dass allein dieser Name den Beginn einer großen Karriere versprach. Nichts würde ihn davon abhalten, diese Frau zu interviewen, das stand für ihn fest. Als er ihr schließlich das Mikrofon an den Mund hielt, war es auf einen Schlag vorbei. Er vergaß seine Fragen, seinen Job und seinen Kameramann. Minutenlang stand er einfach da, und Marianna, die ihren Namen damals noch nicht abkürzte, blieb geduldig an seiner Seite, da sie den Ablauf von Interviews noch nicht kannte und vermutete, dass er eine Livesendung machte und sie das Ende des Werbeblocks abwarten mussten. Doch als der Kameramann wild gestikulierte und finnische Flüche ausstieß, ahnte auch sie, dass etwas nicht ganz nach Plan verlief. Sie sah sich nach allen Seiten um, und dann begann sie einfach zu reden. Von der Leichtigkeit in ihren Beinen und der Klarheit im Kopf. Von diesem guten Gefühl im Ziel, das sie bisher nur vom Hörensagen gekannt hatte, und von dem harten Training, das sich früher auszahlte als gedacht. Matti nickte nach jedem Satz, aber seinen Mund bekam er nicht auf. Erst als der Kameramann einfach weiterging und wütend einen Verantwortlichen im Sender anrief, erwachte Matti aus seiner Erstarrung.

Annu konnte nicht mehr zählen, wie oft sie die Geschichte des ersten Aufeinandertreffens ihrer Eltern gehört hatte. Als Annu zur Welt kam, hieß Marianna längst Marie und war keine Frau Schneeberger mehr, sondern eine Frau Mäkinen. Zumindest den Berg in ihrem Namen hatte sie nicht verloren, denn *mäkinen* hieß »kleiner Berg«.

»Wenn das kein Zeichen ist …«, sagte Matti gerne und ließ den Halbsatz in der Luft hängen, bis ihm jemand zu seiner Frau gratulierte oder zumindest zuprostete.

Matti und Marie waren füreinander bestimmt gewesen, so erzählten sie es beide, denn anders ließ sich dieses mysteriöse erste Treffen nicht erklären. Vielleicht erschien es Annu deshalb so abwegig, dass sie bei einem herkömmlichen Essen mit jemandem verkuppelt werden sollte. Dem Ganzen fehlten die Magie und das Schicksalhafte. Da konnte sie gleich eine Annonce aufgeben und sich von Date zu Date hangeln, bis ihr jemand gefiel. Sie wusste, dass sie mit ihren Vorstellungen aus der Zeit gefallen war und dass sie mit ihren hohen Erwartungen womöglich ihr Leben lang Single bleiben würde. Aber wenn sie eins von Matti geerbt hatte, dann war es ein unerschütterlicher Dickkopf. Während Lars lustige Anekdoten von der Arbeit erzählte, Luisa an seinen Lippen hing und Madeleine mit ihrem Freund nicht ganz jugendfreie Küsse tauschte, schob Annu die Vorspeise auf ihrem Teller hin und her und starrte Löcher in die Luft. Was dieser Helge wohl dachte? In ihrer Vorstellung sah sie ihn in einer kargen Wohnung stehen, der außer einem Bett und einem Tisch die Möbel fehlten. Er hatte Schnüre durch die Zimmer gespannt, um seine Hemden zum Trocknen aufzuhängen, samstags war Waschtag. Dazu hörte er ein Hörbuch auf einem Discman, der in seiner Tasche steckte. Das Problem bei diesen Fantasien war, dass Annu die Bilder manchmal nur schwer aus ihrem Kopf bekam und sie sich für sie völlig real anfühlten. Die Frage, warum Helge keinen Wäscheständer und keine Stereoanlage hatte, lag ihr schon auf der Zunge.

»Schmeckt es dir nicht?«, fragte Birte.

»Doch, doch«, versicherte Annu. »Ich habe nur zu viel Kuchen zum Frühstück gegessen.«

»Hast du keinen Süßigkeitenmagen?« Lars klopfte sich auf den Bauch, der sich mit jedem Jahr etwas weiter wölbte. »Solche Probleme kenne ich gar nicht.«

»Machst du das immer so?«, fragte Helge, und Annu war ganz überrascht, dass er tatsächlich das Wort an sie richtete.

»Den Teller nicht leer essen?«

»Nein, Süßigkeiten frühstücken.«

»Oft, ja. Schokocroissants und Zimtkringel schmecken vor zwölf Uhr einfach besser.«

»Und die Vitamine?«

»Die gibt's beim Abendessen. Das muss reichen.«

Birte stand auf und holte zusammen mit ihrer Cousine die Hauptspeise aus der Küche. Sie hatte das Fleisch, das eigentlich auf den Grill sollte, kurzerhand angebraten und im Anschluss auf Servierplatten angerichtet, ganz stilvoll, mit Dips in essbaren Förmchen und einer Suppe im ausgehöhlten Brotlaib. Es war oft so bei Birte, dass sie von einfachem Essen sprach und dann groß auftischte. Sie war viel stiller als Lars und hieß im ganzen Ort nur »Die Schöne«. In der Schule hatten alle geglaubt, dass aus ihr mal ein Model werden würde. Bei den Misswahlen, die rund um das Frühlingsfest stattfanden, hatte sie seit ihrem 16. Geburtstag Jahr für Jahr gewonnen. Nach acht Jahren trat sie nicht mehr an, weil es ihr komisch vorkam, dem Nachwuchs so hartnäckig die Show zu stehlen. Locken verdeckten einen Großteil ihres schmalen Gesichts, ihre Bewegungen waren elegant, und in all den Jahren hatte sie kein einziges Kilo zugenommen. Eitel war sie aber nie geworden, wenn man ihr Komplimente machte, winkte sie ab.

Birtes Beziehung mit Lars hatten die meisten erst für einen Witz gehalten, dann prophezeiten sie ihr ein schnelles Ende. Die beiden waren in der Oberstufe zusammengekommen, und Annu hatte Lars drei Monate gut zureden müssen, bis er sich endlich traute, die Schöne aus der Parallelklasse bei einem gemeinsamen Wandertag anzusprechen. Anfangs befürchtete Annu noch, dass ihre Freundschaft mit Lars durch Birte einschlafen würde. Doch sie kam erstaunlich gut mit Birte klar. Wenn die beiden Probleme hatten, war sie nun auf beiden Seiten gefragt und musste aufpassen, dass sie ihnen nicht widersprüchliche Ratschläge gab.

Nach dem Abitur wunderten sich viele im Dorf, dass Birte das Modeln schneller aufgab als ihren Freund. Schon nach einem halben Jahr mit kleinen Aufträgen verlor Birte die Lust an dem Job, weil es ihr keinen Spaß machte, bei Kaufhauseröffnungen eine neue Kollektion zu präsentieren. In der Provinz bot ihr niemand ein Zeitschriftencover an, geschweige denn einen Fernsehspot. Und ihr fehlte der Mut, um alle Zelte abzubrechen und sich alleine in New York, Mailand oder Paris durchzuschlagen. Lars war zu diesem Zeitpunkt bereits in die Firma seiner Eltern eingestiegen, die mit großem Erfolg Schrauben herstellte. Sie konnten noch eine Marketingspezialistin brauchen und schufen eine Stelle für Birte. Das nötige Wissen dafür eignete sich Birte in einem Fernstudium an. Und wenn das theoretische Wissen nicht half, probierte sie verschiedene Maßnahmen aus und beobachtete, welche am besten funktionierte. Als kurz darauf ihr Sohn Aron zur Welt kam, schob sie ihre Modelmappe endgültig in die hinterste Ecke der Schreibtischschublade. Doch jedes Mal, wenn sie von einem Urlaub mit ihrer Familie zurückkehrte, plagte sie noch wochenlang das Fernweh.

Auch an diesem Abend haderte Birte mit der Abgeschiedenheit des Dorfes.

»Könntest du nicht in einem der leer stehenden Häuser eine skandinavische Bar eröffnen, Annu?«, fragte Birte und reichte den

Brotkorb herum. »Dein Vater hat dir doch bestimmt ein dickes Kochbuch mit seinen Rezepten vermacht.«

»Ich sehe das Ganze schon vor mir«, antwortete Annu. »Am Tresen sitzen Abend für Abend meine beiden Schulfreunde, von denen ich kein Geld verlangen kann. Und wovon soll ich dann leben?«

»Nicht vergessen: Im Sommer kommen die Touristen!«

»Stimmt, in dem einzigen Bed & Breakfast, das hier natürlich Pension heißt, halten sich durchschnittlich etwa fünf Familien im Jahr auf. Aber ich habe so eine Vermutung, dass das Selbstversorger sind.«

»Du musst zugeben, dass es so nicht weitergehen kann. Kuhweiden und Rapsfelder, dazwischen eine Kneipe, ein Laden und ein geschlossener Bahnhof.«

»Sonst hast du immer betont, wie sehr dir die Ruhe gefällt«, schaltete sich Lars ein. »Kein Großstadtlärm, keine Verbrechen, keine Nachbarschaftskriege.«

»Sicher«, sagte Birte. »Aber wo ist der Glamour?«

»Hier!«, antwortete Lars strahlend.

»Ist doch schön hier!«, sagte Annu. »Bei gutem Wetter können wir vom einen Ende des Dorfes zum anderen sehen.«

Alle lachten. Auf ein Zeichen von Lars erhoben sie ihre Gläser und prosteten sich zu. Helge lobte den Prosecco, den er selbst mitgebracht hatte, dann sah er Annu verlegen an.

»Wie lange kennt ihr euch schon – Lars, Birte und du?«

»Schon immer«, sagte sie lachend.

»Und wie habt ihr es geschafft, so lange Freunde zu bleiben?«

»Na hör mal – denkst du etwa, es könnte irgendjemandem mit uns langweilig werden?«, fragte Lars mit gespielter Empörung.

Dabei war die Frage gar nicht so daneben. Kurz nach dem Abitur hatte Lars nämlich beschlossen, dass sie eine Freundschaftsroutine brauchten.

»Sonst sind wir irgendwann alt und schusselig und können uns selbst nicht erklären, warum wir uns aus den Augen verloren haben«, sagte er.

Er erklärte Annu, dass sie sich ab sofort schreiben würden. Postkarten hätten die perfekte Größe, jeden Mittwoch ein paar persönliche Zeilen, das wäre genau das Richtige.

»Warum denn nur? Wir sehen uns fast jeden Tag, was sollen wir uns da noch schreiben?«

»Warte nur ab ...«

Von Anfang an steckte er seine Karten in einen Umschlag, denn er traute den Dorfbewohnern nicht so recht über den Weg.

»So ein Briefgeheimnis gilt bei ihnen bestimmt nur für versiegelte Post«, mutmaßte er. Er hatte Ulli einmal von seinem Zimmer aus beobachtet, wie er neben seinem Fahrrad stehen blieb und sich den Inhalt der gelben Tasche unverhältnismäßig lange ansah, bevor er ihn austrug. Weil Lars alles, was er tat, perfektionistisch plante, tippte er Annus Adresse mit einer Schreibmaschine und ließ seinen Absender weg. Sonst würde nur das Gerede losgehen: Warum wohnen die beiden so nah beieinander und müssen sich schreiben? Was stimmte da nicht? Annu schlug vor, dass sie die Marken wegließen und die Karten selbst ausstellten, doch Lars fand das halbherzig. »Wenn schon, denn schon!«, sagte er. Auf jeder Karte stellte er ihr eine Frage, und nachdem Annu sich eine Weile gesträubt hatte, steckte Lars sie mit seiner Euphorie an, und sie tat es ihm nach. Auch wenn sie sich keine weltbewegenden Dinge schrieben, gewöhnte sie sich schnell an die neue Tradition. Als sie Jahre später ihre ersten Handys besaßen und Annu davon ausging, dass sie sich statt altmodischen Karten nun Kurznachrichten schreiben würden, protestierte Lars empört.

»Nicht mit mir!«, rief er.

»Würdest du mir auch Telegramme schreiben?«, zog sie ihn auf.

»Vernichtest du bald deine CDs und legst wieder Schallplatten auf, wie unsere Eltern?«

»Lass mir diese eine Sache«, bat er. »Karten haben die ideale Größe, ich kann sie sammeln und stapeln und irgendwann meinem Kind zeigen: Schau mal, so sieht meine Freundschaft mit Annu aus.«

Wenn Annu jemanden kennengelernt hatte, wollte Lars alles wissen. Er ließ nicht locker, bis er jedes Detail erfahren hatte. Fragte neugierig nach Schuhgröße, Kussqualität, Musikgeschmack und Lieblingsfilm. Meistens dauerten Annus Beziehungen allerdings nicht besonders lange.

»So viele Versuche ohne Erfolg«, schrieb sie auf eine ihrer Karten. »Was soll das alles bringen außer Ärger und viel zu viel Liebeskummer?«

Sie gab während des Studiums enttäuscht die Männersuche auf und beschloss, sich auf die Bücher zu konzentrieren. Nach dem Abschluss fing sie an, als freie Übersetzerin zu arbeiten, und zog zurück zu ihren Eltern. Marie plagten nach dem Karriereende die Schmerzen in den Knien und in der rechten Schulter, und es machte ihr zu schaffen, dass sie kaum noch Sport treiben konnte. Matti kümmerte sich um sie, so gut es eben ging, er hatte einen Hometrainer ins Wohnzimmer gestellt und konnte stundenlang radeln, während seine Frau in eine Decke gewickelt auf der Couch saß und sich Wettkämpfe im Fernsehen ansah.

»Du weißt, dass in deinem Alter niemand bei Mama und Papa wohnt?«, neckte Lars Annu.

»Sei doch froh, dass wir wieder Seite an Seite wohnen«, konterte sie.

»Ich mach mir nur Sorgen …«

»Das ist nicht nötig!«

Es war nicht so sehr das Dorf, das sie vermisst hatte. Aber der besondere Geruch, mit dem sie aufgewachsen war, hatte ihr gefehlt.

Nach der Rückkehr lief sie tagelang durch das Haus ihrer Eltern, blieb immer wieder stehen und atmete ein und aus. Es roch nach Fichten und Salbei, nach Kaminfeuer und Honig.

»Wenn du als Single zurück ins Dorf gehst, wird es einsam«, warnte Lars sie. »Nimm dir einen Großstädter mit!«

»Stehen die irgendwo herum und warten auf mich?«, fragte Annu und verzog das Gesicht, obwohl sie schon ahnte, dass Lars recht hatte. Aber sie wollte nichts erzwingen – das passte einfach nicht zu ihr. Sie hatte dieses seltsame Bild vor Augen, dass einfach eines Tages jemand vorbeikommen würde, und dann würden sie sich unterhalten und merken, dass alles passte. Sie würden zusammenkommen, ohne dass sie sich anstrengen mussten, es würde einfach passieren und sich gut anfühlen. Es war ihr natürlich klar, dass sich das wie ein Märchen anhörte, wie etwas, das in der Realität nicht geschah. Und deshalb behielt sie den Gedanken für sich, bewahrte ihn irgendwo tief drinnen auf und holte ihn zwischendurch hervor, um das wohlige Gefühl zu genießen, das damit einherging. Dieses Alles-wird-gut-Gefühl, weil eben alles zu seiner Zeit kam und sich nichts erzwingen ließ. Es war eines der wenigen Dinge, die sie nicht mit Lars teilen konnte, der sie in der Hinsicht nicht verstand und viel ungeduldiger war als sie. Er hatte in der Zwischenzeit einen Sohn bekommen und wurde nicht müde, sie auf die Nachteile des Alleinseins hinzuweisen. Oft fragte er, warum sie nicht am Wochenende mit ihm in die Stadt fuhr, in eine Bar ging und sich ein wenig umsah, wer alles so auf dem Markt war.

»Du meinst, ich soll mir einen Mann zulegen, so wie andere ein Pfund Birnen kaufen?«

»Ich möchte nicht, dass du dafür bezahlst. Das hast du nicht nötig«, antwortete er grinsend.

»Dann hätten wir das ja geklärt.«

Aber Lars war noch lange nicht zufrieden und bohrte nach.

»Hast du etwa Angst, dass sich jemand an deinen Macken stört?«

»Habe ich etwa welche? Das ist mir neu.«

Lars lachte.

»Aber Annu – wer hackt das Holz für deinen alten Ofen, wenn du krank bist? Wer sitzt im Winter neben dir in der Sauna? Und mit wem redest du Abend für Abend über die Wörter, die du nicht übersetzt bekommst?«

»Die Antwort kennst du doch längst.«

»Ich weiß: Du brauchst niemanden, und du bist zufrieden. Aber wie kannst du wissen, dass dir nichts entgeht?«

»Der Tag wird schon noch kommen, wo ich meine Meinung ändere.«

»Sagte sie und blieb alleine, bis ihr Haar grau und schütter war.«

»Noch so ein Spruch, und ich erkläre unsere Freundschaft für beendet!«

Seit diesem Gespräch hatten sie das Thema gemieden, und als Lars merkte, dass Annu tatsächlich niemanden kennenlernte, wurde er ungeduldig. Er fing an, Männer zu ihren gemeinsamen Essen einzuladen, als würde sich das jedes Mal ganz zufällig so ergeben. Beim Sicherheitsexperten fiel allerdings selbst ihm auf, dass es nicht funktionierte.

»Ich dachte, Helge wäre redseliger«, raunte Lars ihr zu, als sie sich zufällig in der Küche trafen und gemeinsam das Dessert aus dem Kühlschrank holten.

»Kann ich nicht einfach verschwinden, und du sagst, ich hätte Migräne?«

Lars drückte ihr einen Rotwein in die Hand, den ihm sein Chef geschenkt hatte.

»Probieren wir den noch? So etwas Gutes hast du noch nie getrunken.«

»Von mir aus. Aber versprich mir, dass ich den Mann nicht unterhalten muss?«

»Ich kümmere mich schon um ihn.«

Annu löffelte das Tiramisu, während die anderen sich über die Marotten ihrer Eltern austauschten und sich wunderten, dass sie einige davon längst übernommen hatten. Nach dem zweiten Glas Wein schloss Annu die Augen, stand abrupt auf und begann zu tanzen. Es schien die einzige Möglichkeit zu sein, den Abend zu retten und auf andere Gedanken zu kommen. Sie wiegte den Oberkörper im Takt der Musik vor und zurück, und das Gespräch um sie herum verstummte umgehend. Ihre Bewegungen waren anmutig, das wusste sie, sie brauchte nichts vorher zu choreografieren, und doch passte jeder noch so kleine Schritt ganz genau zur Melodie. Alles ergab sich einfach, sie musste nicht mehr nachdenken und ihre Umgebung verschwand. Auf ein paar schnelle Schritte folgte eine Drehung, und sie wirbelte voller Elan herum. Das Lied war für ihre Begriffe viel zu schnell zu Ende, und in der kurzen Stille, als der letzte Ton verklungen war, blieb sie reglos stehen, als wüsste sie selbst nicht so genau, was gerade mit ihr geschehen war. Lars klatschte und hörte gar nicht mehr damit auf. Er hatte ihr schon immer gerne beim Tanzen zugesehen. Sie blinzelte ihm zu und setzte sich wieder hin.

»Bravo!«, sagte Birte.

Die anderen kommentierten ihren Tanz nicht, aber alle sahen sie bewundernd an, und die seltsame Stimmung, die zwischen ihnen hing, hatte sich gelöst. Nur Helge blickte zu Boden, als ob er mit so viel Bewegung nicht zurechtkäme. Annu konnte wieder entspannter atmen und nach und nach kehrten ihre Worte zurück. Sie erzählte einen finnischen Witz, den Matti ihr beigebracht hatte.

»Treffen sich zwei Finnen in einer Kneipe. Sie bestellen eine Runde Bier, und der Jüngere sagt: ›Prost!‹ Als die zweite Runde kommt, sagt der Jüngere wieder: ›Prost!‹ So geht es immer weiter: Sie bestellen Bier, und der Jüngere sagt: ›Prost!‹ Aber nach der zehnten Runde haut der ältere Finne empört mit der Faust auf den Tresen und beschwert sich: ›Sind wir eigentlich zum Trinken hier oder zum Reden?‹«

Alle lachten, nur Helge verzog keine Miene. Es war eindeutig, dass sie nicht zusammenpassten. Was hatte Lars sich bloß gedacht? Während des Studiums hatte sie einen Fragenkatalog entwickelt, mit dem sie grob abschätzte, ob jemand zu ihr passte. Die Algorithmen der Partnervermittlungen waren ihr suspekt, sie vertraute lieber auf ihre eigenen Parameter. Insgesamt gab es vierundsiebzig Fragen, aber die ersten zehn waren die wichtigsten:

Magst du Schnee?
Isst du Lakritze?
Kannst du schweigen?
Hast du mehr Bücher als Pullover?
Gefällt dir der Winter?
Kannst du ein paar Tage in der Wildnis überleben?
Gehst du gerne in die Sauna?
Kannst du Schokoladenkuchen mit flüssigem Kern backen?
Schwimmst du auch in kalten Seen?
Magst du sowohl Klassik als auch Heavy Metal?

Immer wieder musste sie rechtfertigen, dass sie fremde Männer beim ersten Treffen damit bombardierte.

»Ich wusste gar nicht, dass du so oberflächlich bist«, stellte Lars fest, als er zum ersten Mal von ihrer Methode hörte.

»Hinter diesen Fragen steckt doch viel mehr«, rechtfertigte sie sich. »Wenn eine Beziehung nicht funktioniert, dann liegt es auch daran, dass die Grundinteressen nicht übereingestimmt haben.«

»Alle sagen doch, Gegensätze ziehen sich an. Wie passt das zu deinem Test?«

»Erst ziehen sich zehn Gemeinsamkeiten an, dann werden sie durch die Unterschiede ergänzt. Fertig!«

»Du solltest einen Ratgeber schreiben.«

»Ihr versteht das nicht – ihr seid schließlich seit Ewigkeiten zusammen.«

»Und sind wir uns ähnlich? Kein bisschen.«

»Ich bin eben anders.«

»In dem Punkt hast du recht.«

Nur so zum Spaß probierte sie ein paar Fragen an Helge aus. Doch er hatte keine Backform, schwitzte in Saunen nicht und konnte deshalb damit nichts anfangen, las nur Comics und bekam von Schnee schlechte Laune. Eine Lieblingsband hatte er nicht, weil er alles hörte, was im Radio lief. Sport machte er nur auf Hometrainern, von Lakritze bekam er Sodbrennen. Eine derart schlechte Quote hatte sie schon lange nicht mehr erlebt. Aber schweigen konnte er, das musste sie ihn nicht einmal fragen.

Birte gähnte.

»Ich weiß auch nicht, was mit mir los ist«, sagte sie. »Jeden Tag gehe ich früher zu Bett. Bald kann ich zusammen mit Aron schlafen gehen.«

Auf dieses Signal hin standen die anderen schneller auf, als Lars protestieren konnte. Helge ließ sich von Birte das WLAN-Passwort geben, dann zog er sich ins Gästezimmer im ersten Stock zurück. Annu ging wie immer als Letzte, räumte das Geschirr in die Spülmaschine, bis Birte sich beschwerte und sie zu Lars schickte. Annu stellte sich auf die Zehenspitzen und umarmte ihn.

»Was ist denn los?«, wollte er wissen.

Sie zuckte mit den Schultern.

»Ich mag Adagio.«

»Wie meinst du das?«

»Nichts darf überstürzt sein, denn dann ist der Rhythmus nicht schön.«

»Helge war wohl keine gute Idee.«

»Um ihn geht es gar nicht. Diese ganzen arrangierten Treffen – das ist nichts für mich, du zwingst mir ein Tempo auf, das nicht zu mir passt.«

»Verstehe.«

»Ich brauche kein plus eins«, ergänzte sie. »Alles kann so bleiben wie es ist, alles ist wunderbar.«

Sie ahnte schon, dass er später die Augen verdrehen würde, wenn er mit Birte über sie sprach. Sie selbst hatte diese verklärten Selbstdarstellungen immer verabscheut. Die Worte waren eine Spur zu unecht und zu süßlich, wie klebrige Zuckerwatte, die an den Fingern pappte. Und jetzt ertappte sie sich selbst dabei, ihr eigenes Leben in den Himmel zu loben. Von Glück und dieser Zufriedenheit des Alleinseins zu faseln, als gäbe es kein Morgen mehr. War sie noch ganz dicht? Birte klapperte in der Küche mit dem dreckigen Geschirr, als wollte sie betonen, dass sie nicht lauschte. Doch zwischendurch gab es verdächtige Pausen, und Annu wusste, wie neugierig sie war. Lars sah betreten auf den Boden, fuhr mit den Sohlen seiner Hausschuhe über das Parkett, und sie konnte seine grauen Haare zählen. Es waren sieben.

»Ich wollte dich nicht kränken«, sagte er schließlich. »Aber seit deine Eltern gestorben sind und du alleine in diesem windschiefen Haus lebst, mache ich mir manchmal Sorgen.«

»Aber ich komme doch gut zurecht.«

»Ich wollte einfach einen Mann für dich finden, bevor die Kälte kommt. Jemand, der auf dich achtgibt, wenn der Wind durch die kaputten Fenster zieht.«

»Du weißt doch, wie die Finnen sagen: Aikansa kutakin. Alles zu seiner Zeit.«

Flugsaurier

Die Uhren standen auf Sommerzeit, und der Regen hatte sich verzogen. Annu stand mit kleinen Augen und zerzausten Haaren am Fenster und konnte es kaum glauben. Warum hatte Lars nur immer so ein unverschämtes Glück? Am Abend zuvor hatte sie mit ihm gewettet: Er hatte auf einen Wetterumschwung über Nacht getippt, Annu setzte dagegen. Sie war sicher, dass das trübe Grau gekommen war, um eine Weile zu bleiben. Der Einsatz war eine große Schachtel Pralinen, die sie beide so mochten und die es nur in einer teuren Konditorei in der Großstadt gab. Annu stöhnte, als sie daran dachte, was sie der Spaß kosten würde und welch siegessicheres Gesicht Lars bei ihrem nächsten Treffen aufsetzen würde. Sie holte die bequemsten Klamotten aus dem Schrank, die sie finden konnte, und ging ins Bad.

»Deine Augenringe sehen aus wie Krater«, sagte sie vor dem Spiegel zu sich selbst. »Wirst du jetzt alt oder was?«

Der Wecker hatte früh geklingelt, weil sie den ruhigen Feiertag zum Übersetzen nutzen wollte. Aber ob das mit diesem Brummschädel überhaupt möglich war? Es war keine richtige Migräne, eher ein dumpfer Schmerz, der sich wie ein Abstandshalter zwischen sie und die Welt schob. Sie drehte das Radio an und wippte im Takt der Musik mit den müden Füßen. Als das Lied zu Ende war und Annu sich gerade mit kaltem Wasser das Gesicht wusch, erklärte eine viel zu fröhliche Moderatorin, dass Hoch Hilde auf dem Vormarsch sei und alle ihre kurzen Klamotten aus dem Schrank holen sollten. Da musste Annu dann doch schmunzeln. Ob das ganze Dorf noch vor dem ersten Kaffee die Sommersachen suchte und sie im Garten auf die Wäscheleine hängte, um sie kurz durchzulüften? Sie sah die geblümten Blusen und karierten Hemden zwischen den Obstbäumen flattern. Gepunktete T-Shirts, die von einer Windböe erfasst wurden und beim Nachbarn landeten. Spaghetti-Tops, die sich um Äste wickelten. Annu setzte sich auf den Rand der Badewanne, die Zahnbürste schon in der Hand, aber sie schaffte es nicht, die Zahnpasta darauf zu verteilen. Was war nur mit ihr los? Statt durch die Ankündigung des guten Wetters mehr Energie zu verspüren, fühlte sie sich zu abgeschlagen, um in den Tag zu starten. Der Akku schien leer zu sein. Langsam lief sie zurück Richtung Bett und fröstelte bei jedem Schritt, da die geschlossenen Fenster jeden Windhauch hindurchließen. Annu hatte den Kostenvoranschlag für die Reparatur bereits in der Küche liegen, auf dem Stapel mit den wichtigsten Erledigungen, der so langsam die Form des schiefen Turms von Pisa annahm. Aber sie konnte sich einfach nicht dazu durchringen, sich von den alten hölzernen Rahmen zu trennen. Matti hatte sie ausgesucht, und sie wollte nicht noch mehr Erinnerungen an ihren Vater vernichten, das gehörte sich einfach nicht. Da fror sie lieber oder kaufte sich noch eine vierte Decke. Sie ließ sich zurück ins Bett plumpsen und atmete erleichtert auf. Das war im Grunde der größte Vorteil des Erwachsenseins. Sie konnte Pläne schmieden und sie einfach wieder umschmeißen, sie konnte so viel Eis essen, wie sie wollte, und so lange schlafen, wie es ihr gefiel. Doch als sie sich zur Seite drehte und die Augen schloss, klingelte das Telefon.

»Ich höre das nicht«, murmelte sie und zog sich die Decke über den Kopf. Wer hatte so früh am Morgen nichts Besseres vor, als sie zu stören? Sie war noch nicht bereit für Gespräche und wollte lieber die ersten Sonnenstrahlen auf dem Gesicht spüren, die an den halb offenen Vorhängen vorbei auf das Bett fielen. Doch kaum hatte es aufgehört zu läuten, versuchte der Anrufer es erneut.

»Lars!«, stöhnte sie und sprang auf. »Was willst du?«

»Zieh dich an, hol deine kurzen Sachen.«

»Hoch Hilde. Ich weiß.«

»Worauf wartest du dann noch?«

»Ich wollte den Vormittag verdösen und dann noch ein paar Seiten übersetzen, die Abgabe meiner Übersetzung ist schon nächste Woche, das weißt du doch.«

»Willst du Hilde wirklich so enttäuschen? Das wird sie nicht verschmerzen.«

Annu lachte.

»Na schön. Was habt ihr geplant, und wann geht's los?«

»Birte und Aron wollen zum Fluss. Um zehn holen sie dich ab.«

»Und du bleibst im Bett?«

»Ich sag nur: Bienenstich nach dem Rezept meiner Mutter. Für den Nachmittagskaffee im Garten.«

»Deine Saisoneröffnung? Ist es denn schon so weit?«

»Sie wurde wegen akuter Bienenstichsehnsucht vorverlegt.«

Lars wusste, wie man sie vom Arbeiten abhielt. Hatte sie es jemals geschafft, ihm nicht auf den Leim zu gehen? Sie duschte, wickelte die nassen Haare zu einem Dutt und aß im Stehen ein Croissant vom Vortag. Dann warf sie alles, was auch nur entfernt nach Picknick aussah, in ihre große Umhängetasche. Decke und Sonnenmilch, Wasserflasche und Gummibärchen, Bikini und Schnorchel. Ob es überhaupt warm genug zum Schwimmen war?

»Alles über fünf Grad ist Sommer«, hörte sie ihren Vater sagen. »Ihr Deutschen seid ein Volk der Warmduscher.«

Auch wenn Annu im Hier und Jetzt bleiben wollte und sich vorgenommen hatte, nicht in diese Tagträume zu verfallen, dachte sie ständig an ihren Vater. Er schlich sich bei jeder Gelegenheit ins Heute hinein, als würde er es einfach nicht ertragen, dass Annu alleine im Haus lebte. Wie ein Schatten war er dabei, egal was sie vorhatte, und sie brachte es nicht übers Herz, die Erinnerungen fortzuschicken.

»Und warum hast du dich dann in eine Frostbeule verliebt?«, hatte Annu ihn damals gefragt. Sie war gerade dreizehn geworden, und der Blick auf die Jungs in der Klasse hatte sich verändert, von einem auf den anderen Moment waren sie keine Freunde mehr, mit denen sie in den Pausen Karten spielte oder gemeinsam eine Zeitschrift las. Es taten sich zwei Lager auf, es gab welche, bei denen sie Herzklopfen bekam, und welche, bei denen ihr nur der unangenehme Geruch von Schweiß und ungewaschenen Pullovern auffiel. Sie fragte sich, wie lange es dauerte, bis man sich in jemanden verliebte. Ging es da um Sekunden, oder war das ein schleichender Prozess? Konnte einer aus der Schweiß-Fraktion noch die Seite wechseln und ihr doch gefallen? Stimmte es wirklich, dass das Aussehen überhaupt nicht wichtig war und nur der Charakter zählte, obwohl man den anderen doch tagein, tagaus neben sich haben und sicher hundertmal am Tag ansehen würde? War es wichtig, die gleichen Interessen zu haben? Wenn sie ihre Eltern beobachtete, kam ihr das Ganze besonders mysteriös vor. Sie waren so unterschiedlich, wie konnte ihnen bloß aufgefallen sein, dass sie füreinander bestimmt waren?

»Schau sie dir doch an«, hatte Matti zu ihr gesagt. »Sie könnte eine Eskimomütze und Thermoleggings tragen, und es wäre mir egal.«

Es klang bei ihm immer wie Magie, dass sich die beiden verliebt hatten. Ein unausweichliches Schicksal, dem er sich ergeben hatte. Aber konnte das wirklich stimmen? Annu beobachtete ihre Mutter, die Suppe kochte und eines der finnischen Lieder sang, das sie von Matti gelernt hatte. Es hieß *Ihme ja kumma*, seltsame Wunder. Annu hatte es als Kind auswendig gewusst, ohne den Text wirklich zu verstehen, so oft hatte sie es vor dem Einschlafen vorgesungen bekommen. Es ging um all die unerklärlichen Dinge, wie Schatten, die einen den ganzen Tag begleiteten, aber bei Einbruch der Dämmerung einfach verschwanden. Oder Ameisen, die den ganzen Tag eifrig etwas bauten, aber offenbar nie damit fertig wurden. Und warum lebten Fische eigentlich im Wasser und nicht wie der Mond und die Sterne im Himmel?

»Maailmassa monta on ihmeellistä asiaa«, sang Marie erst auf Finnisch, dann auf Deutsch. »Auf dieser Welt gibt es so viele wunderliche Dinge.«

Sie trug zwei Pullover übereinander, die Wollsocken über der Strumpfhose hatte sie fast bis zu den Knien hochgezogen. Warum sie die vielen Rennen und das Training im Schnee nicht abgehärtet hatten, verstand sie selbst nicht. Ihr war immer kalt, selbst wenn sie an einer Heizung lehnte. Matti hingegen war ein Eisbär, wie er selbst immer wieder betonte, er schwamm das ganze Jahr über in Flüssen und Seen, nur bei Minusgraden passte er auf und legte eine Pause ein.

»Der Körper gewöhnt sich an alles, man muss ihn nur trainieren«, war einer seiner Lieblingssprüche.

Sogar an Wettkämpfen nahm er teil. Dann fuhr er am Wochenende stundenlang durch Bayern, nur um mit Gleichgesinnten in ein eiskaltes Gewässer zu springen. Die Teilnehmerurkunden hängte er alle im Wohnzimmer auf, der Pokal von seinem einzigen Sieg stand auf dem Fernseher.

»So habt ihr meinen Erfolg immer im Blick«, sagte er.

»Warum hast du eigentlich nur ein einziges Mal gewonnen?«, fragte Annu.

»Das kann ich dir verraten«, rief Marie aus der Küche. »An diesem Tag lag der Konkurrent aus dem Nachbarort, der in den siebzehn Jahren zuvor jedes Mal der Beste war, krank im Bett, und Matti ergriff die Chance seines Lebens.«

Annu hatte Mattis Pokal nie weggeräumt, das brachte sie nicht übers Herz. Sie hatte ihn nur etwas aus dem Blickfeld gerückt, er stand jetzt zwischen Filtertüten und Tassen in dem kleinen Regal über der Spüle. Sie ließ sich auf den Stuhl mit den wackligen Beinen plumpsen. Das war schon als Kind ihr Lieblingsplatz gewesen. Wenn sie dort saß und Matti an ihr vorbeimusste, konnte sie ihn am Ärmel zupfen, und dann standen die Chancen gut, dass er ihr eine Geschichte erzählte. Von seinen gewieften Tricks, um sich gegen die Kälte zu wehren, oder von seinen Erfindungen, die den Alltag erleichterten. Nur wie er Marie endgültig für sich gewonnen hatte, blieb eines seiner bestgehüteten Rätsel. Immer wich er aus, wenn sie die Sprache darauf brachte. Annu wusste zwar, dass er ihre Mutter nach deren finnischem Podestplatz nicht hatte vergessen können und dass es ihm mit einer Finte gelungen war, für den Sender nicht mehr ausschließlich vor Ort in Finnland tätig zu sein, sondern von Weltcup zu Weltcup zu reisen. Er erfand kurzerhand eine neue Sendereihe, die er *Wintersport Spezial* nannte. Eine Mischung aus Interviews, Hintergrundberichten und ausführlichen Porträts. Um sicherzugehen, dass seine Idee durchkam, zitierte er eine Studie über das Fernsehverhalten der Finnen, bei der herauskam, dass die Zuschauer über die Rennen hinaus informiert werden wollten.

»Hat das wirklich jemand erforscht?«, fragte Annu.

»Pssssst!«

»Du hast sie selbst geschrieben, nicht wahr?«

»Kann sein, kann nicht sein. Hauptsache, es hat geklappt.«

»Und wie bist du mit Marie zusammengekommen? Hast du dafür auch geflunkert? Habt ihr euch direkt vor der Kamera geküsst? Oder irgendwo im Schnee?«

»Wenn du alt genug bist, wirst du es erfahren«, vertröstete Matti sie. Wieder und wieder. Auch Marie zuckte jedes Mal geheimnisvoll mit den Schultern, wenn Annu sie darauf ansprach.

»Du wirst es früh genug erfahren«, sagte sie lachend. »Den Anfang erfährt man immer ganz zum Schluss.«

»Ist das wieder so eine finnische Redewendung?«

»Natürlich.«

»Die spinnen, die Finnen«, sagte Annu dann, denn sie wusste, wie sehr Matti und Marie diese Floskel verabscheuten. Matti jagte sie durchs ganze Haus, bis Annu die Puste ausging und Marie sich beschwerte, dass sie sicher gleich ihre Bodenvasen umwerfen würden.

Annu hatte sich immer geärgert, wenn sie so hingehalten worden war. Aber konnte ihr das nicht mittlerweile egal sein? Warum dachte sie ständig an ihre Eltern und konnte nicht loslassen, obwohl sie längst erwachsen war? Sie füllte Wasser und Espressopulver in ihre kleine Kaffeekanne und stellte sie auf den Herd.

»Auf Wiedersehen, Matti!«, sagte sie. »Auf Wiedersehen, Marie! Ich muss mich jetzt auf mein eigenes Leben konzentrieren, sonst werde ich das Haus heute nicht mehr verlassen, und das könnt ihr ja nicht wollen, nicht wahr?«

Der Espresso zischte, und Annu füllte ihn in ihre größte Tasse. An einem Tag wie diesem halfen nur doppelte und dreifache Portionen, fand sie, sie musste sich schleunigst ins Hier und Jetzt zurückkatapultieren. Wegen Hilde trank sie den Kaffee zum ersten Mal in diesem Jahr auf den Stufen vor dem Eingang, schob sich ein Sitzkissen unter den Hintern und ließ sich die Sonne direkt ins Gesicht scheinen. So schien die ganze Müdigkeit langsam aus ihrem Körper zu verschwinden, und sie hätte ewig so sitzen bleiben und wie ein Faultier abhängen können, ohne Pläne, ohne Ziele. Ihre Gedanken wanderten umher, bis ein lautes Hupen Annu aus ihren Tagträumen riss. Birte bog in ihrem alten roten Fiat um die Ecke, und Aron kurbelte das Fenster herunter. Er trug seine Taucherbrille schon beim Fahren und streckte eine Hand nach draußen, damit Annu ihn abklatschte.

»Schnell, schnell«, rief er. »Ich will zum See.«

Annu schloss das Haus ab, wuchtete ihre Tasche neben Aron auf die Rückbank und stieg ein.

Birte schob ihre Sonnenbrille hoch.

»Ein Hoch auf Hilde!«, sagte sie.

»Wer ist das?«, wollte Aron wissen. »Habt ihr eine neue Freundin?«

»Ja«, erklärte Annu. »Sie sitzt im Himmel und hat die ganze Nacht die Wolken vertrieben, damit wir zum See fahren können.«

Aron reagierte nicht und presste die Nase an der Fensterscheibe platt.

»Rate, wievielter ich beim Wettkampf geworden bin«, sagte er zu ihr.

»Siebter?«

»Quatsch.«

»Dritter?«

»Immer noch Quatsch.«

»Du hast gewonnen?«

»Ich bin bald so schnell wie der Große im Fernsehen, der immer einen Blitz mit den Armen macht.«

»Wer sagt das?«

»Papa.«

Birte zwinkerte Annu zu.

»Ohne große Ziele wäre es langweilig«, sagte sie. »Du kennst ja Lars. Bei ihm muss der Sohn Olympiasieger werden, darunter macht er's nicht.«

»Wie alt muss ich sein, um bei der Deutschen Meisterschaft zu starten?«, wollte Aron wissen.

»Das dauert noch ein Weilchen«, antwortete Annu.

»Nächste Woche hat er einen wichtigen Wettkampf«, erzählte

Birte. »Arons Trainerin hat ihn angemeldet. Sie ist der Meinung, dass er großes Talent hat und auf dem Dorf kaum gefördert werden kann. Sie schlägt vor, dass er ein Sportinternat besucht. Lars war natürlich sofort Feuer und Flamme, aber ich frage mich, ob es nicht zu früh ist.«

»Für solche Wettkämpfe – oder wofür?«

»Wenn Aron die Trainer dort überzeugt und die erforderliche Norm läuft, kann er die Schule wechseln. Aber dann wird sich alles um den Sport drehen.«

»Ist das nicht gut? Er läuft doch so gerne.«

»Das schon, aber ist es nicht zu früh für diesen Drill und das harte Pensum?«

»Stell dir vor, wenn dass die Eltern von Usain Bolt auch gedacht hätten und ihren Sohn vom Training abgehalten hätten!«

Birte schüttelte den Kopf.

»Du bist wie Lars. Eine hoffnungslose Idealistin.«

Als sie das Ortsschild passiert hatten, beschleunigte Birte. Sie fuhr viel schneller als erlaubt.

»Uns sieht doch keiner«, sagte sie beschwichtigend, als Annu auf den Tacho zeigte. »Der einzige Vorteil an diesem Niemandsland.«

»Zieht es dich immer noch fort?«

»Kopenhagen, Stockholm, Berlin. Ganz egal. Aber ...«

Sie hielt inne, und Annu ahnte schon, was jetzt kommen würde.

»Lars will die Firma nach wie vor nicht aufgeben?«

»Ich glaube, er könnte mittlerweile auch eine Zweigstelle eröffnen. Aber er scheut das Risiko. Er zeigt mir ständig irgendwelche Berechnungen und verweist auf Zahlen, die er erreicht haben will, bevor ein Umzug möglich ist.«

»Ihr braucht dringend einen Bilanzfälscher. Aber ich bin froh, wenn ihr bleibt.«

Birte lachte und parkte den Wagen am Wegesrand, Parkplätze

gab es nicht. Aron sprang als Erstes nach draußen und zog einen riesigen Rucksack von der Rückbank.

»Was habt ihr denn alles dabei?«

»Das wirst du schon sehen.«

Er streckte seine Arme in die Luft. Annu nahm ihn huckepack und klemmte sich ihre Tasche unter den Arm.

»Ich sehe euch schon auf die Nase fallen«, sagte Birte.

»Ach, was. Dein Sohn ist ein Leichtgewicht!«

Als sie am Ufer ankamen, rannte Aron gleich zum Wasser. Doch statt hineinzuspringen, kniete er sich hin, beugte den Oberkörper weit nach vorne und steckte nur den Kopf ins Wasser. Dann beobachtete er durch die Taucherbrille die kleinen Fische.

»Das sieht unbequem aus. Warum gehst du nicht ganz rein?«, fragte Annu, als er kurz den Kopf hob.

»Es ist ein klitzekleines bisschen zu kalt.«

»Ich ruf Hilde an und sag ihr, sie soll die Temperatur ein bisschen erhöhen.«

»Wie lange braucht sie dafür?«

»Das ist keine leichte Sache, ein oder zwei Stunden wird es sicher dauern.«

»Und was machen wir so lange?«

Annu zeigte auf den Rucksack.

»Schon vergessen?«, fragte sie. »Du hast Gepäck für zwei Wochen Urlaub dabei.«

Aron öffnete den Verschluss und packte nach und nach neunundzwanzig kleine und große Plastikdinosaurier aus.

»Er hat darauf bestanden, dass er mit allen spielen darf, sonst wäre er nicht mitgekommen«, erklärte Birte.

»Dann können wir uns in Ruhe sonnen, oder?«, flüsterte Annu, und Birte hob hinter Arons Rücken ihren erhobenen Daumen.

Innerhalb der nächsten Stunde baute der Junge aus Ästen, Blättern und Steinen ein ganzes Dorf um die Tiere herum. Es gab zahlreiche Schlafplätze, aber auch Kochstellen und Esstische. Sogar einen Trimm-dich-Park hatten die Saurier, damit sie ihre Form nicht verloren und sich auf Kämpfe vorbereiten konnten.

»Ich wusste gar nicht, dass Dinos Liegestütze machen und mit Kochlöffeln umgehen konnten«, sagte Annu.

»Du hast keine Ahnung von Tieren, oder?«

Aron schüttelte den Kopf und ließ sich nicht davon abbringen, dass Saurier Pizza aßen und sie in Ermangelung eines Ofens eben in der Sonne auf großen Steinen brutzelten. Wenn sie das warme Essen vertilgt hatten, verspeisten sie noch ein paar Schokoriegel und tranken Limonade aus riesigen Gläsern.

»Die sind wie du«, lachte Annu. »Welche Art bist du – ein Flugsaurier?«

»Ich bin ein Rhamphorhynchus«, erklärte er. »Die konnten direkt über der Wasseroberfläche fliegen und kleine Fische fangen.«

»Sie müssen also nicht ins kalte Wasser springen? Wie praktisch.«

»Schau doch im Internet nach, wenn du mehr wissen willst. Ich habe keine Zeit, dir alles zu erklären.«

»Keine Zeit, so, so.«

»Wo er recht hat«, schaltete sich Birte ein. »Der Kuchen wartet.«

»Der Flugsaurier hat schon genug gegessen.«

»Quaaaaaaaatsch!«, schrie Aron.

»Komm, wir machen noch ein Wettrennen zum Auto«, sagte Annu.

Aron lief ihr voraus, seine schlaksigen Beine beschleunigten tatsächlich schon viel schneller als beim letzten Mal. Annu kam kaum noch hinterher.

»Du Schnecke«, rief er ihr zu und machte die Blitz-Geste.

Annu nahm ihn in den Schwitzkasten, bis er sie kitzelte und sich aus ihrer Umklammerung wand.

Birte lud währenddessen die Sachen zurück in den Kofferraum, und Aron wurde auf einmal ganz ernst.

»Annu, drückst du mir die Daumen, dass ich beim Wettkampf der Schnellste bin?«

»Aber sicher.«

»Ich will das unbedingt schaffen. Un-be-dingt!«

»Warte mal«, sagte sie und wühlte kurz in ihren Hosentaschen. »Gib mir mal deine Hand.«

Er steckte ihr die linke hin, und sie legte ein paar Zitronen-Drops hinein.

»Es ist ganz einfach«, erklärte sie, »die nimmst du direkt vor dem Wettkampf, und dann geht alles von selbst.«

»Was ist das?«, fragte er neugierig.

»Die kommen aus Jamaika und sorgen für Usain-Bolt-Kräfte.«

Aron freute sich.

»Dann gewinne ich sicher«, sagte er und setzte sich zufrieden auf die Rückbank.

Auf der Fahrt ins Dorf verloren sie nicht mehr viele Worte.

»Lässt du mich kurz raus, damit ich mein Auto holen kann?«, fragte Annu, als sie den Wald hinter sich ließen, und das windschiefe Haus schon aus der Ferne zu sehen war.

»Stimmt, du willst ja unser altes Ungetüm mitnehmen.«

»Was machst du, was machst du?«, fragte Aron, als Annu ausstieg.

»Ich bekomme euer Sofa geschenkt.«

»Aber du hast doch gar nicht Geburtstag.«

»Ich habe eben Glück. Deine Eltern haben sich nämlich ein neues gekauft.«

»Eine schöne, große Couch, auf der wir alle nebeneinander Platz haben«, erklärte Birte.

»Bis gleich!«, sagte Annu, und Aron fauchte ihr zum Abschied wie ein Saurier zu.

»Nicht anfassen!«, sagte er. »Ich bin hungrig.«

Annu ging hinters Haus, wo der Volvo stand. Er war ein weiteres Erbstück von Matti.

»Hässlich, aber praktisch«, hatte er beim einzigen Autohändler der Region festgestellt, und damit war im Grunde alles gesagt.

Marie hatte den Wagen von Anfang an nicht leiden können. Er war viel zu unförmig, fand sie. Und der Lack blätterte überall ab.

»Wir brauchen kein glänzendes Schmuckstück«, versuchte Matti sie zu überzeugen. »Das ist nur ein Hilfsmittel, um zum Training zu fahren oder etwas zu transportieren.«

Schon bei der ersten Spritztour landete Marie im Graben und musste den Mechaniker aus dem Nachbardorf zu Hilfe holen. Annu war sich nicht sicher, ob sie mit dem Auto wirklich so schlecht zurechtkam oder ob sie sich nur dagegen wehrte, dass Matti bei der Fahrzeugwahl nicht auf sie hörte. Sie weigerte sich, auch nur ein weiteres Mal mit dem Monstrum zu fahren, wie sie den Volvo nannte. Fortan ließ sie Matti nicht nur alle Erledigungen übernehmen, sondern sich von ihm auch zum Biathlonstützpunkt bringen. Zu dieser Zeit arbeitete er nicht mehr für den finnischen Sender, um sich das Pendeln zwischen den beiden Ländern zu sparen. Er schrieb als freier Journalist Artikel über Wintersport oder neue Trainingsmethoden für Zeitungen und Magazine. Und wenn er keine Aufträge hatte, sprang er als Aushilfscoach für Marie beim Biathlon ein. Er dachte sich Work-outs aus, um ihre Ausdauer zu verbessern, oder feuerte sie an, wenn sie ihre Runden drehte. Sogar bei den Serviceteams schaute er manchmal vorbei und ließ sich zeigen, wie sie mit unterschiedlichen Wachsarten auf die veränderten Temperaturen reagierten. Seine Lieblingsübung bestand jedoch darin, sich am Schießstand neben Marie zu stellen. Er sang dann lautstark finnische Lieder oder sprang auf und ab, um ihre Konzentrationsfähigkeit auf die Probe zu stellen. Wenn sie nicht lachte und die Scheiben traf, hatte sie gewonnen. Wenn sie mehr als einmal verfehlte, musste sie ihm einen Drink ausgeben. Er war sich sicher, dass dieser innovative Ansatz seine Frau ideal auf die Wettkampfbedingungen vorbereitete, wo sie schließlich gegen jede Art der Ablenkung immun sein musste.

An schlechten Tagen schüttelte er eines seiner Sprichwörter aus dem Ärmel, um sie auf andere Gedanken zu bringen. Eins gefiel Marie besonders gut, und sie bat ihn nach einem missglückten Rennen oft, es noch einmal zu ihr zu sagen, als würde alleine der Klang der Worte sie beruhigen. Matti lud ihre Ausrüstung in den Volvo, und kurz bevor er den Motor anließ, sah er zu ihr und meinte:

»Die sind eh zu sauer, sagte der Fuchs über die Vogelbeeren, an die er nicht herankam.«

»Wiedersehen, Erinnerungen«, murmelte Annu und wischte den Staub von der Windschutzscheibe und den Spiegeln. Dann breitete sie eine Plane im Kofferraum aus. Gerne fuhr sie das Monstrum auch nicht, aber für die kurzen Strecken im Dorf reichte es. Sie kurbelte die Scheiben nach unten, damit die warme Luft durch das Auto zog und drehte das Autoradio auf Maximallautstärke. Mit Tempo zwanzig tuckerte sie die Dorfstraße entlang, die ein paar Schlaglöcher zu viel hatte, und trommelte im Rhythmus der Musik auf das Lenkrad. Sie hatte vor vielen Jahren eine Kassette eingelegt, die der Volvo einfach verschluckt hatte. Seitdem hörte sie unterwegs immer das gleiche Album, das sie von Matti zum 18. Geburtstag bekommen hatte: Finnische Tangos von Numminen.

»Wir Finnen sind nur glücklich, wenn wir unglücklich sind«,

zitierte ihr Vater den Komponisten. »Und wenn es den Tanz nicht gäbe, hätten wir keine fünf Millionen Einwohner. Diese Musik ... Ehestifter und Ehebrecher zugleich.«

Sie blieb im Wagen sitzen, bis die letzten Takte verklungen waren. Lars hatte bereits diverse Male mit einem Schraubenzieher versucht, die Kassette mit Gewalt aus dem Fach herauszuholen. Natürlich vollkommen vergeblich.

Als Annu ausstieg, roch sie den Bienenstich schon. Lars hatte den Kuchen im Garten aufgetischt und zu ihrer Überraschung wild geschmückt. Auf dem Tisch stand das bunte Geschirr, und überall hingen Luftschlangen und Luftballons.

»Was habe ich verpasst?«, fragte sie.

»Mir war einfach nach Feiern.«

»So ganz ohne Grund?«

»Ach, irgendwo hat immer jemand Geburtstag ...«

»Zum Beispiel Hilde?«

»Stimmt, das war's!«

Dann ging er zum Schrank und kam mit Baileys zurück.

»Das ist nicht dein Ernst!«, stöhnte Birte.

»An Feiertagen trinken wir alles mit Schuss!«, erklärte Lars und ging von Kaffeetasse zu Kaffeetasse. Nur Aron hatte eine Limo bekommen.

»Ich muss noch fahren«, protestierte Annu.

»Denkst du, die Polizei hat sich schon auf die Lauer gelegt und wartet darauf, dass du zum Pusten vorbeikommst?«, fragte Lars. »Wir sind hier doch nicht in der Großstadt.«

»Nicht, dass ich euer Sofa gegen einen Baum fahre.«

»Die wenigen Meter schaffst du im Schlaf. Apropos: Wollen wir das Teil schon einmal einladen?«

»Gute Idee.«

Lars trank den Kaffee aus und sprang auf. Gemeinsam holten sie eine Sackkarre aus der Garage, und dann wuchteten Annu und er den Zweisitzer hochkant darauf. So konnten sie das Sofa vom Wohnzimmer in den Flur schieben und mussten es nur das kurze Stück zum Auto tragen. Beim dritten Versuch schaute es auch nicht mehr hinten heraus, und Annu konnte den Kofferraum schließen.

»Auf Wiedersehen, Junggesellensofa!«, sagte Lars wehmütig.

»Du kannst es jederzeit bei mir besuchen.«

»Ich werde ihm Chips und Bier vorbeibringen.«

»Und dann schauen wir zusammen Bundesliga?«

»Auf jeden Fall. Und Formel-1-Rennen – frühmorgens, wenn das ganze Dorf noch schläft.«

»Du schenkst mir also gar kein Sofa, du richtest dir ein Zimmer bei mir ein!«

»Wäre es schlimm, wenn es eine Mischung aus beidem ist?«

»Damit komme ich klar. Hat es einen Namen?«

»Es heißt Mika.«

»Häkkinen?«

»Ja, das war früher mein Lieblingsrennfahrer.«

»Ein finnisches Sofa. Warum hast du das nicht gleich gesagt?«

»Damit du nicht denkst, du könntest ihm Tangos vorspielen.«

Annu boxte ihn in die Seite.

»Du hast keine Ahnung von guter Musik.«

Als sie zurück in den Garten gingen, kamen Birte und Aron gerade aus dem Bad. Der Junge sah ganz blass aus.

»Der Kleine hat sich wohl einen Saurier-Virus eingefangen«, erklärte Birte ihnen. »Er hat sich übergeben und soll sich kurz hinlegen.«

Aber Aron stampfte bei jedem Schritt trotzig auf.

»Ich geh nicht ins Bett, ich geh nicht ins Bett«, schrie er.

»Kann einer von euch übernehmen?« Birte ließ den Jungen los, der zu Annu lief und mit den Fäusten auf ihre Oberschenkel trommelte.

»Ein Saurier kennt keinen Schlaf!«

»Ich weiß«, flüsterte sie ihm zu. »Ich komme mit dir hoch.«

Widerwillig ließ er sich nach oben tragen und fauchte.

»Lass mich los, oder ich fress dich«, beschwerte er sich, als sie seine Zimmertür erreichten und Annu ihn absetzte.

»Machen wir einen Deal? Du legst dich eine halbe Stunde hin, um nicht krank zu werden. Und wenn es dir besser geht, darfst du mit den Sauriern spielen.«

Er stöhnte und kroch unter die Decke.

»Mach die Tür zu«, brummte er. »Erwachsene haben hier nichts verloren.«

Sie ließ ihn alleine und wartete noch kurz im Flur, ob sie irgendwelche Geräusche hörte. Doch er schien wirklich schlapp zu sein und rief nicht wie sonst noch mehrmals nach ihr. Hilde hat ihn ermüdet, dachte sie und begutachtete sich im Spiegel über der Kommode. Die Falten an den Augen waren nicht mehr zu leugnen, aber die ersten grauen Haare konnte sie noch verstecken. Eine klassische Schönheit wie Birte war sie nicht, aber Lars hatte schon recht. Sie durfte nicht vergessen, die Augen offen zu halten. Sonst würde sie es noch verpassen, wenn der Richtige an ihrem Haus vorbeilief. Jetzt, wo sie einen gemütlichen Zweisitzer hatte ...

»Führst du Selbstgespräche?«, rief Lars ihr von draußen zu. »Wir warten!«

Sie stießen nochmals mit Baileys an, diesmal pur. Auf den Frühling und auf ihre Freundschaft. Auf das Dorf, auf das Sofa, auf ihre Zukunft. Auf Saurier, auf Bienenstich, auf Hilde. Sie reihten Gründe aneinander, bis ihnen nichts mehr einfiel.

»Schlecht haben wir es nicht«, erkannte selbst Birte.

»Solange wir uns haben«, sagte Annu.

»Aber warum sollten wir uns nicht haben?«, fragte Lars.

Als die Wolken dichter wurden und Birte sich eine Strickjacke überzog, sah Annu zum ersten Mal an diesem Tag wieder auf die Uhr.

»Ich muss los«, sagte sie. »Ich bin schon viel zu lange hier. Die Übersetzung wartet!«

Lars seufzte.

»Du bist mit deinem Laptop verheiratet. Und diesen schrecklichen Tangos. Kein Wunder, dass du alleine wohnst.«

»Danke für den Kuchen«, sagte sie, ohne auf seine Spitze einzugehen. »Und für das Sofa natürlich.«

»Mika wird sicher weitere Männer anziehen. Vergraul sie nicht sofort!«

»Träum weiter. Aber die Pluralform gefällt mir.«

Er half ihr in die Jeansjacke, und sie drückte ihm einen Kuss auf die Wange.

»Bist du sicher, dass du noch fahren kannst?«

Annu sah ihn überrascht an.

»Du hast doch gesagt, dass es nur ein Katzensprung ist.«

»Wenn du magst, kannst du das Sofa auch morgen holen«, rief Birte ihr aus der Küche zu.

»Hört mal, ich schaffe das schon, ich habe schließlich finnische Wurzeln. Mein Vater hat jeden Morgen mit Wodka gegurgelt.«

Tango

Wie hoch ist die Wahrscheinlichkeit, dass Eltern nicht bemerken, dass ihr Kind längst nicht mehr in seinem Zimmer ist und schläft? Dass die Übelkeit nicht mehr so schlimm ist und der Junge sich heimlich aus dem Haus gestohlen hat, um mit seinen bunten Kreiden eine Saurierlandschaft auf die Straße zu malen? Und dass eine Frau den Jungen nicht im Rückspiegel sieht, weil sie ein Sofa im Kofferraum transportiert?

Es verging eine Ewigkeit, bis endlich der Krankenwagen kam. Lars war völlig neben der Spur. Ein älteres Nachbarspärchen hatte den Unfall beobachtet und kam dazu. Sie fragten, ob sie irgendwie helfen konnten. Niemand antwortete. Annu war in ihrer eigenen Welt, Lars trank Wasser in winzigen Schlucken, und Birte redete leise auf Aron ein, der sich nicht bewegte. Annu wurde schlecht. Anscheinend hatte sich im Dorf schnell herumgesprochen, dass etwas passiert war. Immer mehr Bewohner wollten sich das Ganze aus der Nähe ansehen und schoben sich an den Ort des Geschehens heran. Nur die kindliche Kreidezeichnung hielt sie auf Abstand, die wollte keiner von ihnen betreten. Das Getuschel war kaum auszuhalten, niemand sprach Annu an, aber alle beobachteten sie. Alles um sie herum schien sich in Luft aufzulösen. Das Dorf, der Unfall, die Schaulustigen. Was hatte sie bei ihren Freunden gewollt? Warum hatte sie deren Sofa im Kofferraum? Wieso liefen in ihrem Auto noch immer die finnischen Tangos? Und wohin sollte sie jetzt gehen?

Annu saß auf dem Gehsteig und starrte auf den Asphalt. Aron hatte drei Erwachsene gemalt, zwei Frauen und einen Mann. Daneben sich selbst, einige Bäume und Blumen und unzählige Saurier. Große und kleine, fliegende und schwimmende. Arons Beine, dachte sie wieder und wieder, sie hatte beim Ausparken zu schnell zurückgesetzt und seine schmalen Usain-Bolt-Beine erwischt. Ihre Gedanken irrten umher, und sie versuchte sich zu beruhigen. Vielleicht war es nur ein einfacher Bruch. Vielleicht würde Aron bald wieder laufen können. Vielleicht würden Lars und Birte ihr keine Schuld geben. Es hätte jedem passieren können, oder etwa nicht? Sie wollte aufstehen und sich zurückziehen, aber dann ging nichts mehr. Ihre Lider klappten zu, und alles wurde schwarz.

Als sie kurz darauf die Augen wieder aufschlug, lag sie auf dem Asphalt und starrte einem der beiden Notfallsanitäter in die Augen. Er fühlte ihren Puls.

»Atmen Sie tief durch«, sagte er. »Sie waren kurz ohnmächtig, aber ich kümmere mich um Sie. Ich bin Kalle. Wie heißen Sie?«

»Ist doch egal«, antwortete sie und blickte zur Seite, weg von ihm.

»In Ordnung. Welcher Tag ist heute, wie spät ist es?«

Sie dachte nach und sah ihn dann ratlos an.

»Irgendein Feiertag.«

Der Sanitäter redete weiter auf sie ein und sah ihr dabei die ganze Zeit in die Augen. Seine Worte drangen kaum noch zu ihr durch. Gab es da ein Standardprogramm, das man irgendwo herunterladen konnte? *Wie man an Unfallorten mit Betroffenen spricht. Ein Leitfaden für Ersthelfer.*

Erst als der Mann ihr eine Telefonnummer zusteckte, schreckte sie auf.

»Die ist von einem Seelsorger«, hörte sie ihn leise sagen. »Wir können Sie auch über Nacht mit in die Klinik nehmen und nochmals genau durchchecken, sicher ist sicher.«

Doch Annu weigerte sich.

»Ich komme schon klar.«

Er schien nicht überzeugt zu sein, aber sein Kollege rief ungeduldig nach ihm. Kalle drückte noch einmal fest ihre Hand.

»Soll ich gleich einen weiteren Wagen schicken? Das ist kein Problem.«

Annu schüttelte den Kopf. Sie riss sich von ihm los und entzog sich dieser seltsamen Zutraulichkeit. Sie bohrte sich die Fingernägel in die Oberschenkel, und sobald der Schmerz nachließ, drückte sie erneut zu. Es kam ihr so falsch vor, dass sich jemand um sie kümmerte. Der Wettkampf fiel ihr ein, Arons großer Traum. Er würde nicht starten können. Das ganze Training der letzten Wochen war umsonst gewesen. Würde er überhaupt wieder laufen können? Würden Lars und Birte jemals wieder mit ihr sprechen? Und würde sie Aron wiedersehen dürfen? Annu verfluchte Hoch Hilde und den Bienenstich. An ein Leben ohne die drei wollte sie nicht denken.

Sie stand auf und entfernte sich von der Unfallstelle.

»Einen Moment noch!«, rief ihr jemand hinterher.

Annu blieb stehen, und erst da nahm sie das Polizeiauto wahr, das vor der Einfahrt parkte. Die beiden Polizisten waren in ihrem Alter und wohnten im Nachbarort. Annu kannte sie flüchtig aus Schulzeiten, damals hatte sie die beiden hin und wieder auf Partys getroffen. Alex trug mittlerweile einen Bart und eine Brille. Der große, schlaksige Franz wirkte unverändert, nur seine Haare waren weniger geworden. Die beiden sahen ihr nicht in die Augen.

»Annu, das ist Formsache«, sagte Franz. »Wir wissen ja, dass es ein Versehen war.«

Dann räusperte er sich, so wie er das früher auch oft getan hatte, wenn er nicht weiterwusste. Er hatte diverse Formulare dabei, nahm Annus Personalien auf und ließ sich ihren Führerschein zeigen. Dann wollte er einiges zum Unfallhergang wissen. Sie antwortete so knapp wie möglich und schaffte es kaum, den Fragen zu folgen.

Schließlich zog Alex den Alkoholtester aus der Tasche, der aussah wie ein Diktiergerät.

»Einmal pusten, bitte.«

»Das ist Formsache!«, sagte Franz wieder.

Annu starrte auf den Alkoholtest. Lars und Birte waren mit den Sanitätern und Aron in die Klinik gefahren. Nur ein paar Nachbarn waren noch an Ort und Stelle und beobachteten sie argwöhnisch. Mit gesenktem Kopf atmete Annu in das Messgerät.

»0,7 Promille«, sagte Alex überrascht. »Ihr habt getrunken?«

»Kaffee mit Schuss.«

»Und ein paar Kurze?«

»Vielleicht.«

Die beiden Polizisten sahen sie fassungslos an. Alex fing sich als Erster wieder.

»Deinen Führerschein siehst du so schnell nicht wieder«, sagte er. »Don't drink and drive. Schon mal gehört?«

Annu wusste nicht, was sie antworten sollte.

»Da wird ein Strafbefehl auf dich zukommen«, ergänzte Franz. »Und jetzt müssen wir dich mitnehmen und beim Arzt im Nachbarort einen Bluttest machen lassen.«

Annu nickte, auch wenn sie am liebsten davon gelaufen wäre. Mit gesenktem Kopf folgte sie den beiden, stieg ins Auto und schloss die Augen. Alles, was folgte, drang kaum noch zu ihr durch: Die Nadel, die sich in ihre Vene bohrte, die vorwurfsvollen Blicke des Arztes und die Kommentare der Polizisten.

»Sollen wir dir ein Taxi rufen?«, fragte Franz.

Sie schüttelte den Kopf und ging davon. Erst ganz langsam, dann immer schneller. Es kam ihr so vor, als ob sie vollkommen den Verstand verlieren würde, wenn sie stehen blieb und über Aron nachdachte. Also rannte sie durch den Ort hindurch und dann immer weiter, querfeldein über die Felder. Sie lief vor der Kreidezeichnung davon, vor Birtes Erschrecken und vor Lars' leerem Gesichtsausdruck. Vor der Erinnerung an den Ausflug, vor den Sauriern und vor dem Gedanken an den Wettkampf. Sie lief vor den Polizisten und vor dem Notfallsanitäter davon, im Grunde vor dem ganzen Dorf. Als der Krankenwagen mit Aron wegfuhr, hatte sie kurz gehofft, dass jemand den Riss kitten könnte, der sich durch diesen Tag zog. Dass es wie nach einem schlechten Traum ein Aufwachen gäbe. Aber das war nicht mehr möglich.

Ein kalter Wind hatte eingesetzt und trieb ihr Tränen in die Augen. Kaum hatte sie sich den Rotz mit dem Handrücken abgewischt, ging es wieder von vorne los. Sie schniefte und schnaubte. Redete mit verstellter Stimme mit sich selbst und wartete darauf, dass sie eine überraschende Antwort bekam. Dass sie aus ihrer Verzweiflung gerissen wurde oder dass sich ein neuer Weg vor ihr auftat, einfach so. Sollte sie sich nochmals bei Lars melden? Und was sagte man in so einer Situation? Warum hatte sie nur den Schulterblick vergessen und nicht besser aufgepasst? Weshalb hatte sie sich zum Trinken verleiten lassen? *Kein Alkohol am Steuer*, das wusste doch wirklich jeder. Sie fauchte wie Aron und fluchte wie Matti, aber auch das half nicht. Erst riss sie ohne Grund Blumen aus der Wiese, dann schrie sie sämtliche finnischen Flüche, die sie kannte, in einer Dauerschleife ins Nichts hinein. Verheult und außer Atem ließ sie sich schließlich ins Gras sinken. *Onko onni unta vain*, hatte es aus ihren Lautsprechern gedröhnt, und sie hatte sich nichts dabei gedacht. *Ist das Glück nur ein Traum?* Ja, was sonst? Sie sah die Schlagzeile in der Regionalzeitung schon vor sich: *Betrunkene Frau überfährt Kind beim Ausparken.*

Sie wollte abhauen und wusste nicht wohin. Einfach von der Erdoberfläche verschwinden. Und nie wieder jemandem in die Augen sehen müssen. Es begann zu regnen, und nach kurzer Zeit klebten die Halme an ihrer Hose, und ihr Hintern wurde nass. Konnte sie nicht einfach mit einer schlimmen Lungenentzündung den Abgang machen? Doch so einfach war das nicht. Im Sommer, Annu? Wie blöd bist du eigentlich? Die vorwurfsvollen Stimmen in ihrem Kopf wurden mit jeder Minute lauter und wütender.

»Du bist das Letzte«, schrien sie. »Was, wenn der Junge wegen dir kein Leichtathlet wird? Niemand wird jemals wieder ein Wort mit dir wechseln.«

Lars würde ihr das nie verzeihen. Sollte sie einfach nach Finnland verschwinden, zurück zu den Wurzeln? Aber wie? Ihr Konto war fast leer. Das war alles andere als eine Gewinn-Gewinn-Situation.

»Du bist wie ein kleines Kind«, hatte Lars letzte Woche noch zu ihr gesagt. »Du lebst von der Hand in den Mund und findest es nicht einmal schlimm.«

»Solange ich jeden Tag ein Eis essen kann und ein Dach über dem Kopf habe …«

»Hast du denn keine Ziele, keine Pläne?«

Sie hatte nicht gewusst, was sie zu ihm sagen sollte. Dass sie kein Sicherheitsmensch war? Dass sowieso alles anders kam, als man dachte? Dass sie keine Lust auf diese typischen Karrieren hatte, es einfach nicht schaffte, für eine unbestimmte Zukunft Geld zu sparen, und niemandem beweisen musste, dass sie es zu etwas gebracht hatte? Es stimmte schon, wenn sie nicht nur Literatur übersetzen würde und mehr kommerzielle Aufträge von großen Unternehmen annehmen würde, dann wäre sie vielleicht wohlhabender. Aber das war einfach nicht ihr Ding.

»Du hattest recht, Lars, ich bin ein Nichtsnutz«, rief sie den Bäumen am Wegesrand zu. »Und verrückt.«

Irgendwann stieß sie auf einen schmalen Weg, der immer weiter ins Nirgendwo führte. In diese Richtung war sie noch nie gegangen. Ihre Hose und ihr T-Shirt waren vollkommen verdreckt und von

Schweiß durchtränkt. Sie kämpfte sich weiter voran, ohne überhaupt zu wissen, wo sie war. Wann würde man im Dorf ihr Fehlen bemerken und jemanden losschicken? Würde man sie überhaupt vermissen? Doch sie konnte wohl noch nicht einmal richtig verloren gehen. Nach der nächsten Abbiegung stand sie an der Landstraße, die ins Dorf führte. Sogar eine Bushaltestelle für den Überlandbus gab es hier, der eine kleine Ortschaft nach der anderen abklapperte und an Feiertagen begehrt war. Die Leute fingen zur Mittagessenszeit mit dem Trinken an, und wenn sie in Schlangenlinien torkelten, nahmen sie den Bus zurück und schliefen während der Fahrt ein.

Annu lief auf und ab, immer wieder vor und zurück, vor und zurück, bis sie endlich ein Motorgeräusch hörte. Sie stieg ganz hinten ein und suchte sich einen Platz, wo niemand in ihrer Nähe saß. Im Radio lief ein fröhlicher Popsong und sie hätte den Busfahrer am liebsten gebeten, die Musik auszumachen. Alles um sie herum schien von Glückseligkeit berauscht zu sein. Jemand summte den Refrain mit, ein Jugendlicher erzählte seiner Freundin am Telefon, wie sehr er sie vermisste und dass er sie unbedingt wiedersehen musste, am besten in den nächsten dreißig Minuten. Annu lehnte den Kopf gegen die Fensterscheibe und sah die Landschaft an sich vorbeiziehen. Seit sie in das Dorf mit den siebenundachtzig Einwohnern gezogen war, hatte sie sich zunehmend an die Abgeschiedenheit gewöhnt. Sie war froh, nicht ständig nach ihrer Gemütslage gefragt zu werden, für sich sein zu können. Die Telefonate für die Arbeit und die Treffen mit Lars und Birte reichten ihr. Mehr brauchte sie nicht.

Annu schloss die Augen und öffnete sie erst wieder, als sie die Haltestelle im Dorf erreicht hatten. Vielleicht würde es helfen, wenn sie von nun an nur noch Finnisch sprach. Der Bus hielt zwischen Billardkneipe und Gemischtwarenladen, sie stieg mit gesenktem Kopf aus und lief zu ihrem kleinen Haus am Ende der Straße. Wie es Aron wohl ging? Sie wusste immer noch nicht, ob sie noch einmal bei Lars vorbeischauen sollte oder ob sie damit nur alles noch schlimmer machen würde. Sie warf eine Münze auf den Boden, doch sie vergaß, sich vorher zu überlegen, welche Seite für welche Entscheidung stand. Zu Hause angekommen lehnte Annu sich unschlüssig gegen die Tür.

Eine halbe Stunde später hatte sie es ins Haus geschafft. Auf dem Küchentisch lag noch die letzte Scheibe Brot, die sie am Morgen nicht mehr gegessen hatte. Sie schmierte viel zu viel Butter darauf und aß sie ohne weiteren Belag. Sie fühlte sich wie gelähmt und wusste nicht, worauf sie eigentlich wartete. Wann wurde dem Körper diese Position zu viel, und er sackte in sich zusammen? Urplötzlich stand sie wieder auf. Es half ja alles nichts. Sie konnte sich nicht einfach vom Erdboden verschlucken lassen. Irgendetwas musste ihr einfallen. Ir-gend-et-was. Sie aß sich ohne Hungergefühl kreuz und quer durch den Kühlschrank. Schinken mit Senf, Joghurt mit Marmelade, Gurkenscheiben mit Käse. Dann holte sie Nudeln aus dem Regal und stellte einen Topf mit Wasser auf den Herd, aber mehr ging nicht. Es köchelte und köchelte vor sich hin, sie dachte noch, dass sie das Salz holen müsste, dass sie die Pasta-Packung öffnen müsste, aber ihr fehlte die Kraft, auch nur einen Finger zu bewegen, und schließlich gab sie das Vorhaben auf. Sie stand einfach nur da, das Haus drehte sich um sie herum, wurde zum Haus von Lars und Birte. Und wieso lagen überall Saurier? Kleine und große, dicke und dünne. Flogen zum Fenster hinein und kamen aus den Wänden heraus, bis kein Zentimeter mehr frei war.

Den ganzen Abend blieb sie in der Küche und wartete darauf, dass Lars oder Birte anriefen. Dass sie ihr versicherten, dass alles nicht so schlimm sei. Dass es ein einfacher Bruch sei, der in Windeseile verheilte, selbst wenn beide Beine betroffen waren. Aber es blieb gespenstisch still im schiefen Haus. Annu saß am Tisch, eine Hand baumelte in der Luft, die andere lag auf der Platte. Manchmal strich sie sich eine Strähne aus dem Gesicht, die an der Nase juckte. Sie versuchte sich abzulenken und dachte an früher, an eine Zeit, die nichts mit Aron zu tun hatte. Das machte es zumindest ein kleines bisschen erträglicher. Szenen mit Matti, als er ihr Dinge beibringen wollte, für die sie noch nicht alt genug war. Langlaufen, bevor sie wirklich laufen konnte. Und später dann: Mit einem Luftgewehr auf Dosen schießen, irgendwo im Wald, damit Marie nichts davon mitbekam. Mit zu großem und zu scharfem Messer etwas schnitzen und das Blut am Finger ignorieren, bis es zu sehr schmerzte. Weitsprung, Fußball, Karate. Aber nichts davon funktionierte so richtig, also kehrten sie zum Anfangspunkt zurück und schnallten die Langlaufski an. Sie war kein Naturtalent, so viel stand fest, und sie hatte keine Lust, jeden Tag zu trainieren wie ihre Mutter. Aber sie fuhr gerne durch den Wald, mal mit Matti, mal mit Marie. Später dann alleine. An den guten Tagen liegt Schnee, so würde sie gerne einen Roman nennen, doch da sie nie mehr als ein paar unzusammenhängende Zeilen aufs Papier brachte, blieb sie beim Übersetzen. Aus fremden Worten eigene Worte zu machen, war leichter. Das klappte immer.

Als sie gerade zu Bett gehen wollte, hämmerte jemand gegen die Tür, obwohl sie wie jeder normale Mensch eine Klingel hatte. Ob das Lars war? Oder gar Birte? Aber die würden sich nicht so seltsam benehmen. Beunruhigt ging Annu zum Fenster und sah nach draußen. Neben dem Topf mit den riesigen Astern stand Kalle. Er hatte die Sanitäterkluft gegen eine helle Hose und ein Hemd getauscht. Als er sie hinter den Vorhängen bemerkte, hob er die Hand. Sie sah ihn fragend an, und er drehte pantomimisch einen Schlüssel im Schloss.

»Ich wollte kurz nach Ihnen sehen«, sagte er, als Annu die Tür einen Spalt öffnete.

»Warum?«

Er ging nicht weiter auf ihre Frage ein und schien darauf zu warten, hereingebeten zu werden.

»Muss ich noch ein Formular unterschreiben? Haben Sie vorhin etwas vergessen?«

»Darum geht es nicht. Wie gesagt, ich wollte nur vorbeischauen.«

»Mir ist nicht nach Reden.«

»Verstehe.«

»Es gibt wohl nicht viele Notfälle, wenn Sie nach Dienstschluss noch umherfahren können.«

Er schien ihr gar nicht richtig zuzuhören.

»Können wir uns duzen?«

»Von mir aus.«

»Im Dorf hieß es, dass du alleine wohnst. Ich habe mich gefragt, ob du an so einem Abend Gesellschaft brauchst. Jemanden, der mit dir einen Tee trinkt.«

»An so einem Abend ...«

»Ich kann auch Erbsensuppe kochen. Oder Nudeln mit Soße. Aber das war's dann leider schon.«

»Das ist wirklich nett, aber ich möchte einfach nur schlafen.«

»Verstehe.«

Er blieb reglos stehen.

»Weißt du etwas über Aron und seine Beine?«, fragte sie.

»Ich habe seine Eltern auf dem Weg zu dir getroffen.«

»Und?«

Kalle sah zu Boden.

»Schwer zu sagen. Die Ärzte haben ihn untersucht und geröntgt, es ist ein komplizierter Trümmerbruch. Wenn alles gut verheilt, ist es nicht so schlimm. Aber mit so einem Überrolltrauma ist nicht zu spaßen ...«

»Wieso?«

»Das willst du wirklich wissen?«

Annu nickte.

»Wenn sich das Rad auf dem Körper dreht, wirken sogenannte Scherkräfte. Meistens ist der Weichteilschaden auch sehr groß, falls dir das etwas sagt.«

»Das sagt mir überhaupt nichts.«

Kalle stutzte.

»Sag mal, haben Lars und Birte sich nicht bei dir gemeldet?«

»Dann würde ich nicht fragen, du Blitzmerker.«

Annu wusste auch nicht, warum sie zu diesem Fremden so gemein war. Es platzte einfach aus ihr heraus, die ganze Wut über sich selbst und diesen kurzen Moment der Unachtsamkeit, der alles verändert hatte. Am liebsten hätte sie Kalle in den Bauch geboxt, weil er so still und verlegen dastand.

»Es ist lange nichts im Dorf passiert«, sagte Kalle kleinlaut. »Das hilft dir wahrscheinlich nicht, aber sie machen den Unfall deshalb noch schlimmer, als er ist.«

Annu wandte sich ab. Und was sollte ihr das bringen? Das hilft mir nicht, wollte sie rufen, dreh die Uhren zurück oder bring mich nach Timbuktu, aber erinnere mich nicht an den Unfall.

»Trinken wir noch was zusammen?«, fragte er und machte einen Schritt nach vorne, aber alleine der Gedanke an ein längeres Gespräch machte ihr Angst.

»Ich wäre jetzt wirklich gerne alleine.«

»Alles klar.«

Er sah traurig aus. Seit wann fuhren Sanitäter abends in der Einöde herum, statt sich um ihr eigenes Privatleben zu kümmern?

»Gute Nacht«, sagte sie. Dann schob sie schnell die Tür wieder zu. Sie sah Kalle hinterher, der sich mit langsamen Schritten entfernte und am Zaun nochmals kurz innehielt. Er ließ seinen Blick über den Garten wandern, steckte die Hände in die Hosentaschen und stand minutenlang einfach so da. Wie ein Gespenst.

Überrolltrauma

Annu zählte die Tage. Sie hatte einen weißen Zettel an eine leere Wand in der Küche geklebt und sammelte Striche. Ein Tag, ein Strich. Sie rief Lars und Birte regelmäßig an, um genau zu sein, nach jedem Strich. Doch da sprang immer nur die Mailbox an. Nach sieben Strichen dachte sie, dass der Junge langsam aus der Klinik kommen könnte. Nach zehn Strichen wurde sie unruhig. Nach vierzehn Strichen begann sie, jeden Tag mehrmals bei Lars und Birte anzurufen. Sie konnte sich nicht daran erinnern, dass die Zeit jemals so langsam vergangen war. Jede Minute schien sich ins Unendliche auszudehnen, und sie erschrak, wenn sie auf die Uhr sah und noch so viel vom Tag übrig war. Selbst wenn sie übersetzte oder ein Buch las, konnte sie sich kaum ablenken. Länger als eine Viertelstunde konnte sie nicht mehr abtauchen, dann kamen die Erinnerungen zurück. Der Unfall und der Ausflug an den See verschwammen, als hätten sie parallel stattgefunden.

Wenn sie die Melancholie abschütteln wollte, ging sie nach draußen und lief durch das Dorf. Die anderen grüßten sie, sahen sie aber komisch an. Oder bildete sie sich das ein? Annu und ihre Eltern waren immer Außenseiter gewesen, sie wohnten am Rande des Dorfes und waren nicht mittendrin im Geschehen. Sie waren auch nicht so offen wie die anderen, sondern immer etwas schweigsamer und zurückgezogener. Lars hingegen war der Dreh- und Angelpunkt. Jeder kannte ihn, jeder mochte ihn. Und wenn er Probleme hatte, stellte sich das ganze Dorf hinter ihn. Seine Familie wohnte seit unzähligen Generationen in der Gegend, sie gehörten zur Landschaft wie die

Hügel und Wälder. Es war wie bei Henne und Ei: Wer war zuerst da gewesen – das Dorf oder die Familie von Lars?

Nach siebzehn Strichen kam endlich ein Lebenszeichen, auch wenn es nur eine Kurznachricht war.

Wir sind noch in der Klinik, schrieb Lars. *Es ist komplizierter, als es aussah. Die Ärzte werfen mit Fachbegriffen um sich: Trümmerfraktur und Überrolltrauma. Nervenläsion und Gelenkluxation. Decollement und Intensivliegedauer. Zwischendurch tuscheln sie, als würden sie uns nicht alles sagen.*

Und nun? Annu versuchte weiterzumachen wie vor dem Unfall.

Sie stand auf.

Sie duschte.

Sie frühstückte.

Sie trank den ersten Espresso am Schreibtisch und übersetzte.

Oder versuchte zumindest, zu übersetzen.

Im Endeffekt starrte sie Löcher in die Luft.

Wenn das Loch so groß war, dass sie es kaum noch aushielt, stand sie auf.

Sie ging im schiefen Haus spazieren, von Zimmer zu Zimmer.

Sie hörte Musik.

Sie versuchte zu lesen.

Sie setzte sich vor den kaputten Fernseher und starrte auf das Störbild.

Sie trank den zweiten Espresso des Tages.

Und dann gleich den dritten Espresso des Tages.

Sie zog sich Laufsachen an.

Und zog sie direkt danach wieder aus.

Sie aß Nudeln mit Ketchup.

Oder Reis mit kaltem Thunfisch aus der Dose.

Sie sah auf ihr Handy.

Sie rief Lars an.

Sie rief Birte an.

Dann schloss sie die Augen.

Als sich auf ihrer Liste schon siebenundzwanzig Striche angesammelt hatten, fiel ihr etwas Seltsames auf. Seit dem Unfall hatte sie keine Post mehr bekommen. Keine Urlaubsgrüße, keine Rechnungen, keine Karten von Lars. Warum war ihr das nicht früher aufgefallen? Sie ging zu Luisa in den Gemischtwarenladen, bei der die ganzen Sendungen für das Dorf abgegeben wurden, die der Rentner Ulli schließlich mit dem Fahrrad von Haus zu Haus fuhr. Auf die Frage, warum Annus Briefkasten leer blieb, zuckte Luisa nur mit den Schultern.

»So ist es eben«, sagte sie. »Sparkurs.«

»Und was bedeutet das?«

»Du musst dir deine Post selbst abholen.«

»Kann es sein, dass ich die Einzige bin, die von solchen Maßnahmen betroffen ist?«

Luisa gab vor, sie nicht zu hören, und räumte betont langsam eine Kiste mit Konserven aus, Erbsen nach links, Mais nach rechts, Tomaten in die Mitte.

»Die Briefe liegen in der gelben Kiste neben der Kasse«, sagte Luisa noch mürrisch, bevor sie im Lager verschwand.

Annu bückte sich und packte einen Stapel Umschläge ein, die alle an sie adressiert waren.

»Auf Wiedersehen«, rief sie Luisa hinterher und ahnte, dass sie keine Antwort mehr bekommen würde. Noch auf dem Parkplatz vor dem Laden riss sie den Brief auf, der von Lars war, und zog eine Postkarte heraus.

Wir haben das Dorf verlassen und sind in eine Wohnung in der Stadt gezogen. Hier sind wir in Kliniknähe und müssen nicht so lange fahren. Aron geht es sehr schlecht. Postoperative Wundinfektion, sagen die Ärzte, mit antibiotikaresistenten Staphylokokken. Wir machen uns solche Sorgen. In den Ecken lungern Staubmäuse. Jeden Tag gibt's Nudeln mit Pesto.

Das war's. Kein Gruß am Ende, keine Frage. Typisch Lars, dachte sie im ersten Moment. Aber als sie die Sätze wieder und wieder las, verstand sie nicht wirklich, was das alles bedeuten sollte. Sie waren weggezogen, ohne sich zu verabschieden? Und für wie lange? Würden sie wiederkommen? Was geschah mit der Firma, mit dem sicheren Einkommen, das Lars immer so wichtig gewesen war? Wenn aus siebenundachtzig Dorfbewohnern auf einmal vierundachtzig werden, ist das ein schwerer Schlag. Das würden die anderen ihr so schnell nicht verzeihen, vermutete Annu. Sie hielt diese Gedanken kaum aus. Die Stille im schiefen Haus machte alles noch schlimmer, und sie hatte das Gefühl, dass sich die Wände um sie herum langsam auf sie zubewegten. Schnell ging sie nach draußen, um sich im Garten die Füße zu vertreten. So sagte man das, aber wenn Annu über die Wendung nachdachte, kam sie ihr ganz surreal vor. »Ich vertrete meine Füße und meine Beine und meine miesen Gedanken«, sagte sie vor sich hin und marschierte am Zaun entlang, Runde um Runde, bis sie sich blöd vorkam.

»Ich brauche einen Plan«, murmelte sie vor sich hin. Aber wie sollte der schon aussehen? Sie beschloss, sich weiter nach draußen zu wagen und ins Dorf zu laufen. Sonst hatte sie einmal pro Woche Lotto gespielt, und für einen Moment überlegte sie, ob sie zumindest diese Tradition beibehalten wollte. Sie brauchte so dringend einen Gewinn, der sie ans andere Ende der Welt tragen würde. Doch kurz bevor sie den Laden von Luisa und Oskar erreichte, musste sie ihre Schritte verlangsamen. Vor ihr liefen Berta und Evi, zwei ältere

Frauen, die ständig zusammen unterwegs waren, seit sie im gleichen Jahr ihre Männer verloren hatten. Annu versuchte kein Geräusch zu machen und folgte den beiden. Sie hatten natürlich nur ein Thema: Aron. Mit lauten Stimmen tauschten sie sich aus und posaunten die Neuigkeiten hinaus, als hätten sie ihre Hörgeräte vergessen. Berta wusste bereits, dass der Junge sich beide Beine gebrochen hatte. Links war es nicht so schlimm wie rechts, sie hatte die Fachwörter vergessen und erklärte ihrer Freundin, dass es Komplikationen gab und dass alles sehr lange dauern würde.

»So ein Unglück«, sagte Evi. »Jetzt sind wir nur noch vierundachtzig und das ist einfach keine gute Zahl.«

»Dreiundachtzig wäre mir lieber.«

»Du meinst, die halbe Finnin sollte ...«

»Ja, sicher. Was will sie noch hier? Und warum ist sie nicht verschwunden? Dann wären Lars und seine Familie vielleicht geblieben.«

Annu räusperte sich, und die zwei drehten sich erschrocken um.

»Wo hätte ich denn hingehen sollen?«, fragte Annu mit betont freundlicher Stimme. »Nach Alaska? Oder hätte Hamburg gereicht?«

Darauf wusste weder Berta noch Evi eine Antwort.

»Verschwinde!«, zischten die beiden ihr zu.

Und Annu tat ihnen den Gefallen.

Im schiefen Haus hallten die Worte der beiden nach. Annu lief von Zimmer zu Zimmer und kam nirgendwo zur Ruhe. Zwischendurch rief sie Lars auf dem Handy an und legte nach dem ersten Klingeln auf. Zu Studienzeiten war das ihr Erkennungszeichen gewesen. Schlaue Grüße, nannte es Lars. Es war wie ein Winken aus der Ferne. Er hatte bisher nicht reagiert, aber Annu machte weiter und weiter. An diesem Tag ließ sie es lange klingeln, rief ihn insgesamt zehnmal an. Sie wollte sich für die Karte bedanken, sich die kryptischen Sätze erklären lassen und das schale Gefühl vertreiben, mit dem sie jeden

Morgen aufwachte. Ob er irgendwo saß, ihren Namen auf dem Display aufleuchten sah und sich dazu zwang, die Kontaktversuche zu ignorieren? Annu drehte die Musik laut auf. Dann zog sie den Pullover aus, setzte sich in Jeans und T-Shirt auf Mattis Hometrainer, der noch immer im Wohnzimmer stand, und begann zu strampeln. »Ich umrunde Finnland«, sagte sie zu sich selbst und ging aus dem Sattel, um noch schneller zu fahren. Zu ihrem eigenen Erstaunen wurde sie nicht müde, fuhr eine Stunde lang auf der Stelle herum, bis ihre Schweißtropfen auf dem Teppich landeten und sie Durst bekam. Vielleicht sollte sie ganz Skandinavien umrunden? Sie wischte sich mit dem Pulli den Schweiß aus dem Gesicht, das sicher rot wie eine Tomate war. Als sie auf ihr Handy sah, konnte sie es kaum glauben. Ein Anruf in Abwesenheit, eine Nachricht. Da wartete sie seit Wochen auf ein Lebenszeichen von Lars, und er meldete sich ausgerechnet in der kurzen Zeit, in der sie abgelenkt war. In der Nachricht stand seine neue Nummer und sonst nichts, keine Frage, kein Gruß. Aber er hatte ihr auch auf die Mailbox gesprochen, die bei ihm natürlich nicht so hieß.

»Hallo, Schlaubox von Annu«, sagte er, und dann machte er eine derart lange Pause, dass Annu nur darauf wartete, gleich ein Tuten in der Leitung zu hören. Doch dann kam doch noch etwas.

»Es ist wie folgt«, setzte er an. »Das ist die neue Nummer. Es haben zu viele angerufen. Pack ich alles nicht. Aber für dich, also wenn du magst. Was will ich eigentlich sagen? Du kannst dich melden, aber besser bei mir. Birte ist ein Saurier geworden. Wie versteinert. Ich darf bestimmte Wörter nicht mehr sagen, sonst dreht sie durch.«

Er räusperte sich.

»Warum quatsche ich so viel? Eigentlich will ich nicht mit dir sprechen. Aber mit wem sonst? Annu, was ist das für ein fürchterlicher Film, in dem wir gerade stecken? Wann kommt der Abspann? Und wer sagt dem Regisseur, dass er nie wieder einen Film machen darf, wenn er solchen Mist produziert? Das ist doch alles nichts. Dieser Bruch will nicht verheilen, und wenn ich noch einmal das Wort Komplikation höre, dann werde ich verrückt.«

Im Hintergrund lief ein Fernseher, eine Flasche klirrte. Lars nahm geräuschvoll einen Schluck Bier, dann noch einen. Schließlich rülpste er und legte auf.

Annu hatte seit dem Unfall keinen Alkohol mehr angerührt, aber auf einmal bekam sie Lust auf einen Schnaps. Wollte das Jetzt vergessen und sich davonstehlen. Im Haus gab es allerdings nur Wasser aus der Leitung, sogar die Milch war seit Tagen aufgebraucht. Um nicht in den Gemischtwarenladen gehen oder in die Stadt fahren zu müssen, hatte sie nicht nur den Kalorienverbrauch, sondern auch ihre Ansprüche heruntergeschraubt. Aus Knäckebrot konnte eine ganze Mahlzeit entstehen. Eine Dose Kichererbsen löffelte sie mit einem Klacks Joghurt. Und für Nudeln brauchte man nicht unbedingt Soße. Es war klar, dass es nicht ewig so weitergehen konnte. Frisches Obst und Gemüse hatte es schon lange nicht mehr gegeben. Nun waren auch die Regale im Keller fast leer, der Kühlschrank sowieso. In der Ketchup-Flasche war nur noch ein kleiner Rest. Sie musste sich endlich informieren, wo sie Lebensmittel bestellen konnte. Zwei, drei Tage wird es noch gehen, dachte sie und befestigte die Karte von Lars am Kühlschrank. Auf der Vorderseite war eine Schale mit Forellenbirnen, eine Aquarellzeichnung. Er musste sie irgendwo in der hintersten Ecke gefunden haben, vermutlich wollte er das unverfänglichste Motiv nehmen, das es nur geben konnte. Ob es nun wieder aufwärts ging? Nach vier Wochen Isolation hatte sie einen Anruf, eine Nachricht und eine Karte bekommen. An einem Tag. Es war fast zu viel, und Annu überlegte, wie sie nun weitermachen sollte. Sie starrte auf die kahlen Wände, und ein Frösteln zog durch ihren ganzen Körper.

Am Tag nach dem Unfall hatte sie alle Fotos und Erinnerungsstücke im Haus abgenommen, seitdem waren alle Wände kahl. Und nun hing da wieder etwas, ein buntes Rechteck auf einer großen weißen Fläche. Ein paar Birnen an Raufasertapete. Zum Glück mussten Matti und Marie diese Tristesse nicht miterleben, dachte sie, sicher hätten sie es schlimm gefunden, die Tochter so zu sehen, und sie mit Aufheiterungsversuchen bombardiert.

»Das Gestern steht vor uns«, würde Matti vielleicht sagen. »Das gehört dazu, aber wir können ja zwischendurch in die andere Richtung sehen, oder?«

Annu beschloss, an das warme Gestern zu denken, als die Eltern noch im Haus gewohnt hatten. Marie hatte unglaublich gerne Post bekommen, sie schrieb Geburtstagskarten an sämtliche Verwandten von sich und Matti. Das hatte zur Folge, dass ständig eine Karte im Briefkasten lag, ungefähr eine pro Woche, weil sich eine Tante oder eine Cousine für die Grüße bedankte. Marie setzte sich damit an den Küchentisch, sah sich erst in aller Ruhe das Motiv an und drehte sie dann um. Nachdem sie die Sätze für sich durchgegangen war, las sie diese Matti und Annu vor. Die Karten aus Finnland musste Matti übersetzen. Die Frage war nur, ob er bei der Wahrheit blieb, denn er sagte abenteuerliche Dinge wie:

»Ich habe einen riesigen Fisch gefangen, so lange wie eines meiner Beine. Wir haben mehrere Tage nichts anderes gegessen. Und was gibt es bei euch Neues? Was macht die kleine Annu? Schreibt schnell! Eure Tante Tiina«

Ein anderes Mal behauptete Matti felsenfest, dass Onkel Viljamo vor seinem Haus festgefroren war und Folgendes schrieb:

»Drei Stunden musste ich warten, bis meine werte Frau von ihrem Kaffeeklatsch zurückkam. Sie kochte Wasser auf, trug es in einem Topf nach draußen und kippte es neben mir aus. Doch dann geschah das Seltsame: Die Wassertropfen gefroren in der Luft und bildeten einen Eisregen. Verrückt, oder? Warmes Wasser gefriert nämlich schneller als kaltes. Wissenschaftler bezeichnen dieses Phänomen als Mpemba-Effekt, fand ich später heraus, als meine Frau mich mit einem Eispickel befreit hatte. Ich grüße euch und sage euch nur eins: Steht euch im Winter nicht die Füße platt, sondern kommt uns mal besuchen.«

Marie glaubte ihrem Mann nicht, Annu schon.

»Au ja«, rief sie. »Lasst uns nach Finnland fliegen und all diese schrägen Verwandten treffen.«

»Vielleicht im Winter«, sagte Matti.

Und im Winter sagte er:

»Vielleicht im Frühling.«

Und so ging es immer weiter, er vertröstete sie von Jahreszeit zu Jahreszeit. So ganz hatte Annu nie verstanden, warum es ihn nicht zurück in die Heimat zog. Aber Marie hatte da ihre eigene Theorie.

»Wenn er dorthin fährt, wird er bleiben wollen«, raunte sie Annu zu. »Er hat das Land für mich zurückgelassen und war seitdem nie wieder dort.«

Als Ausgleich für die Reisen, die nicht stattfanden, klebte Marie die Postkarten an die Wände wie Gemälde. Ein paar kamen auch an die Schränke. Sie konnte nichts wegwerfen, auch wenn Matti protestierte, sie wollte sich mit diesen Grüßen umgeben und sie die ganze Zeit um sich haben. Alleine im Flur hingen sechsundfünfzig Karten, kleine bunte Flecken, zwischen denen nicht mehr viel Tapete zu sehen war. Annu zählte sie, wenn ihr langweilig war. Marie bestellte immer wieder neue Abzüge im Fotoladen in der Stadt und hängte sie daneben. Von Annu gab es in jedem Zimmer mindestens fünf Bilder. Mit Zahnlücken, mit dem ersten Paar Ski, mit Brille und Buch. Mit Minirock im Garten, mit Lars beim Wandern, mit Abiturzeugnis in der Hand. Und so weiter und so fort. Für jedes Lebensjahr mindestens eine Aufnahme, als würden die Dinge sonst in Vergessenheit geraten. Momentaufnahmen von Maries Rennen, dazu Bilder vom

Hochzeitstag, jedes Jahr ein neues, immer in der gleichen Position. Matti trug Marie, aber sie zog ihn an den Haaren und zappelte mit den Füßen, weil sie auf keinen Fall ein kitschiges Porträt haben wollte.

Seit Marie und Matti nicht mehr da waren, lagerte das Gestern in Kisten im Keller: Die Bilder, die Medaillen, die Karten. Sogar die Hälfte der Möbel hatte Annu kurz nach der Beerdigung verkauft. Sie brauchte mehr Platz und konnte gar nicht sagen, wofür. Sie ging regelmäßig im Haus spazieren, als wäre es ein Park, drehte in jedem Zimmer kleine Runden, lief mehrmals die Treppen hoch und runter, bis ihr langweilig wurde. Wurde sie etwa zu einer dieser Frauen, die irgendwann siebzehn Katzen hatten und keinerlei Freunde?

Erst abends im Bett erinnerte sie sich an die neueste Karte und fragte sich, wie sie mit den Botschaften von Lars umgehen sollte. Was sollte sie ihm antworten?

Der Sanitäter war noch mal da. Meine Staubmäuse haben Namen. Ich esse aus Dosen.

Nein, das ging nicht, so viel stand fest. Viel zu profan. Aber was sollte sie stattdessen schreiben? Bloß kein Selbstmitleid, dachte sie, etwas Fröhliches musste ihr einfallen. Oder besser etwas Neutrales? Sie grübelte, bis das Telefon sie aus ihren Gedanken riss.

»Ich wollte mich kurz persönlich melden«, sagte einer der beiden Polizisten, der sie nach dem Unfall vernommen hatte. Sie erkannte Franz an seiner Stimme, aber er war aufgeregt und sprach schneller als sonst. »Du kannst von Glück reden, dass du vorher nicht auffällig warst.«

»Was heißt das denn genau?«

»Wir ermitteln von Amts wegen gegen dich, aber es sieht eher nach einer Geld- als nach einer Freiheitsstrafe aus. Da kommt noch eine Verhandlung auf dich zu …«

»Ich steige sowieso nie wieder in ein Auto«, sagte Annu und legte schnell auf.

Löschpapier

Annus Strichliste wurde länger und länger. In pessimistischen Momenten sah sie sich in einem Haus sitzen, das mit diesen Zetteln tapeziert war. Überall Striche, nirgendwo ein Lars. Der Unfall war schlimm genug, warum musste sich nur alles so in die Länge ziehen? Mehr als sechs Wochen waren vergangen, und statt guter Nachrichten hatte sich ein Schweigen ausgebreitet, das ihr riesengroß vorkam. Die meisten Menschen im Dorf begegneten ihr mit offener Feindseligkeit. Die anderen sahen einfach durch sie hindurch. Lars hingegen hatte ihr bisher keine Vorwürfe gemacht, obwohl er allen Grund dazu hatte. Würde das so bleiben? Oder würde Lars ihr doch noch die Schuld geben und den Kontakt endgültig abbrechen? Warum war sie an jenem Abend nur so angetrunken und unachtsam gewesen?

Lars' Verhalten seit dem Unfall erinnerte Annu an Schulzeiten. Er ging schon damals Konflikten aus dem Weg. Er war keiner, der sich beschwerte, er litt still und heimlich. Und vor allem verdrängte er alles, was er nicht einordnen konnte. Annu fiel es lange nicht auf, erst bei einem Vorfall mit Birte wurde es ihr klar. Damals war er etwa ein halbes Jahr mit ihr zusammen und bis über beide Ohren verliebt, aber dann kam diese Party in den Sommerferien. Annu und Lars waren zu zweit hingegangen, denn Birte war nicht da. Sie nahm an einem Modelwettbewerb in der Stadt teil und blieb für zwei Wochen bei einer Tante, die dort wohnte. Lars hatte an diesem Abend schlimme Minderwertigkeitskomplexe, er redete die ganze Zeit nur darüber, was alles nicht gut genug an ihm war. Und Annu hatte nach der fünften oder sechsten Litanei, in der es nur um ihn ging, keine Lust mehr, ihm zuzuhören, und ließ ihn stehen. Er trank zu viel Rum und Gin und Bier, alles wild durcheinander, und am nächsten Morgen wachte er nackt neben einem Mädchen auf, das ihm noch nicht einmal besonders gut gefiel. Die beiden schworen sich, dass sie diesen Fehltritt ihren Partnern verschweigen würden. Niemand sollte etwas erfahren, das hielten sie sogar in einem schriftlichen Pakt fest, den sie feierlich besiegelten. Doch da die Nacht ihn verfolgte und nicht losließ, weihte Lars schließlich zumindest Annu ein.

»Du musst versprechen, dass du alles, was ich dir erzählt habe, sofort wieder aus deinem Gedächtnis löscht!«, befahl er ihr, nachdem er alles gestanden hatte.

Annu sah ihn ratlos an.

»Kann ich machen, aber verfolgt dich nicht die Erinnerung an diese Nacht?«

»Dafür habe ich mir schon etwas überlegt.«

»Du redest mit Birte?«

»Nein, mit dir.«

»Wie?«

»Pass auf. Ich hab dir alles erzählt, und jetzt werde ich das Ereignis vernichten. Ich werde es aus meiner Erinnerung streichen, ein für alle Mal.«

»Und wie soll das funktionieren?«

»Mit Löschpapier.«

Annu schüttelte den Kopf.

»Das ist kein Schulaufsatz, das ist dir klar?«

»Einmal im Leben geht das, aber eben nur einmal. Dann kannst du sagen: Ich lege einen Bogen Löschpapier auf diesen Moment, und dann ist alles weg. Es ist dann, als ob das Ereignis nicht stattgefunden hätte.«

»Nehmen wir mal an, das ist tatsächlich möglich. Glaubst du

wirklich, es wird nie wieder etwas Tragischeres passieren als diese Affäre? Willst du wirklich deinen einmaligen Joker so früh verlieren?«

»Wenn ich Birte verliere, ist es das Schlimmste.«

Er sah sie dabei so ernst an, dass alles gesagt war.

Die typischen Sätze, dass er sich das hätte früher überlegen sollen, lagen Annu auf der Zunge. Aber sie schluckte sie lieber herunter.

In den Jahren danach sprachen sie nicht mehr über den Vorfall, und die Erinnerung daran wurde blasser und blasser. Erst als Annu selbst in eine Krise schlitterte, fiel ihr diese Löschpapiernummer wieder ein. Da wünschte sie sich zum ersten Mal, dass sie so tickte wie Lars. Dass sie mit Dingen besser abschließen, sie schneller hinter sich lassen könnte. Die schlimmen Tage begannen damit, dass Marie sich von einem Tag auf den anderen verabschiedete. Ganz still und leise, ohne viel Aufhebens, so wie es auch sonst ihre Art gewesen war. Sie setzte sich abends in den Lehnstuhl, war müder als sonst und schlief dort ein, ein offenes Buch im Schoß. Am nächsten Morgen stand sie nicht mehr auf, und Annu und Matti wollten es nicht glauben.

»Sie ist zu jung!«, sagten sie immer wieder. »Es kann nicht sein.«

Annu zwickte Matti in den Arm.

»Wach auf!«, sagte sie.

»Aber ich bin doch wach.«

Dann zwickte er Annu in den Arm.

»Wach auf!«, sagte er.

Und sie sah ihn nur ratlos an und wusste nicht weiter.

Annu nahm Marie das Buch ab, als sie die Sirene des Krankenwagens hörte. Immerhin hatte ihre Mutter zuletzt ihren Lieblingsautor gelesen, Raymond Carver, von dem sie immer geschwärmt hatte. Annu strich über das Cover und hielt den Erzählband eine Weile in der Hand, unschlüssig, wo sie ihn hinstellen sollte.

»Rate, was Marie gestern noch gelesen hat?«, fragte sie ihren Vater.

»*Wovon wir reden, wenn wir von Liebe reden?*«

»Ganz genau.«

Als die beiden Sanitäter bei Marie waren, klemmte Annu sich das Buch unter den Arm und beschloss, es so schnell nicht mehr loszulassen. Als die Untersuchungen abgeschlossen waren und der dunkle Wagen vorfuhr, verstanden Annu und Matti es immer noch nicht so recht. Marie hatte einen plötzlichen Herzstillstand, hieß es.

»Da müssen die Herzklappen schon länger Probleme gemacht haben«, sagte der Arzt, »Marie muss in letzter Zeit etwas gemerkt haben.«

Gesagt hatte sie es aber niemanden.

»Sie ist heimlich gegangen«, sagte Matti. »Wie früher auf den Partys. Da ist sie immer grußlos durch irgendeine Hintertür verschwunden und hat sich für den Heimweg noch einen Drink mitgenommen.«

An die Tage ohne Marie wollte Matti sich eigentlich nicht gewöhnen. Annu auch nicht. Aber was blieb ihnen schon übrig? Eine Weile leugneten sie es und sprachen aus Trotz noch mit Marie. Manchmal taten sie auch so, als ob sie auf eine Reise aufgebrochen wäre und bald zurückkäme. Das ging ein paar Tage gut, doch dann kam der Schmerz umso heftiger zurück.

»Lassen wir das«, knickte Matti ein. »Sie ist weg, und wir sind noch da. Wir müssen uns damit abfinden.«

Er strich seiner Tochter durch die Haare, sah sie dabei jedoch so abwesend an, dass Annu ein Schauer über den Rücken lief. In den folgenden Wochen war ihr Vater zu nichts zu gebrauchen, und sie musste sich um ihn kümmern. Sie hielt seine Hand, wenn er trauerte und Löcher in die Luft starrte oder viel zu viel Schnaps trank, um seine Gefühle zu betäuben. Nachts tigerte er durch das Haus, und wenn er im Dunkeln versehentlich gegen Möbel stieß oder Dinge umwarf, wurde Annu wach. Sie suchte ihn dann, setzte sich zu ihm und erzählte ihm, was sie geträumt hatte. Während einer dieser Nächte holte er einen Block und einen Stift, atmete geräuschvoll ein und aus. Dann sah er sie bedeutungsvoll an und begann zu schreiben. Er notierte einen Punkt, radierte ihn wieder weg, und so ging es eine Weile hin und her, bis er mit dem Ergebnis zufrieden war und es ihr zeigte.

»Wir brauchen einen Notfallplan«, erklärte er. »Marie hätte nicht gewollt, dass wir so durchhängen.«

»Aber was soll schon helfen?«

»Pass auf, es sind zehn Dinge:

1. Kniebeugen machen.

2. Täglich drei Mahlzeiten essen. Auch ohne Hunger.

3. Beim Frühstück ein Ziel überlegen, egal welches.

4. Jemanden anrufen.

5. Ein Buch lesen und immer dabeihaben.

6. Dreimal am Tag lüften.

7. Sauerteig ansetzen und Brote backen.

8. Verschiedene Sprachen sprechen.

9. Denksport machen.

10. Einmal täglich aus dem Haus gehen. Mindestens.«

»Und das soll helfen? Ist das nicht viel zu profan?«

»Wir werden es ausprobieren.«

»Ich habe keine Zeit für solche Nichtigkeiten.«

»Das glaubst du doch selbst nicht.«

Er knallte seine Faust auf den Tisch, dann begann er zu weinen. Annu nahm seine Liste in die Hand.

»Na schön. Ich bin dabei. Aber was soll das mit dem Brot?«

»Das wirst du erst verstehen, wenn du es versucht hast. Es ist eine Geduldsprobe, aber es beschäftigt dich ununterbrochen. Es ist eine Konstante, die sich durch die Wochen zieht. Und du hast immer frisches, gutes Brot.«

Ein paar Wochen orientierten sie sich an seinem Plan, sprachen Finnisch, bestellten neue Bücher, sahen sich Anleitungen im Internet an, reparierten alles, was kaputtging, selbst, fuhren mit dem Auto ziellos durch die Gegend. Sie versuchten alles Mögliche, nur das Backen schoben sie noch etwas auf.

»Damit beginnen wir im Frühling, wenn es wärmer wird«, schlug Matti vor. »Dann ist es leichter, den Teig anzusetzen.«

So weit kam es nicht mehr, nicht einmal Ende Februar wurde es, ehe sein Herz jegliche Listen ignorierte und sich verabschiedete. Sie hatte mit allem gerechnet, aber nicht damit, dass er sich ebenfalls vom Acker machte. Fünf Monate nach Marie. Mit Mitte fünfzig.

»Das ist doch kein Alter«, sagte sie vorwurfsvoll zum Arzt. »Was haben meine Eltern denn für Organe? Die müssen doch widerstandsfähiger sein, das waren zähe Wintersportler. Matti hat ständig in seiner Eistonne im Garten gebadet.«

»So ist das manchmal«, antwortete er.

Annu seufzte, verabschiedete sich vom Arzt und zerriss den Notfallplan. An diesem Tag ging etwas kaputt. Ein für alle Mal. Lars brachte ihr am nächsten Tag einen Bogen Löschpapier vorbei, aber sie wurde nur wütend.

»Du bist wie ein kleines Kind«, warf sie ihm vor. »So einfach geht das nicht!«

»Ist mir klar«, sagte er kleinlaut, »aber einen Versuch war's wert.«

Annu zog das Buch von Raymond Carver aus der Tasche, das sie seit Maries Tod jeden Tag bei sich hatte.

»Soll ich dir vorlesen?«, fragte sie. »Das ist das Einzige, was hilft.«

»Du hast die sauren Pommes vergessen!«, widersprach er. Er zog eine Tüte hinter dem Rücken hervor, riss sie auf und kippte erst

Annu und dann sich selbst das bunte Fruchtgummi in die offene Hand.

Annu versuchte, die Erinnerungen zu verscheuchen. Wieso war sie schon wieder so tief abgetaucht? Ihr Kopf war wie eine Murmelbahn. Ein Erlebnis stieß ein anderes an, das rollte wiederum gegen eine andere Erinnerung, und so hangelte sie sich von einem Gefühl zum anderen und kam nicht mehr zur Ruhe. Ging das anderen auch so? Sie sah aus dem Fenster, und statt mit ruhigem Puls ein- und auszuatmen und nichts anderes zu tun, als ihren Garten zu begutachten, ging es schon wieder los. Vom grünen Gras kam sie auf grüne Saurier, und von da war es nur noch ein Katzensprung zu lauter Erinnerungen an Aron. Wie es ihm wohl ging? Ob er die Klinik schon verlassen hatte? Und ob er je wieder mit ihr sprechen würde? Als es klingelte, sprang sie erleichtert auf. Aber dann sah sie durch das Fenster die blauen Uniformen. Sie trug nur eine ausgebeulte Jogginghose und schlüpfte schnell in eine Jeans. Die Flecken auf dem T-Shirt fielen ihr erst auf, als sie schon im Flur stand.

»Grüß Gott«, sagte Alex, und Franz nickte ihr zu.

Annu ließ die beiden herein und bot ihnen etwas zu trinken an. Kaffee wollten sie nicht, Schnaps durften sie nicht. Aber Wasser nahmen sie.

»Mit oder ohne?«, fragte Annu.

»Still«, sagten die beiden wie aus einem Mund. Und Annu fiel ein, dass sie sowieso nur Leitungswasser hatte.

»Es ist reine Formsache«, sagte Franz entschuldigend und sah zu Boden. »Wir müssen dich vernehmen und abklären, ob du den Jungen womöglich aus Absicht …« Den Rest des Satzes verschluckte er.

Annu wollte etwas kaputt machen oder laut schreien, aber sie riss sich lieber zusammen.

»Haben Lars und Birte euch geschickt?«

Beide schüttelten den Kopf.

»Lars war ja Zeuge«, sagte Alex und setzte sich auf den Sessel im Wohnzimmer. »Wir haben lange mit ihm gesprochen. Aber erzähl noch einmal aus deiner Sicht. Bitte.«

»Stopp, die Belehrung«, unterbrach ihn Franz und teilte ihr die Sätze mit, die sie zu jedem sagen mussten. Sie unterschrieb ein Formular, ohne wirklich zugehört zu haben. Pass auf, ermahnte sie sich, aber ihre Gedanken drifteten ab. Sie verglich die Situation mit sämtlichen Krimis, an die sie sich erinnern konnte. In Filmen waren die Ermittler eloquenter. Und hübscher.

»Was hast du an dem Tag gefrühstückt?«

»Ist das euer Ernst?« Sie sah die beiden fassungslos an. War sie mit einem Müsli im Magen etwa schuldfähiger als mit einem Käsebrot?

»Wir wollen nur nachvollziehen können, wie das alles abgelaufen ist. Von früh bis spät. Wie gesagt: Reine Formsache.«

Also erzählte sie. Von Hoch Hilde und dem Ausflug. Von den Sauriern. Von einem Sofa im Kofferraum und von dem Schreck.

Alex wiederholte ihre Worte, wenn sie eine Pause machte und zeichnete sie mit einem Tonbandgerät auf. Am Ende fragte er, ob sie sich das Gespräch nochmals anhören wollte, aber sie lehnte ab. Auch das musste sie unterschreiben. Dann ging er auf die Toilette.

»Du hast noch nichts getrunken«, sagte sie zu Franz.

»Stimmt«, antwortete er und blieb dennoch regungslos sitzen. Sein Blick wanderte über die Bücherstapel in der einen Ecke. Das einzige Regal war längst voll.

»Meine Frau hat mir einen Reader geschenkt«, setzte er an. »Für den Urlaub. Hast du auch einen?«

Annu schüttelte den Kopf.

»Besser so, besser so. Der Koffer ist leichter, das mag sein, aber das ist ja kein Lesen. Meine Augen taten mir schon nach einer Stunde weh. Ich habe mir dann im Hotel lauter Bücher ausgeliehen, die dort herumstanden. Leichte Lektüren, gar nicht mein Geschmack. Aber weil ich dieses elektronische Dings nicht ertrug, hab ich alles gelesen. Meine Frau ...«

In dem Moment kam Alex zurück, und Annu erfuhr nicht mehr, wie Franz' Frau reagiert hatte. Einen Ehering trug er noch, also konnte es nicht so schlimm gewesen sein. Auch das kam in keinem der Filme vor: Wie unsicher Polizisten waren. Wie seltsam sich Small Talk mit ihnen anfühlte. Welch schales Gefühl zurückblieb, wenn sie gegangen waren. Und wie groß die Angst war, irgendetwas Falsches gesagt zu haben, irgendetwas vergessen zu haben.

Annu räumte die vollen Wassergläser zurück und fragte sich, worüber die beiden auf der Fahrt zurück zur Dienststelle reden würden. War es das gewesen? Oder würden sie wiederkommen? Wieso konnte nicht alles endlich vorbei sein? Warum konnte die Verletzung nicht einfach schnell verheilen, damit sie Aron bei seinem nächsten Rennen anfeuern konnte? Im ersten Stock blieb sie im Schlafzimmer stehen, riss das Fenster auf. Und erst als sie das Polizeiauto die Straße hinauffahren sah, fiel es ihr auf.

Es hatte immer zwei Wege in das Dorf gegeben. Die Bewohner fuhren jedoch meist Richtung Norden, wie die Polizisten. Vorbei am Gemischtwarenladen, an der Billardkneipe und dem alten Bahnhof. In dieser Richtung lagen die meisten Arbeitsplätze, denn über die Landstraße kam man in die nächste größere Stadt. Jeden Morgen fuhr eine Kolonne von Fahrzeugen aus dem Ort hinaus, und wenn Annu aufstand und hinaussah, konnte sie aus der Ferne erkennen, wer früh oder spät dran war, wer einen Home-Office-Tag durchgesetzt hatte und in der Runde fehlte oder vielleicht krank war. Der Verkehr in die andere Richtung fing später an, gegen zehn oder elf Uhr fuhren die Ersten unter Annus Schlafzimmerfenster vorbei, in ihren Taschen die Einkaufszettel für den nächstgelegenen größeren

Supermarkt, der eine Viertelstunde entfernt im Nachbarort hinter dem Wäldchen lag. Auch eine Tankstelle und einen kleinen Klamottenladen gab es dort. Der ganze Verkehr wirkte perfekt choreografiert, wie er sich durch das Dorf schlängelte, wie eine Etüde in Moll.

Seit dem Unfall hatte Annu den Beobachtungsposten im Schlafzimmer nicht mehr bezogen. Hatte sich für den Verkehr nicht weiter interessiert. Was kümmerte es sie noch, welche Abweichungen es gab, wenn ohnehin niemand mehr mit ihr sprach? Doch als das Polizeiauto das Dorf verlassen hatte und Annu noch eine Weile am offenen Fenster verharrte, wusste sie auf einmal, was in letzter Zeit anders gewesen war. Niemand hupte mehr in nächster Nähe, und wann hatte sie zuletzt irgendwelche Verkehrsgeräusche gehört? Und dafür gab es nur eine Erklärung: Die Autos fuhren nicht mehr am schiefen Haus vorbei.

Am nächsten Morgen überprüfte sie ihren Verdacht. Sie stand früh auf, holte sich einen Kaffee ans Bett, stellte einen Stuhl ans Fenster. Und da blieb sie sitzen, beobachtete die Pendler, die nach Norden aufbrachen. Sie holte sich einen zweiten Kaffee und frühstückte eine Packung Butterkekse, weil sie sowohl das Knäckebrot als auch den Toast aufgebraucht hatte und der Sauerteig immer noch nicht angesetzt war. Sie starrte nach draußen, sah die ersten Frauen mit Einkaufskörben ins Auto steigen und hatte auf einmal die Gewissheit: Die Dorfbewohner nahmen eine neue Route. Und zwar alle. Hatten sie sich abgesprochen und beschlossen, dass der ganze Verkehr nur noch nordwärts gehen sollte? Wessen Idee war es gewesen, die Straße an Annus Haus vorbei einfach nicht mehr zu benutzen und den Umweg in Kauf zu nehmen? Eine unsichtbare Grenze trennte das Dorf in zwei Teile. Es gab Annus Haus und es gab den Rest. Ihretwegen waren aus siebenundachtzig Dorfbewohnern vierundachtzig geworden. Und nun war sie allein.

Blöken

Und dann stand da dieses Schaf. Annu rieb sich die Augen und konnte es zunächst kaum glauben. Ein Tier? Früh am Morgen in ihrem Garten? Mit einer Schere in der Hand stand sie zwischen den Laubhaufen vor dem Haus. Während sie einsam vor sich hin lebte und von früh bis spät übersetzte, war es Herbst geworden. Sie hatte sich die letzten Zweige von der Minze abschneiden wollen, um eine Kanne Tee zu kochen. Sie starrte das Tier an. Das Tier starrte zurück. Es war schmal und noch nicht besonders groß, vermutlich würde es Annu bis zum Knie reichen, wenn sie sich danebenstellte. Am linken Auge hatte es einen schwarzen Fleck, der wie eine Augenklappe aussah. Ein Piratenschaf, das gefiel ihr. Das restliche Fell war einmal weiß gewesen, doch der Ausflug in ihren Garten hatte seine Spuren hinterlassen, Erde klebte am Rücken und an den Läufen.

»Komm her«, versuchte sie es zu sich zu locken. Doch das Tier blieb stehen und bewegte den Kopf hektisch hin und her, als würde es etwas ganz heftig verneinen. Annu war ratlos. Hatte sie etwas Falsches gesagt? Warum war das Tier so verängstigt und verwirrt? Und was hatte es in ihrem Garten zu suchen? Sie hätte gerne Lars angerufen oder Matti um Rat gefragt. Aber das ging nicht, und jedes Mal, wenn ihr das auffiel, wollte sie etwas kaputt machen. Eine Vase gegen die Wand krachen lassen oder Porzellanteller wie Frisbees durch die Luft werfen. Seit Annu das Schaf angesprochen hatte, bewegte es sich nicht von der Stelle. Irgendetwas stimmte nicht mit ihm. Oder war sie gerade dabei, verrückt zu werden? Eins, zwei, drei, vier, fünf, zählte sie und schloss die Augen. Sechs, sieben, acht, neun, zehn. Sie lehnte sich gegen die Fassade und versuchte, ihren Atem zu kontrollieren. Entspann dich, Annu, es gibt für alles eine Erklärung. Sie würde das Ganze in aller Ruhe und systematisch durchdenken. Sich von Frage zu Frage hangeln, Nummer eins: Woher konnte dieses Schaf kommen?

Der nächste Bauer mit größerer Tierhaltung wohnte dreizehn Kilometer entfernt im Nachbarort, und sie war sich noch nicht einmal sicher, ob Ludwig überhaupt Schafe hatte. Eine Menge Kühe natürlich, Ziegen und ein paar Schweine. Außerdem war sein Hof umzäunt, und Ausreißer wurden durch kleine Stromschläge aufgehalten. Den Dorfbewohnern traute sie allerdings noch weniger zu, dass sich jemand von ihnen ein Schaf zugelegt hatte. Die leicht verwirrte Rosa, die neben dem stillgelegten Bahnhof wohnte, hatte zwar zwei Hühner, die hin und wieder ausgebüxt und dann von einem der Nachbarn zurück zu ihr getragen worden waren. Ansonsten gab es noch fünf Katzen, drei Hamster, eine Schildkröte und zwei Chihuahuas – aber mehr nicht. Ich halluziniere wie Matti kurz vor seinem Tod, seufzte Annu. Was wird nur aus mir? Elf, zwölf, dreizehn, vierzehn, fünfzehn, zählte sie nach einer kurzen Pause weiter. Dann blinzelte sie, und tatsächlich – die Stelle im Garten, wo das Schaf eben noch gestanden hatte, war verwaist. Ein paar ausgerissene Blumen lagen auf dem Gartenweg, das Gras schien an einigen Stellen niedergetrampelt worden zu sein. Doch das war's – kein Tier mehr zu sehen. Entweder hatte sie sich das Ganze eingebildet, oder das Problem hatte sich in Windeseile von selbst gelöst.

Erleichtert ging Annu ins Wohnzimmer, und zum ersten Mal seit dem Unfall hatte sie wieder Lust auf Musik. Sie wischte mit einem Pulloverärmel die Staubschicht vom Plattenspieler und zog eine Schallplatte aus der Hülle – das aktuelle Album von *First Aid Kit.*

Alleine die Stimme der Sängerin beruhigte sie, und sie hatte das Album schon oft in Dauerschleife gehört, von früh bis spät immer ein und dieselbe Platte von links nach rechts gedreht und wieder zurück. Manchmal war Lars dazugekommen, dann hatten sie im Wohnzimmer gesessen, und nur alle zehn oder fünfzehn Minuten hatte einer von ihnen einen belanglosen Satz gesagt.

»Das ist besser als jeder Wellnessurlaub«, meinte Lars dann. »Rumsitzen, rumschweigen. Danach ist der ganze Stress vergessen. Und billiger ist es auch.«

Am Morgen hatte sie einen Umschlag mit einer neuen Karte von Lars aus der gelben Kiste im Gemischtwarenladen gefischt, sie hatte sie nach Hause getragen, aber noch nicht gelesen. Die Schafhalluzination war ihr dazwischengekommen. Nun zog Annu sie aus der Umhängetasche und starrte die geschwungene Schrift an. Diesmal hatte er jeden Zentimeter gefüllt.

Die Stadt macht mich müde. Es ist so praktisch, dass du von zu Hause arbeiten kannst, sagen meine Freunde. Aber wie soll ich die zweihundertsiebenundneunzig Autos ausblenden, die jeden Tag vorbeifahren? Ich sitze am Schreibtisch und spreche mit meiner schlechten Laune. Birte hingegen verstummt immer mehr. Sie isst nicht mehr viel, ihre Mahlzeiten sehen so aus: Es gibt eine Banane zum Frühstück, eine Avocado zum Mittagessen und drei Karotten zum Abendessen. Und wenn ich sie kritisiere, wirft sie mir ein Kissen an den Kopf. Szenen einer Ehe, aber so haben wir uns das Leben doch nie vorgestellt. Annu, was isst du, was machst du, mit wem sprichst du?

Es war merkwürdig, wie er den Unfall ausblendete und den vertraulichen Ton anschlug, der sie so lange verbunden hatte. Sie versuchte sich Lars in der Stadt vorzustellen, wie er das Geschäft aus der Ferne führte und abends in all die Bars ging, von denen er im Dorf immer geträumt hatte. Wie er den Whisky Sour gebracht bekam, ohne ihn bestellen zu müssen. Wie er sich Essen liefern ließ, um nicht kochen zu müssen. Und Aron?

Ein lautes, durchdringendes Blöken riss Annu aus den Gedanken. Sie lief zum Fenster, und zwei weit aufgerissene Augen glotzten sie an. Das Schaf war nicht nur mehr als real, es hatte auch ihre Mülltonne umgeworfen.

»Unverschämtheit!«, rief sie und öffnete das Fenster, dann beugte sie sich weit hinaus und klatschte in die Hände. Doch nichts geschah.

Und so willst du mich vertreiben?, schien das Schaf zu sagen. Es bleckte die Zähne, wandte sich seelenruhig ab und mampfte genüsslich weiter vor sich hin. Futter gab es genug. Seit dem Unfall hatte Annu sich nicht mehr um den Garten gekümmert, und das Gras war gewuchert. Die Pflanzen waren verwahrlost. Zum Aussäen hatte es noch gereicht, dann hatte sie die Energie verlassen. Wenn das Tier zwischen Unkraut und Blumen unterscheiden könnte, wäre so ein tierischer Rasenmäher eine praktische Sache. Aber das Schaf interessierte sich leider nicht nur für Grashalme. Es trampelte über ihre Beete und fand Gefallen an vertrockneten Erdbeerpflanzen und von Schnecken angeknabberten Salatblättern. Auch die Astern, die neben der Eingangstür wuchsen, schmeckten ihm. Nach wenigen Minuten ragten nur noch ein paar armselige Stiele aus den Blumenkübeln.

»Nimm dir doch noch die Wiesenblumen hinter dem Haus vor«, rief sie dem Tier zu. »Die schmecken sicher auch vorzüglich.«

Sie bekam ein besonders lautes Blöken zurück, und das Schaf starrte sie herausfordernd an.

»Ich heiße Annu«, rief sie ihm zu, »und du?«

Auf ein kurzes Blöken folgte eine lange Pause, dann noch ein kurzes Blöken. Vorher hatte sie nie darüber nachgedacht, dass Schafe unterschiedliche Laute von sich gaben. War sie kurz davor durchzudrehen, oder versuchte dieses Tier tatsächlich mit ihr zu kommunizieren? Es kam näher, senkte den Kopf. Das darauf folgende Blöken war zart und fast freundlich. Was sollte das bedeuten? Nimmst du mich auf? Gibst du mir etwas zu essen? Wie finde ich den Rückweg? Dann wurde das Blöken so laut, dass Annu sich die Ohren zuhielt.

»Mir reicht's«, rief sie ihm zu. Mit einem Ast trieb sie das Tier vor sich her, Richtung Gartentür. Sie konnte kein herrenloses Schaf aufnehmen, nicht in ihrer aktuellen Situation, das war zu viel. Doch ein kurzer, unachtsamer Moment genügte, und schon schlug das Schaf einen Haken um sie herum und galoppierte zurück zum Haus.

»Nein, ich habe keine Lust, mit dir fangen zu spielen!«, schrie sie wütend.

Mit einem Sicherheitsabstand von ein paar Metern blieb das Tier schließlich stehen und starrte Annu an. Und nun? Wie in aller Welt wurde sie es wieder los? Gab es im Internet Ratschläge, wie man ein Schaf einfing? Und wie man es in der Walachei aussetzte, ohne dass es zurückkehrte?

»Senkin pahvipää«, fluchte sie, »du Pappkopf, verschwinde!«

Nein, sie würde sich nicht verrückt machen lassen. Nein, so ein Schaf brachte sie nicht aus der Ruhe. Und wenn sie den seltsamen Besuch ignorierte, langweilte er sich sicher und verzog sich irgendwann von selbst. Sie würde Tee trinken, sich an den Schreibtisch setzen, mit ihrem Alltag weitermachen. So wie sie das seit Wochen versuchte: Nicht nachdenken, einfach übersetzen und zwischendurch etwas essen und schlafen. Niemanden sehen, niemanden anrufen, einfach funktionieren. Sie war nicht sicher, was das alles brachte. Aber welche Wahl hatte sie schon? Das windschiefe Haus war renovierungsbedürftig und kaum noch etwas wert. Aber es hingen ohnehin so viele Erinnerungen daran, dass sie es niemals verkaufen könnte. Eine Wohnung in der Stadt würde sie sich in diesem Leben nicht mehr leisten können. Einmal hatte sie sich hingesetzt und versucht auszurechnen, wie viele Bücher sie übersetzen müsste, um eine Zweizimmerwohnung mit Balkon zu kaufen. Ihr Leben hatte nicht genügend Jahre dafür, und einen reichen Großonkel gab es nicht. Für die Großstadtmieten reichte ihr derzeitiges Einkommen auch nicht. Oder sollte sie noch mal umschulen? Zur Abwechslung einen lukrativen Job finden? Je länger sie über ihre Zukunft nachdachte, desto stärker wurde das Herzrasen. Also vermengte sie jeden Abend einen Esslöffel Baldrian mit heißem Wasser und trank das Glas langsam aus. Wenn sie mehr als eine Stunde zum Einschlafen brauchte, stand sie nochmals auf und kippte einen Schluck Wodka. Manchmal aß sie Honigbrote im Bett und sah sich bis nachts um zwei oder drei Wiederholungen von alten Filmen auf ihrem Laptop an.

Ihre lange Strickjacke schleifte am Boden, als sie im Garten auf und ab ging. Das Schaf war in der Zwischenzeit wieder näher gekommen. Es schnupperte an Annus Hose und ließ sich mit einem lauten Plumpsen neben sie fallen. Kurz darauf schloss es die Augen und begann leise zu schnarchen.

»Nicht dein Ernst ...«

Annu wusste nicht, ob sie lachen oder weinen sollte. Wollte das Tier am Ende noch in ihrem Bett schlafen? Es benahm sich auf einmal so zutraulich wie ein Haustier. Aber bestimmt konnte es allerhand Krankheiten übertragen, und im Haus würde es sowieso alles kaputt machen. Eine Scheune wäre hilfreich, dachte Annu. Irgendein Unterschlupf, um Zeit zu gewinnen. Da sie seit dem Unfall mit kaum jemandem im Dorf gesprochen hatte, wollte sie lieber nicht um Hilfe bitten. Das Ganze würde sich schon regeln. Ihr fiel ein finnisches Märchen ein, dass Matti ihr früher oft erzählt hatte. Es hieß »Das rote Schaf, an dem alles hängen blieb«. Sie musste es später unbedingt noch mal lesen.

Als ihr Telefon klingelte, riss sie sich los und ging nach innen. Wer konnte das sein? Bauer Ludwig? Oder der Tierschutz? Unter normalen Umständen hätte sie den Anrufer ignoriert, aber mit einem Schaf im Garten was das nicht möglich. Sie nahm ab, ohne ihren Namen zu sagen, und wartete einfach ab.

»Annu?«

Sie erkannte die Stimme nicht gleich. Ludwig war es nicht und auch kein Fremder.

»Ich wollte fragen, wie es dir mittlerweile geht. Also, besser gesagt: Ob du ein Bier mit mir trinkst? Oder bist du eher eine Weintrinkerin? Eine Limonade oder ein Wasser wären genauso gut.«

Das war natürlich Kalle, der Notfallsanitäter, an den sie seit seinem letzten Besuch nicht mehr gedacht hatte.

»Magst du Saft?«, fragte er. »Das geht auch.«

»Hast du jetzt alle Getränke durch?«

»Ich könnte noch Vorschläge für Cocktails machen.«

»Danke. Ich mag nichts trinken.«

»Ich akzeptiere Absagen nur, wenn drei plausible Gründe angegeben werden.«

Annu überlegte kurz.

»Na schön. Erstens: Ich habe schon Besuch. Zweitens: Ich kann das Haus deshalb nicht verlassen. Drittens: Ich muss noch ein Problem lösen.«

»Um diese Absage einordnen zu können, müsste ich eine Information über die Art deines Besuchs bekommen.«

»Bist du immer so hartnäckig?«

»Nur bei dir ... Aber bitte nicht ablenken. Dein Besuch, wer ist das? Familie? Freunde?«

»Weder noch. Ein ungebetener Gast.«

»Dann komme ich eben vorbei und helfe dir, ihn loszuwerden. Ich stehe sowieso ums Eck.«

»Wieso das denn?«

»Nun ganz einfach: Als ich beim letzten Mal geklopft habe, hast du mich nicht reingelassen. Da dachte ich mir, ich ändere diesmal meine Taktik und kündige mich vorher an.«

»Du bist wirklich seltsam.«

»Bis gleich!«

Annu sah sich in ihrem unaufgeräumten Haus um. Genau das richtige Chaos, um Besucher abzuschrecken. Und um das Schaf konnte Kalle sich auch gleich kümmern. Dann war sie ihn los, ein für alle Mal. Wenn sie keine neuen Menschen in ihr Leben ließ, konnte sie auch von niemandem verletzt werden. Sie würde ab heute alles alleine schaffen, schwor sie sich, sie würde keine Hilfe brauchen, denn sie verdiente es nicht. Die Bilder von der Unfallstelle verfolgten sie. Der letzte Blick von Aron, als er auf der Trage lag und sich noch einmal nach ihr umsah. Die traurigen Gesichtsausdrücke von Lars und Birte. Die Überraschung der Polizisten, als der Atemtest zu viel Promille zeigte. Der Unfall würde sie für immer verfolgen. Jeder, der sie im Dorf sah, würde umgehend an jenen Sommernachmittag denken, als Hoch Hilde auf dem Vormarsch war. Und wie hatte sie nur Lars und Birte aus ihrem Zuhause vertreiben können ...

Bevor sie sich noch mehr Vorwürfe machen konnte, stand Kalle in der halb offenen Tür.

»Darf ich hereinkommen?«

»Meinetwegen.«

»Wo steckt der Besuch? Oder war der erfunden?«

»Bist du nicht im Garten über ihn gestolpert?«

»Da schläft nur ein Schaf zwischen den Laubhaufen.«

»Und das wundert dich nicht?«

»Doch, aber ich dachte mir, du wirst schon deine Gründe haben. Manche halten Ratten, manche Schlangen. Das finde ich schlimmer. So ein Schaf ist wenigstens süß und wuschelig. Hast du es dir heute gekauft?«

»Nein!«, rief Annu entrüstet. »Es ist mir zugelaufen.«

»Verstehe.«

Kalle zog sich die Jacke aus und warf sie über die Lehne des nächstgelegenen Stuhls. Aus seinem Rucksack zog er diverse Getränke, er hatte am Telefon tatsächlich nicht gelogen.

»Was möchtest du?«, fragte er. »Ein Ingwerbier?«

»Ich habe noch eine Kanne Tee in der Küche.«

»Die kannst du später noch trinken …«

Er öffnete zwei Dosen und drückte ihr die eine in die Hand. Dann ließ er sich auf einem der Stühle nieder.

»Soll ich das Sofa aus dem Garten hereintragen?«, wollte er wissen. »Oder wartet es draußen auf den Sperrmüll?«

»Falsche Frage.«

»Verstehe. Dieser Stuhl ist so außerordentlich bequem, ich verstehe gar nicht, warum sich manche Menschen eine Couch zulegen.«

Annu musste schmunzeln und nippte am Ingwerbier, das ihr besser schmeckte als erwartet.

»Herkullinen«, sagte sie. »Ähh, lecker, meine ich.«

»*Herkullinen* …«, ahmte Kalle sie nach. »Finnisch klingt schön.«

»Woher weißt du, welche Sprache das war?«

»Ich habe als Kind ständig die *Sendung mit der Maus* gesehen.«

»Im Ernst?«

»Natürlich nicht. Das spricht sich eben herum, woher dein Vater kam.«

Und nach einer kurzen Pause fügte er noch hinzu:

»Bringst du mir einen ganzen Satz bei?«

Annu musste nicht lange überlegen. Sie entschied sich für eine von Maries Lieblingsweisheiten.

»Alku aina hankala«, sagte sie langsam.

Kalle verhaspelte sich beim Nachsprechen und kam nur bis zur Hälfte.

»Und was heißt das?«

»Aller Anfang ist schwer«, übersetzte Annu. »Mein Vater hat eine Karte mit diesem Sprichwort in unserem Flur aufgehängt. Damit ich nicht vergesse, mich zwischendurch etwas Neues zu trauen.«

Kalle prostete ihr zu.

»Und der Schaf-Anfang war sicher auch nicht leicht?«

»Das ist kein Anfang!«, entgegnete sie empört. »Es wird sicher nicht bei mir bleiben.«

»Warum eigentlich nicht?«

»Das Schaf ist verrückt, es gehört mir nicht, und ich habe keinen Platz für so ein Tier.«

»Aber dein Garten ist doch groß? Kann es nicht in die Garage ziehen? Und aus der Wolle strickst du dann schöne Pullis ...«

»Ich schenke es dir, du kannst es gleich mitnehmen.«

»Da gibt es einen Haken: Ich wohne in einer Einzimmerwohnung im fünften Stock.«

»So etwas gibt es auf dem Land?«

»Nicht jeder erbt ein Haus.«

»Das stimmt wohl. Können wir jetzt bitte das Thema wechseln?«

»Gut, such dir eins aus.«

Das Schweigen, das sich daraufhin ausbreitete, dauerte fast so lange wie ihr Rekord mit Lars. Einmal hatten sie vierundvierzig Minuten nebeneinandergesessen und kein Wort verloren. Lars beharrte danach darauf, dass er noch nicht einmal geblinzelt hatte und zum Sieger des Schweigens gekürt werden müsste.

»Warum lächelst du?«, riss Kalle sie aus ihren Gedanken.

»Erinnerungen«, sagte sie. »Das Gestern steht gerade ziemlich oft vor meiner Tür.«

»Jetzt frag mich doch endlich etwas«, befahl Kalle. »Das macht man so, wenn man sich noch nicht so gut kennt.«

»Na schön. Wie lange rettest du schon Menschen?«

»Seit fünf Jahren. Am Anfang wollte ich einmal pro Woche alles hinschmeißen, ich hielt es für eine kolossale Fehlentscheidung.«

»Und dann?«

»Ein Kollege nahm mich bei einem Einsatz zur Seite. Es gibt das Leben, und es gibt die Arbeit, sagte er zu mir. Du musst eine dicke Linie zwischen beidem ziehen, und du musst mir versprechen, dass du die Arbeit nicht mit auf die andere Seite nimmst.«

»Aber wenn du hier bei mir sitzt – hast du dann nicht auch Leben und Arbeit gehörig miteinander vermischt?«

»Das zählt nicht mit.«

»Warum?«

»A wie Annu, und A wie Ausnahme.«

»Du bist wirklich der seltsamste Typ in diesem Universum.«

Dann schwiegen sie wieder. Und nippten am Ingwerbier.

»Gibt es einen Notfall, den du nicht vergessen kannst?«, wollte Annu schließlich wissen.

Kalle überlegte.

»Im letzten Jahr sind ein paar Urlauber beim Wandern von einem heftigen Unwetter überrascht worden. Die Straßen waren wegen der unsicheren Wetterlage gesperrt und alle sollten zu Hause bleiben, aber diese Gruppe hatte sich dennoch auf den Weg in den Wald gemacht. Vielleicht hast du das in der Zeitung gelesen?«

Annu schüttelte den Kopf.

»Sie waren nur ein paar Tage in der Gegend und wollten ihre Zeit nicht mit Abwarten verschwenden. Sie machten sich also trotz aller Warnungen auf den Weg ...«

»Ich glaube, ich ahne, wie diese Geschichte ausgeht. Sie haben sich bestimmt verlaufen?«

»Das schon, aber der Rest wird dich überraschen. Immer das Gleiche, habe ich auch zunächst gedacht und bin mit meinem Kollegen in den Wagen gestiegen, um der Gruppe zu Hilfe zu eilen. Einer von ihnen hatte sich offenbar verletzt, die Zeit drängte. Doch wegen der heftigen Regenfälle hatten wir schlechte Sicht und verfuhren uns selbst, zum ersten Mal in meinem ganzen Arbeitsleben.«

Auf einmal verlor Kalle mitten im Satz den Faden und wusste nicht mehr weiter. Annu wartete kurz, dann sah sie ihn verwundert an.

»Und was hast du gemacht?«

Er wollte ihr erklären, dass sie ewig umhergeirrt waren, bis schließlich ein zweites Team dazugestoßen war und sie zurück auf die richtige Spur gebracht hatte. Doch er verhedderte sich in seinen Gedanken, weil Annu ihm so konzentriert in die Augen blickte.

»Kalle?«

»Ähm, dann haben wir es irgendwie geschafft, dass alle in Sicherheit waren«, sagte er und fuhr sich dabei nervös durch die Haare. »Und was übersetzt du gerade?«, fragte er schnell, um von seiner eigenen Unsicherheit abzulenken.

»Mal dies, mal das«, antwortete sie. »Nicht der Rede wert.«

Es kam ihr so eintönig vor, dass sie tagein, tagaus am Schreibtisch saß, während er Leben rettete.

»Na dann, Prost!« Kalle hob seine Dose und streckte sie ihr entgegen, aber Annu sah ihn nicht. Ihr war wieder eingefallen, dass sie schon seit dem Morgen etwas nachschlagen wollte. Sie stand auf und ging suchend vor dem Bücherregal auf und ab.

»Wo ist es nur, wo ist es ...?«

Dann zog sie den dicken roten Band heraus, der Schutzumschlag war eingerissen und das Cover verblasst.

»Ich lese dir etwas vor, einverstanden?«

Kalle nickte überrascht.

»Das Buch gehörte meinem Vater Matti, er hat mir daraus vorgelesen, aber nur zu besonderen Anlässen. Wenn ich krank war, wenn er lange weg gewesen war, wenn ich Ärger hatte.«

»Und was verschafft mir die Ehre?«

»Das wirst du schon merken ... Bist du bereit?«

Kalle nickte, und Annu schlug das Buch auf. Dann begann sie zu lesen.

»In einem Dorf hinter dem Wald wohnte ein Hirte in einer einfachen Hütte. Er hütete eine Herde mit Schafen und war recht arm. Für jedes Schaf, das geboren wurde, gab ihm sein Herr dreißig Heller. Aber für jedes Schaf, das ihm abhandenkam, wurden ihm dreißig Heller abgezogen. Tagein, tagaus, war er draußen bei seinen Schafen und konnte sie am Blöken unterscheiden. Seine Arbeit war hart, aber er mochte sie und wollte mit niemandem tauschen. Nur wenn im Winter die kalte Luft durch die Ritzen seiner Hütte zog, fehlte ihm ein warmes Zuhause und eine Frau, mit der er abends zusammensitzen konnte.

An einem Abend kam ein Mann zu ihm, der auf Wanderschaft war. ›Ich brauche eine Bleibe, nur für eine Nacht‹, sagte er. Der Hirte überlegte kurz, dann willigte er ein und bat den Wanderer herein. ›Etwas Gesellschaft ist nie verkehrt! Ich will nicht knausrig sein und an die Heller denken‹, dachte der Hirte und schlachtete ein Lamm. Er kochte es und aß gemeinsam mit dem Fremden zu Abend. ›So gut habe ich lange nicht gespeist‹, sagte dieser und lehnte sich zufrieden zurück, ›aber nun muss ich mich zur Ruhe legen.‹

Als der Hirte am nächsten Morgen erwachte, stand der Wanderer schon angezogen und mit gepackten Sachen vor dem Haus und wartete auf ihn. ›Geh auf die Weide und sieh nach deinen Schafen‹, trug er dem Hirten auf. Dieser lief so schnell er konnte, zu seiner Herde. Und siehe da – zwischen den Schafen auf der Weide stand ein rotes Lamm. ›Ich gebe dir einen wichtigen Rat‹, erklärte der Wanderer. ›Du solltest deinem Herrn alle Schafe überlassen. Aber das rote behältst du und verschwindest damit.‹ Mit diesen Worten und ohne weitere Erklärungen verabschiedete sich der Wanderer.«

Annu schloss die Augen und hörte mit dem Erzählen auf.

»Und wie geht es weiter?«, fragte Kalle.

Sie zuckte mit den Schultern und ließ ihn zappeln, denn ihr war eine Idee gekommen.

»Das erzähl ich dir, wenn du deine Hausaufgabe gelöst hast ...«

»Sind wir in der Schule?«, fragte Kalle empört.

»Willst du das Ende hören, oder nicht?«

»Na schön. Was muss ich tun?«

»Finde heraus, woher das Schaf kommt und wem es gehört.«

»Moment mal, das sind ja finnische Foltermethoden!«

»Immerhin siehst du mich dann wieder, ist das nichts?«

Kalle lachte und prostete ihr zu.

»Das Schaf und du – ihr habt es faustdick hinter den Ohren.«

Als Annu mit Kalle nach draußen ging, hatte das Schaf sich in eine Ecke des Gartens verzogen.

»Denkst du, es wird nachts hier draußen frieren?«, fragte sie Kalle.

»Du hast nicht zufällig einen kleinen Schuppen?«

»Leider nicht. Die Garage ist komplett voll.«

»Dein Auto fährst du doch nicht mehr, oder?«

Annu sah ihn fragend an.

»Hol ein paar alte Decken oder Handtücher, ich kümmere mich um den Rest.«

Dann öffnete er den Kofferraum und räumte alles heraus, was dort noch herumlag. Schmutzige Gummistiefel, eine große Taschenlampe, eine leere Wasserflasche. Als Annu mit den Decken wiederkam, polsterte Kalle gleich die Ablagefläche aus. Dann ging er zum Schaf, packte es mit einem beherzten Griff und trug es ins Auto.

»Wir stellen noch einen Eimer Wasser daneben, dann hat es eine kleine Höhle für die Nacht und verdurstet nicht. Das ist keine Dauerlösung. Aber für eine Weile wird es gehen. Ich höre mich mal bei den Bauern um, ob sie Heu für dich übrig haben.«

»Danke, Herr Notfallsanitäter. Vergiss deine Hausaufgabe nicht.«

Kalle hob die Hand zum Gruß und lief gemächlich Richtung Straße. In Gedanken schrieb Annu eine Karte an Lars.

Du wirst es nicht glauben, aber ich habe Ingwerbier mit einem Mann getrunken. Und du wirst es nicht glauben, aber er ist nett und wird wiederkommen. Vielleicht sitzen wir beim nächsten Mal auf deinem Sofa. Es steht noch im Garten, und ich weiß nicht, ob ich es in meiner Nähe ertrage. Denn bei dem Anblick kommen die Erinnerungen zurück. An Bienenstich und Plastiksaurier und den letzten schönen Tag, den wir hatten.

Wie viele Autos sind heute an dir vorbeigefahren? Wie viele Avocados hat Birte diese Woche gegessen? Übrigens ist ein Tier bei mir eingezogen. Aber davon beim nächsten Mal, denn das ist ein Cliffhanger, oder wie du sagen würdest: eine Spannungsklippe.

Schaftage

Nach dem Aufwachen sah Annu als Erstes nach, ob das Schaf noch da war. Und natürlich war es das. Es lag sogar direkt vor ihrer Haustür auf der Fußmatte, als würde es darauf warten, zum Frühstück hereingebeten zu werden. Da fing es schon an, sie hatte so viele Fragen.

Was fraß so ein Tier?

Und was vertrug es gar nicht?

Wo schlief es?

Wie viel Wasser brauchte es?

War es ein Schaf oder ein Lamm?

Und wie lange blieb ein Lamm überhaupt ein Lamm?

Wann fror es?

Woran merkte man, dass es geschoren werden musste?

Sie hatte ein paar Karotten aus dem Kühlschrank geholt und ging damit langsam auf das Schaf zu. Als sie drei Schritte entfernt war, rannte es panisch vor ihr davon. Irgendetwas stimmte nicht mit diesem Tier, so viel stand fest, es schien ziemlich verwirrt zu sein. Den Eimer mit Wasser hatte es umgeworfen und Annu füllte ihn wieder auf. Sie legte das Gemüse daneben und ging Richtung Gemischtwarenladen.

Auf dem Weg griff sie in die ausgebeulte Tasche ihrer Jeansjacke und entdeckte eine Tüte mit Trockenfisch. Lars hatte ihr das seltsame Geschenk vor einigen Wochen gemacht. Er hatte sie dafür aufgezogen, dass es bei ihr freitags immer Fisch gab, so wie sie das von ihrer Mutter gelernt hatte.

»Du brauchst eine zusätzliche Notfallration«, erklärte er ihr, »falls deine Tiefkühltruhe mal leer ist.«

»Woher hast du das?«

»Einer meiner Kollegen bestellt sich diesen Snack seit seiner letzten Islandreise immer im Internet. Er isst in den Pausen ein paar Stücke mit Butter, und er sagt, es sei die gesündeste Mahlzeit auf der Welt. Sie verlängere das Leben seiner Meinung nach um mindestens zwei Jahre.«

»Ein Jungbrunnen also.«

»Genau. Ich schenke dir zwei zusätzliche Jahre mehr an meiner Seite.«

»Wie zuvorkommend. Und wie uneigennützig.«

»Gern geschehen.«

Lars hatte ihr ein Stück Fisch in den Mund geschoben, und sie hatten über den Geruch in der Tüte die Nase gerümpft. Extrajahre, dachte Annu. Damals war ihr das deutlich reizvoller vorgekommen als jetzt.

Sie warf ihre Karte an Lars in den Briefkasten vor dem Laden, und dann ging sie mit gesenktem Kopf hinein. Sie legte Gemüse und eine Flasche Milch in den Korb. Beim Bezahlen beschwerte sie sich nicht, obwohl sie sicher war, dass Luisa ihr vollkommen überteuerte Preise berechnet hatte. Sechsundzwanzig Euro für ein paar Sachen? Warum benutzte sie auf einmal keinen Scanner mehr? Aber sie hatte keine Lust, sich mit ihr anzulegen. Bloß keinen Ärger, bloß nicht auffallen. Sie ging lieber schnell wieder nach Hause, bevor noch eine Frage zum Schaf kam. Spaß machte es nicht, durch das Dorf zu laufen, aber sie hatte auch keine Lust mehr, sich zu verstecken. Und mit so einem Haustier und einem Notfallsanitäter, der zu Besuch kam, musste sie ihre Vorräte wieder auffüllen, da hatte sie keine Wahl.

Als sie zurückkam, lag das Schaf zufrieden auf dem Sofa, das einige Flecken bekommen hatte und nicht mehr wie ein Möbelstück aussah, das man ins Haus stellen konnte. Auch schon egal, dachte Annu. Sie näherte sich langsam – und tatsächlich, diesmal bekam das Tier keine Angst und ließ sich von ihr streicheln.

»Du verrücktes Vieh«, sagte Annu, »was mache ich nur mit dir?«

Sie entdeckte einen schlaffen Fußball, den Kinder aus dem Dorf in ihren Garten geschossen haben mussten. Als sie ihn Richtung Zaun warf, zuckte das Schaf zusammen.

»Willst du mitspielen?«

Annu holte den Ball zurück, schob ihn mit dem Fuß vor sich her, täuschte einen Haken an und legte schließlich dem Schaf den Ball vor. Es konnte nicht wirklich schießen, das war klar, aber es schob den Ball tatsächlich ein ganzes Stück vor sich her, bis Annu ihn sich wieder schnappte. Fast wie mit Aron, dachte Annu, und auf einen Schlag kam eine ganze Armee an grauen Gedanken zurück. Das Schaf verlor schnell die Lust an dem Spiel und lief über das schmale Brett, das Kalle als eine Art Rampe vom Boden zum Kofferraum gelegt hatte. Es setzte sich auf seinen Platz auf der Decke und sah ziemlich zufrieden aus.

»Ich lass dich alleine«, sagte Annu. »Benimm dich und vergiss nicht, genug zu trinken.«

Zurück am Schreibtisch, gab sie nach und nach die Stichwörter in die Suchmaschine ein, die rund um Arons Beinbruch gefallen waren: Trümmerbruch, Überrolltrauma, Staphylokokken. Sie versuchte, sich ein Bild von der Schwere der Verletzung zu machen, aber die Angaben waren so furchtbar unkonkret. Mal verlief es so, mal so. Der eine reagierte auf diese Weise, aber der andere nicht. Frustriert gab sie auf und tippte dann einen ganz anderen Suchbegriff ein. Sie musste schließlich ihr Schaf-Wissen erweitern. Die zehn wichtigsten Fakten sammelte sie in ihrem Notizbuch:

1. *Wenn Schafe mit den Zähnen knirschen, haben sie ein Problem.*
2. *Schafe werden nach den Eisheiligen im Mai geschoren, damit die Wolle bis zum Herbst nachwachsen kann.*
3. *Schafe mögen abgekochte Kartoffelschalen.*
4. *Wurzelgemüse essen sie auch.*
5. *Schafe grasen acht bis zehn Stunden am Tag.*
6. *Sie fressen in dieser Zeit etwa zehn Kilo Gras.*
7. *Zerkautes Futter gelangt erst in den Pansen, wird dann zurück ins Maul befördert, mit ordentlich Speichel vermischt und erneut gekaut, bevor es im Blättermagen weiterverarbeitet und schließlich im Labmagen endgültig verdaut wird.*
8. *Zwei- bis dreimal im Jahr braucht ein Schaf eine Wurmkur.*
9. *Leider war das Schaf in ihrem Garten kein Finnschaf und auch kein ungarisches Zackelschaf. Vermutlich handelte es sich um ein Brillenschaf. Da hatte sich der Bauer ordentlich ins Zeug gelegt, denn die waren selten.*
10. *Weibliche Schafe bilden mit ihren Lämmern große Herden von bis zu hundert Tieren, aber die Böcke sind Einzelgänger und stoßen nur zur Paarungszeit zu den Herden. Passte also ganz gut, denn dass Annus Schaf kein Mädchen war, hatte sie durch ein paar prüfende Blicke schon herausgefunden.*

Annu lief mit dem Notizbuch durchs Haus und wusste nicht so recht, was sie als Nächstes tun sollte. »Ich kann wunderbar alleine sein«, hatte sie mehr als einmal zu Lars gesagt. Und nun? Seit dem Unfall fand sie es furchtbar. Sie sprach mit dem Wasserkocher, mit dem Toaster, mit der Kaffeemaschine. Sie stellte sich vor den Spiegel im Bad und erzählte ihm von ihrem Tag. Sie fragte die Wände, wie lange Aron in der Klinik liegen würde, wie es mit seinen Beinen weitergehen würde und ob er eines Tages wieder bei Meisterschaften mitlaufen könnte. Es ist nur eine Phase, dachte sie zunächst. Nach spätestens zwei Monaten würde sie zurück ins Leben finden. Aber die Tage vergingen, und alles blieb gleich. Obwohl …

Annu ging zum Fenster und sah nach draußen. Da rannte ein verrücktes Schaf an den kahl gewordenen Bäumen vorbei. Es hatte irgendwo eine alte Mülltüte gefunden, hatte sich darin festgebissen und zerrte sie von einer Ecke in die andere. Zwischendurch blökte es, und überhaupt wirkte es ganz schön vergnügt. War es etwa gekommen, um zu bleiben? Es musste doch eine Familie haben, irgendwo in der Umgebung, warum wollte es nicht dorthin zurück? Und was würde Lars zu diesem Gast sagen? Als die Tüte langweilig wurde, schnappte sich das Tier einen Plastikeimer und steckte den Kopf hinein.

»Dich kann man keine Sekunde alleine lassen«, stöhnte Annu und beschloss, dem Schaf lieber wieder etwas Gesellschaft zu leisten. Was würde ihm als Nächstes einfallen? Und konnte sie es wirklich guten Gewissens über Nacht hierlassen, auch wenn es draußen war? Fünf Minuten später hatte der neue Gast schon für eine Spur der Verwüstung gesorgt. Ausgerissene Blumen säumten den Weg, der Eimer hatte ein Loch im Boden, und überall lagen kleine Fetzen der Tüte.

»Du kleines Monster«, rief Annu. »Dich behalte ich ganz sicher nicht.«

Doch das Schaf schien ein schlechtes Gewissen zu haben. Es kam mit gesenktem Kopf näher und schmiegte sich an Annus Bein.

»Und nun? Ist das ein Freundschaftsangebot?«

Annu bückte sich und fuhr durch das krause, nasse Fell. Es war ihr neu, dass Schafe so anhänglich waren. Aber sie hatte sowieso immer mehr das Gefühl, dass das Schaf ein Sonderling war. Sie wollte weitergehen, aber da fiel das Schaf einfach um. Mit einem Plumps. Es streckte alle viere von sich und zappelte.

»Du wirst doch wohl alleine wieder aufstehen können?«

Aber nichts geschah. Es blieb auf der Stelle liegen, zuckte mal mit den vorderen und mal mit den hinteren Läufen. Annu musste es packen und wieder aufrichten, dann rannte es blökend davon. Von allen Dingen, die seit dem Unfall geschehen waren, schien dies das Beste zu sein. Eine Ablenkung in Schaf-Form. Hatte Lars das Tier etwa geschickt, um sie aufzuheitern?

Aber das Schaf war nicht die einzige Veränderung. Sie hatte jemanden kennengelernt, von dem sie nicht sicher war, ob sie ihn kennenlernen wollte. Nein, das traf es nicht. Natürlich wollte sie den Sanitäter kennenlernen. Aber nicht jetzt! Nicht mitten in diesem Chaos und in dieser Traurigkeit, wo sie keine echte Annu mehr zu sein schien, sondern nur noch ein Viertel oder ein Fünftel von ihr übrig war. Es kam ihr so falsch vor, dass da jemand an ihrer Tür klopfte und mit ihr ein Bier trinken wollte, wo ihre Gedanken doch ständig woanders waren und sie sich vollkommen daneben benahm. Manchmal hatte sie das Gefühl, sich selbst nicht mehr zu kennen. Da war eine vertraute Annu-Hülle, aber sonst? Warum war sie so apathisch? Weshalb dauerte jeder Handgriff so lange? Warum schaffte sie es nicht mehr, durch das Dorf zu laufen und mit den anderen zu sprechen? Das Schaf beschäftigte sich wieder mit sich selbst, und Annu hatte die Idee, das schiefe Haus aufzuräumen. Machten die Leute in den Filmen das nicht so, wenn sie ihr Leben wieder in den Griff bekommen wollten? Alles sortieren, die Shirts und Pullover zu Quadraten falten und ordentlich in die Schubladen schichten? Und dann große Mülltonnen mit all den Dingen füllen, die ihnen keinerlei Freude machten? Annu hatte die Serie mit dieser immerzu lächelnden Frau gesehen, die Familien besuchte und deren Häuser umkrempelte. Sie hatte sich gewundert, wie einfach dort alles schien. Zimmer für Zimmer verschwand das Chaos, und am Ende versicherten alle, dass sie noch nie so glücklich gewesen seien. Aber wie konnte war das möglich? Würde auch Annu über den Unfall und die Abwesenheit von Lars hinwegkommen, wenn sie ihre ungetragenen Klamotten in die Altkleidersammlung gebracht hatte und morgens nicht mehr mit einer einzelnen Socke vor dem Schrank stand, deren Partner sie nicht mehr finden konnte? War das der Trick?

Sie beschloss, in der Küche anzufangen, öffnete die Schränke und begutachtete ihre Sachen. Auf die unteren Bretter sollte das Geschirr kommen, das sie täglich benötigte. Da fing es schon an ... In letzter Zeit hatte sie kaum noch etwas benutzt. Sie hatte Brote auf dem Tisch geschmiert und aus der Hand gegessen. Einen Becher Joghurt geöffnet, ein paar Löffel gegessen und dann Haferflocken hineingekippt – fertig war das Müsli. Die Spülmaschine war schon lange nicht mehr gelaufen. Annu nahm eine Packung Fruit Loops aus dem Regal. Sie hatte ganz vergessen, dass die noch dort stand. Dieses süße Zeug hatte sie noch nie leiden können, aber Aron liebte es. Wenn er zu ihr kam, hatte er sich die bunten Ringe in eine Schale gekippt, Milch darüber gegossen und das Zeug freudestrahlend in sich hineingelöffelt.

»Tante Annu, das ist das Beste«, sagte er mit vollem Mund. »Willst du einen Löffel probieren?«

Sie lehnte jedes Mal ab. Aber wenn die Packung leer war, kaufte sie eine neue. Es war ihr Deal: Sie hatten ein winziges Geheimnis, das ihn glücklich machte. Birte hatte ihm verboten, diese Dinger zu essen, und weil er so daran hing, hatte er Annu um Hilfe gebeten.

»Bittebittebitte«, hatte er gesagt. Immer und immer wieder, bis sie weich wurde.

Das Seltsame war, dass er sogar den Spruch von Lars und Annu übernommen hatte. Er klingelte, und wenn Annu öffnete, schob er sich schnell an ihr vorbei in den Flur. Hatte er das mal aufgeschnappt? Oder wie kam er drauf?

»Ich bin den ganzen Weg gerannt«, rief er. »Also, wo ist meine Stärkung?«

Von allen Dingen, die sie nicht konnte, stand eines an oberster Stelle: Nein zu Aron zu sagen.

»Vielleicht bin ich keine Tante, sondern eine Omi«, überlegte sie. »Die haben weiche Herzen, Süßigkeiten in allen Taschen und kennen das Wort ›verboten‹ nicht.«

»Oma Annu? Von mir aus. Hauptsache es gibt meine Superhelden-Ringe.«

»Warum heißen die so?«

»Wenn ich sie gegessen habe, kann ich fliegen!«

Und dann tat er so, als ob er einen Umhang trüge und durch das schiefe Haus schweben könnte.

Während in ihrem Garten das Schaf blökte, schüttelte Annu die Packung. Doch die Bodenlasche hielt nicht mehr, und die bunten Ringe kullerten über den Küchenboden. Annu bückte sich, um alles aufzusammeln, aber dann überrollten sie so viele Aron-Erinnerungen, dass sie nicht weitermachen konnte. Es ging einfach nicht. Sie musste langsam aufstehen, sich an einem Schrank abstützen und wieder auf den Boden zurücksinken. Vielleicht kam am nächsten Tag ihre Kraft zurück, dann würde sie alles aufräumen.

Sie hatte für diesen Tag nur noch einen Wunsch, oder nein, es waren zwei. Erstens: Das Schaf sollte ruhig bleiben und einfach im Garten schlafen, ohne noch mehr kaputt zu machen.

Zweitens: Der Notfallsanitäter sollte nicht zu Besuch kommen, sie wollte nicht, dass er sie so sah. Denn dann wäre sicher alles vorbei, bevor es überhaupt begonnen hatte.

In einem Punkt hatte sie Glück: Kalle kreuzte an diesem Tag nicht mehr auf. Das Schaf jedoch brachte es fertig, ein Loch in den Sofabezug zu knabbern und genüsslich die Füllung zu mampfen. Außerdem zerlegte es das Gartenwerkzeug, warf einen Blumenkübel neben der Haustür um und verteilte die nasse Erde auf dem gepflasterten Weg zur Straße. Annu beobachtete vom Schlafzimmerfenster aus, wie das Tier danach zufrieden seine Kreise im Garten drehte, durch die Pfützen lief und schließlich neben dem kaputten Sofa stehen blieb und weitergraste. Hatte es etwa an diesem Tag noch keine zehn Kilo vertilgt? Während Annu über das seltsame Verhalten von Schafen nachdachte, kam die plötzliche Lähmung von vorhin zurück. Sie schaffte es nicht einmal mehr, sich ihren Pyjama anzuziehen oder die Zähne zu putzen. Stattdessen stolperte sie zum Sessel im Wohnzimmer, ließ sich fallen und war kurz darauf eingeschlafen. Sie träumte von Aron, der einen Saurierkopf hatte und bei Olympia an den Start ging, wo er über hundert Meter gewann und anschließend in jedem Interview erklären musste, warum er nicht anders als die anderen war und dass er durch den besonderen Kopf keinen Vorteil hatte. Der Moderator klopfte ihm auf die Schultern, und dann nahm jeder von ihnen eine Packung Fruit Loops, und sie kippten sich die bunten Ringe in die offenen Münder.

Annu schreckte mitten in der Nacht hoch. Niemand hatte solche Träume, oder? Das musste ein Zeichen für eine sich anbahnende Verrücktheit sein, oder etwa nicht?

Sie drehte sich von Seite zu Seite, aber in den Schlaf fand sie nicht mehr zurück. Gerädert blieb sie liegen, bis es hell wurde. Dachte an dieses und an jenes, während ihre Beine schwerer und schwerer wurden und ihre Gedanken düsterer und düsterer. Ich kann nichts, ich schaffe nichts, ich verdiene nichts. Es waren Sätze wie diese, die alles nur noch schlimmer machten, und obwohl Annu das wusste, schaffte sie es einfach nicht, sich schönere Dinge einzureden. Und in dieses Grübeln hinein klingelte es an der Tür.

Annu war selbst überrascht, wie schnell sie aufspringen, eine Hose anziehen und in einen weiten Pullover schlüpfen konnte, wie sie sich auf dem Weg nach unten mit den gespreizten Fingern wie mit einem Kamm durch die Haare fuhr und sich unten angekommen tatsächlich relativ wach fühlte.

»Moin, moin«, sagte Kalle, als sie die Tür öffnete, obwohl der Norden des Landes weit weg war.

»Servus«, antwortete sie und meinte ihren Augen nicht zu trauen. Was hatte der Kerl alles dabei? Sie kannten sich doch kaum.

Der Sanitäter hatte eine Tüte mit Brötchen mitgebracht, das ging ja noch. Aber auf dem Rücken trug er einen vollgepackten Rucksack. Neben der Garage hatte er ein paar Ballen Heu abgestellt und dann schleifte er auch noch eine Motorsense hinter sich her.

»Willst du hier einziehen?«, fragte sie irritiert.

»Darf ich?«

»Natürlich nicht.«

»Sehr charmant, Annu, sehr charmant.«

Er blieb vor ihr stehen, setzte alles ab und sah sie siegessicher an.

»Ich habe etwas herausgefunden. Aber ich sage es dir erst, wenn du mir das restliche Märchen vorgelesen hast. Und wenn wir gefrühstückt haben.«

»Dann verrate mir doch vorher zumindest noch, was du mit der Sense vorhast.«

»Ich habe mich informiert«, erklärte er und legte eine Kunstpause ein. »Wusstest du, dass Schafe keine oberen Schneidezähne haben?«

»Und wie fressen sie dann?«

»Sie schnappen sich das Gras mit der Oberlippe, dann klemmen sie es zwischen die unteren Schneidezähne und die obere Gaumenplatte und rupfen es ab.«

»Und warum ist das wichtig?«

»Eine Wuchshöhe von fünfzehn Zentimetern können sie am besten aufnehmen, und wenn ich mich hier so umsehe, dann haben wir diese Länge in deinem Garten längst überschritten.«

»Können wir nicht meinen Rasenmäher nehmen?«

Er schüttelte den Kopf.

»Niemals! Der mäht das Gras viel zu kurz.«

Mit diesen Worten marschierte er durch die offene Haustür und legte die Tüte vom Bäcker in der Küche auf den Tisch.

»Kaffee oder Tee?«, fragte Annu, die ihm gefolgt war. »Oder eine goldene Milch?«

Kalle verzog erschrocken das Gesicht.

»Was hast du?«

»Ich trinke keine Milch.«

»Wegen der Laktose?«

»Nee.«

Dann wandte er das Gesicht ab, als hätte Annu ihn an etwas erinnert.

»Mit dir ist es echt kompliziert manchmal«, sagte sie. »Was möchtest du denn nun trinken?«

»Geht auch beides? Erst etwas grüner Tee und nach dem Ende der Geschichte Espresso?«

»Ausnahmsweise«, antwortete Annu. »Aber du deckst den Tisch.«

Während das Wasser aufkochte, ging sie kurz ins Wohnzimmer und atmete tief durch. Sie war es nicht mehr gewohnt, sich jemandem zu öffnen. Sie mochte Kalle, aber ging das nicht alles viel zu schnell? Warum schreckte ihn der Unfall nicht ab? Irgendeinen Haken musste es geben, sie traute dem Ganzen nicht.

»Bringst du das Buch mit?«, rief Kalle ihr aus der Küche zu.

Als sie zurückkam, hatte er ihnen Tee eingeschenkt. Auf dem Tisch standen mehrere Gläser mit selbst gemachter Marmelade, die er aus dem Rucksack gezaubert haben musste. Dazu Croissants, verschiedene Brötchen und eine Platte mit Käse und Wurst. Die Fruit

Loops lagen noch auf dem Boden, aber Kalle tat so, als würde er sie nicht sehen.

»So viel stand hier schon lange nicht mehr auf dem Tisch«, murmelte Annu.

»Schafbesitzerinnen müssen gut bei Kräften sein.«

»Besitzerinnen? Du solltest doch den Bauern finden, dem wir das Schaf zurückbringen!«

»Ich habe nur Leute gefunden, die vehement bestritten haben, dass sie ein Schaf verloren haben.«

»Im Ernst?«

»Die meisten klangen glaubwürdig.«

»Aber?«

»Dieser Ludwig hat seit Neustem einige Schafe. Und zwar Brillenschafe.«

»Sehr verdächtig.«

»Er schwört bei der Gesundheit seiner Frau, dass ihm kein einziges Exemplar abhandengekommen ist.«

»Seltsam. Und nun?«

»Irgendetwas verbirgt er. Sonst hätte er mir kein Heu geschenkt, um mich loszuwerden. Aber da niemand das Schaf vermisst, müssen wir es fürs Erste wohl behalten.«

»WIR?«

»Äh, du.«

»Gibt es eigentlich ein Tierheim für Schafe?«

»Das bringst du nicht übers Herz«, sagte Kalle empört und verschluckte sich an seinem Marmeladenbrötchen.

Annu zerteilte ihr Croissant in kleine Stücke und schob sie auf ihrem Teller hin und her.

»Das Schaf braucht einen Namen«, stellte Kalle mit vollem Mund fest.

»Was schlägst du vor?«

»Du musst erst dein Versprechen einlösen, erzähl schon.«

Annu schlug das Buch auf, lehnte sich gegen die Stuhllehne und begann zu lesen.

»Der Hirte tat, wie ihm der Wanderer geheißen hatte. Er verließ das Dorf und seinen Herren. Die Schafherde ließ er zurück, nur das rote Lamm nahm er mit und zog mit ihm über Stock und Stein. Gegen Abend kehrte der Hirte in einer Herberge ein, die einem Paar mit einer Tochter gehörte. Er war so müde, dass er nur ein paar wenige Worte mit den Gastgebern wechselte. Das Schaf bekam einen Platz in der Scheune zugewiesen, und dann legte er sich schlafen. So bekam er nicht mit, wie das Mädchen das rote Lamm entdeckte. ›Aus diesem Fell will ich Handschuhe haben‹, sagte das Mädchen und wollte sich mit einer Schere eine dicke Locke abschneiden. Doch sie blieb an dem Schaf kleben – und was sie auch versuchte, sie konnte sich nicht mehr befreien. Da schrie sie so laut, bis ihre Eltern herbeieilten. Ihr Vater schlug das Schaf mit einem Besen – doch auch der Besen blieb am Schaf kleben, und der Vater klebte am Besenstiel. Die Mutter kam mit einem Eimer Wasser – doch auch der Eimer klebte am Schaf fest, und die Mutter am Henkel des Eimers. Als der Hirte die Familie sah, musste er lachen.«

Annu legte eine kleine Pause an und nippte am Tee, doch Kalle gab ihr mit einer Handbewegung zu verstehen, dass sie unbedingt weiterlesen sollte.

»Da fiel dem Hirten die traurige Tochter des Königs ein. Sie hatte seit Jahren nicht mehr gelacht. Der König hatte daher verkündet, dass derjenige, der seine Tochter wieder zum Lachen brachte, reich entlohnt würde. Er würde nicht nur die Hälfte seines Reichs, sondern auch seine Tochter zur Frau bekommen. ›Einen Versuch ist es wert‹, dachte der Hirte und ging mit seinem roten Schaf zum König. Am Schaf hingen die Tochter und die Schere, der Vater und der Besen sowie die Mutter und der Eimer. Als die Königstochter dieses seltsame Gespann sah, fing sie lauthals an zu lachen und konnte nicht mehr damit aufhören. ›Das ist ein Wunder‹,

seufzte der König erleichtert und gab dem Hirten seine Belohnung. Der Hirte bedankte sich und befreite die Familie vom roten Schaf. Dann zog er mit der Königstochter in ein kleines Schloss, ließ das Schaf im Garten grasen – und wenn sie nicht gestorben sind, dann leben und grasen sie dort bis heute.«

Kalle grinste, als sie das Buch zugeklappt hatte.

»Wirklich schade, dass du bloß ein weißes Schaf im Garten hast.«

Dann brummte sein Handy.

»Ich habe Rufbereitschaft«, sagte er, »das bedeutet, ich muss los ...«

»Alles gut«, sagte Annu. »Danke für das Frühstück.«

Als Kalle gegangen war, machte sie sich einen doppelten Espresso. Und auf einmal brummte auch ihr Handy. Ich habe aber keine Rufbereitschaft, dachte Annu noch, dann las sie die Nachricht.

Ich.
Will.
Sofort.
Wissen.
Warum.
Bei.
Dir.
Ein.
Tier.
Wohnt.
Und.
Welches.
Waschbär?
Pfau?
Stinktier?

Panda?

Erzähl.

Es.

Mir.

Lars.

Sie lief in den Garten, trieb das Schaf vor sich her und nahm währenddessen mit ihrem Handy ein Anti-Großstadtblues-Stück für Lars auf, das sie später auf eine CD brennen und ihm gemeinsam mit einer weiteren Karte schicken würde.

Es ist weder Waschbär noch Pfau, aber du musst schon selbst herausfinden, was es ist. Ich habe dir ein Gespräch mitgeschnitten. Und ich stelle mir vor, wie du am Schreibtisch sitzt und die Kopfhörer aufsetzt, wie du meine Aufnahme abspielst und die Stadt vergisst, wie mein Gast sich auch bei dir breitmacht. Hilft das?

Fünfzehn Minuten Blöken bekam er von ihr. Sie schnitt mit, was das Schaf ihr so erzählte. Über den Rhythmus konnte sich niemand beklagen, es war eine ausgewogene Mischung aus kurzem und langem Gemecker, mal lautstark, mal ganz leise. Und während sie so dasaß und dem Schaf beim Blöken zuhörte, da fiel ihr auf, wie weit weg an diesen Tagen der Unfall gewesen war. Zum ersten Mal hatte sie nicht ununterbrochen daran gedacht. Ob Kalle bald wiederkommen würde? Sie begann die Garage auszuräumen, damit sie das Heu dort auslegen konnte. So viel Unrat hatte sich dort angesammelt. Sogar die kaputten Ski von Marie hatte sie in einem Anflug von Nostalgie aufgehoben. Es waren alles Dinge, die sie nie wieder benutzen würde und die sie nun endgültig entsorgen würde. Sie stapelte die Kartons neben dem Gartentor und stellte den Sperrmüll daneben. Mit etwas Glück würde ihr Kalle dabei helfen, die Sachen zum nächsten Wertstoffhof zu fahren. Als Annu zurück zum Haus lief, fiel ihr auf, dass ein dicker Umschlag aus ihrem Briefkasten ragte. Und das, obwohl der Briefträger seit Wochen nicht mehr bei ihr gehalten hatte. Ein ungutes Gefühl breitete sich in ihr aus.

Bumerang

Die Tage mit dem Schaf hatten nicht zwei, sondern nur einen Hauptdarsteller. Wie konnte Annu nur auf die Idee kommen, dass sie zuerst frühstücken durfte, wenn ein unausgeglichenes Schaf in ihrem Garten auf den morgendlichen Besuch wartete? Tierische Ungeduld äußerte sich im ersten Schritt mit lautem Blöken, im zweiten Schritt mit noch lauterem Blöken und im dritten Schritt mit Zerstörungswut. Annu hatte gelesen, dass Schafe für sich sein konnten und sich ihr Futter selbst suchten. Aber ihr Schaf schien aus der Reihe zu fallen. Morgen für Morgen blieb Annu gerade noch Zeit für einen Kaffee, dann sprintete sie lieber nach draußen. Vorbei war das Ausschlafen, vorbei war das Trödeln, vorbei war die Planlosigkeit. Nun gab es feste Essenszeiten und feste Rituale, denn zu allem Überfluss hatte das Schaf noch ein paar Special Features:

1. *Gras war wirklich lecker, aber mit Nachtisch bitte!*
2 *Abgekochte Kartoffelschalen oder Möhren waren das beste Dessert.*
3. *Futter musste direkt neben dem Volvo serviert werden.*
4. *Nach dem Frühstück wollte das Schaf spielen. Und zwar mit Annu.*
5. *Das schiefe Haus war dafür da, umrundet zu werden. Mit Geblöke.*
6. *Danach fraß es sich in Schlangenlinien durch das Gras, als wäre es betrunken.*
7. *Was im Garten vergessen wurde, gehörte dem Schaf.*
8. *Alle zwei Stunden wollte es besucht werden.*
9. *Aber dabei den Nachtisch nicht vergessen!*
10. *Das A und O bei der Zahnpflege war das Anknabbern des Zaunes.*

Jeden Tag kam etwas Neues dazu. Auf Annu wirkte es so, als ob das Schaf sie wie eine Prinzessin herumkommandieren würde: Annu, mach dies, Annu, mach das. Es zehrte an ihren Kräften und gleichzeitig war sie froh über die Abwechslung. Auf dem Rückweg vom Gemischtwarenladen wurde sie begrüßt, sie war viel mehr an der frischen Luft als sonst, und sie lachte sogar wieder. Das Schaf war in etwa so tollpatschig wie Charlie Chaplin und brachte es fertig, über die eigenen Hufe zu stolpern. Und dann rappelte es sich sofort auf, schüttelte sich und sah Annu stolz an, als hätte es einen schwierigen Trick präsentiert.

»Gewöhn dich lieber nicht an mich«, sagte sie dem Schaf. »Ich muss dich sicher bald abgeben.«

Das Tier sah kurz auf, dann versenkte es wieder den Kopf im Gras und mampfte genüsslich weiter.

Annu hatte den großen beigen Umschlag, den sie aus ihrem Briefkasten geholt hatte, noch in der Hand. Ihr Name stand in Großbuchstaben darauf, sonst nichts. Er hatte nicht wie die restliche Post im Gemischtwarenladen gelegen, und Ulli hatte ihn vermutlich auch nicht gebracht, denn es war keine Briefmarke darauf. Wer steckte nur dahinter? Annu zog einen Stapel Bilder heraus. Die ersten Motive sahen gar nicht so schlimm aus: Es waren heitere Momente aus der Vergangenheit. Aron mit seinen Sauriern. Aron bei einem Lauf-Wettkampf. Aron, wie er Usain Bolt und seine Siegergeste imitierte. Aron mit seinen Eltern. Aron bei Annu im Arm. Sie sah sich diese Fotos an und verstand nicht gleich, was es bedeutete. Lars und Birte hatten die sicher nicht geschickt, was sollte das nur? Jemand erinnerte sie an die Vergangenheit, an das unbeschwerte Glück vor dem Unfall. Aber warum? Doch nach einigen Bildern änderte sich das Motiv. Und Annu starrte auf Nahaufnahmen von Arons Verletzungen. Bilder aus der Großstadt. Wie er alleine spielte. Wie er traurig aus dem Fenster sah. Wie er ein Hundert-Meter-Rennen im Fernsehen ansah. Du bist schuld, hatte jemand wie eine Bildunterschrift auf die letzte Aufnahme gekritzelt.

Annu wurde schlecht, aber so richtig. Sie stand auf, nahm sich einen leeren Eimer, mit dem das Schaf gespielt hatte, und wartete nur darauf, dass sie sich übergeben musste. Doch nichts geschah. In der Zwischenzeit begann das Schaf an einer Schuhspitze von Annu herumzuknabbern. Annu war mit ihrer Geduld am Ende und schrie das Tier an.

»Verschwinde!«

Wollten sie wirklich aus vierundachtzig Dorfbewohnern dreiundachtzig machen und sie loswerden? Der ganze angestaute Ärger platzte aus ihr heraus. Das Schaf bekam alles ab, obwohl es nichts für Annus Trauer konnte. Aber so war es eben: Irgendjemand musste sich ihre Wut anhören, und außer dem Tier war gerade niemand verfügbar. Sie fluchte erst auf Finnisch, dann auf Deutsch, dann in einer Fantasiesprache, immer weiter und weiter. Als sie nach einer langen Schimpftirade eine Pause einlegte, sah das Tier kurz auf, blökte leise und trottete gemächlich davon. Dabei wankte es etwas nach links, als wäre es betrunken. Etwas stimmt nicht mit dir, dachte Annu, etwas stimmt so ganz und gar nicht mit dir. Sie überlegte, wer die Post geschickt hatte und es ihr offenbar nicht gönnte, dass ihr Leben weiterging. Dass ein Tier im Garten eingezogen war. Dass Männerbesuch kam. Oder welche Erklärung gab es sonst für diese Botschaft? Sie glaubte einfach nicht, dass Lars und Birte dahintersteckten, es musste aus dem Ort kommen. Mattis Worte fielen ihr wieder ein, der früher mindestens einmal pro Jahr im Dorf die Krise bekommen und Umzugspläne gehegt hatte:

»In diesem Nest bleibt nichts unbeobachtet. Wie oft ich huste, wie oft ich aufs Klo gehe, wie oft ich am Wodka nippe.«

»Aber wenn wir ein Problem haben, ist zehn Minuten später jemand da und hilft«, versuchte Marie ihn zu beschwichtigen.

»Darauf kann ich verzichten«, knurrte er, und wenn Schnee lag, schnallte er die Ski an und brach zu einer besonders langen Runde auf.

»Annu, backen wir Korvapuusti?«, schlug Marie in solchen Momenten vor, um ihre Tochter auf andere Gedanken zu bringen.

Annu holte dann Mehl und Zucker aus dem Vorratsschrank, Salz und Kardamom aus dem Gewürzregal und Milch, Hefe, Butter und ein Ei aus dem Kühlschrank. Nichts schmeckte ihr besser als dieses Gebäck.

»Weißt du noch, wie man Korvapuusti ins Deutsche übersetzt?«

»Ohrfeigen«, sagte Annu.

»Genau, und warum nennen wir Finnen das Gebäck so?«

»Wenn die Hefestücke beim Backen aufgehen, sehen sie aus wie geschwollene Ohren!«

Viele Jahre später saß Annu verzweifelt im Garten. Lars konnte sie nicht mehr anrufen. Das Schaf war keine Hilfe. Und sonst gab es niemanden mehr. Sie trottete in die Küche und beschloss, dass sie ein paar Ohrfeigen backen musste. Es war so typisch, dass die Deutschen das Gebäck Zimtschnecken nannten. Hatte in diesem Land denn niemand Fantasie? Saßen sie nur herum und arbeiteten und warfen anderen Menschen fiese Umschläge in den Briefkasten? Noch nie hatte Annu einen Hefeteig so fest bearbeitet. Sie wollte ihn beim Kneten mehrmals an die Wand werfen, hatte die Hand schon erhoben, aber dann ließ sie es doch. Das war es, was das ganze Dorf wollte. Sie loswerden, sie kleinkriegen, sie traurig sehen. Aber sie würde nicht zulassen, dass diese fürchterlichen Menschen das schafften. Nicht mehr! Und dennoch ... diese Bilder. Sie hatte die Fotos sofort in den Müll geworfen, aber sie bekam sie nicht aus dem Kopf. Alle Fortschritte der letzten Wochen schienen auf einen Schlag wie aufgelöst zu sein.

Nachdem sie den Teig angerührt hatte, ließ sie ihn vor lauter Ungeduld kürzer gehen als sonst. Sie rollte ihn aus und bestrich ihn mit der Butter-Zucker-Zimt-Mischung. Dann schob sie das Blech in den Ofen und fasste einen Entschluss. Sie würde die Korvapuusti noch zu Ende backen, und sobald sie damit fertig war, musste das Schaf fort. Eines Tages würde es ihren Garten sowieso zu klein und langweilig finden und weiterziehen. Da war es besser, wenn Annu die Fäden in der Hand hielt. Nicht noch eine Enttäuschung, dachte sie. Lieber noch eine Weile alleine sein, viel zu viel arbeiten und Geld sparen – und dann von hier verschwinden! Sie sah dem Gebäck dabei zu, wie es immer größer und größer wurde. Als es sich leicht bräunlich gefärbt hatte, holte sie es heraus. Eine Schnecke schob sie sich direkt in den Mund und verbrannte sich dabei die Zunge. Dann zog sie einen Mantel über und ging zu ihrem Auto, zum ersten Mal seit dem Unfall.

Nie wieder Auto fahren.

Nie wieder den Schulterblick vergessen.

Nie wieder Alkohol trinken.

Nie wieder mit den anderen im Dorf sprechen.

Nie wieder finnische Tangos hören.

Seit dem Tag X hatte sie diese Sätze wie ein Mantra wiederholt. Aber was half ihr das alles noch? Wollte sie den Status quo aufrechterhalten, oder wollte sie endlich etwas verändern?

Das Schaf hatte sich auf die Decke im Kofferraum zurückgezogen und sie musste nur noch die Heckklappe schließen. Was machst du da, schien sich das Schaf zu wundern und blökte so laut wie schon lange nicht mehr.

Das Schaf musste fort, bevor es ihr jemand wegnahm. Das würde sie nicht aushalten. Annu wusste selbst, dass es unlogisch war, aber der Gedanke hatte sich festgesetzt. Wer ihr solche Bilder schickte, würde ihr als Nächstes das Schaf klauen. Oder sie wegen Diebstahls eines Tieres anzeigen. Und wie sollte sie beweisen, dass es ihr zugelaufen war? Wer glaubte ihr so was? Es war ihre Pflicht, selbst zu Ludwig zu fahren und ihm sein Schaf zu bringen. Alles musste seine Richtigkeit haben. Sie setzte sich auf den Fahrersitz und zog eine Nagelfeile aus der Tasche. Dann schob sie diese in das kaputte Kassettendeck und stocherte so lange darin herum, bis sich die Arretierung löste und Annu die Tango-Kassette herausziehen konnte. Das hätte sie schon viel früher tun sollen!

Vorsichtig legte sie den ersten Gang ein und rollte zufrieden los. Ja, es ging noch. Sie hatte es nicht verlernt, alles lief ganz automatisch. Schalten, beschleunigen, den Blinker setzen. Bremsen, abbiegen, wieder schalten. Aus dem Dorf hinausfahren, die Landstraße entlang. Beschleunigen. Als sie durch ein kleines Waldstück fuhr, kurbelte sie das Fenster herunter und warf die Tango-Kassette hinaus.

»Wiedersehen, schlechte Erinnerungen!«, rief sie ihr hinterher.

Sie war so in Gedanken versunken, dass sie an Ludwigs Hof vorbeifuhr. Annu wendete und parkte am Straßenrand, dann holte sie das Schaf aus dem Kofferraum und trieb es vor sich her. Doch es war wie verhext. Jedes Mal, wenn Annu am Tor ankam und klingelte, drehte das Schaf um und lief zum Auto zurück. Es rannte nicht davon, sondern blieb vor dem Kofferraum sitzen, als würde es sofort zurückfahren wollen.

»Was ist los mit dir?«

Das Schaf blökte leise und aufgeregt, dabei scharrte es mit den Hufen in der Erde. Was bedeutete das? Alle sagten immer zu Annu, dass niemand Finnisch lernen könne, ohne dabei einen Nervenzusammenbruch zu erleiden. Fünfzehn Fälle, extrem lange Wörter und dann erst diese Nachsilben. Im Vergleich mit diesen tierischen Lauten kam ihr das unglaublich leicht vor. Immerhin gab es Wörterbücher und Grammatiken. Aber dieses Geblöke! War das Angst oder Aufregung oder Ärger?

Da hörte Annu schon Ludwig in ihrem Rücken.

»Was ist das für ein Klingelstreich? Was wollen Sie hier?«

»Ich bringe Ihr Schaf zurück«, antwortete Annu und drehte sich um.

»Es gehört mir nicht.«

»Das glaube ich Ihnen leider nicht. Die anderen Brillenschafe sind doch auch von Ihnen«

»Wie viele Brillenschafe gibt es in ganz Deutschland? Werden Sie mir die alle nach und nach vorbeibringen?«

Annu schüttelte den Kopf.

»Das Schaf ist doch ziemlich niedlich«, versuchte sie ihn zu beschwichtigen. »Warum mögen Sie es nicht?«

»Niedlich?«

Der Bauer starrte sie fassungslos an. Annu sah, wie seine Frau näher kam und ziemlich wütend aussah.

»Wir nehmen das Schaf nicht zurück«, rief sie. »Auf gar keinen Fall!«

»Dann gehört es Ihnen also doch ...«

»Na schön«, lenkte Ludwig ein. »Es war Teil dieser Herde, aber es hat einfach nicht gepasst.«

»Warum denn?«

»Dieses Geblöke! Dieses ständige, niemals enden wollende Geblöke, die ganze Nacht durch. Stört Sie das denn gar nicht?«

»Bei mir schläft es ziemlich ruhig.«

Ludwig und seine Frau sahen sich nachdenklich an.

»Bei uns gab es nur Ärger«, erklärte die Frau. »Die Mutter ist bei der Geburt gestorben, und wir mussten dieses Schaf mit der Flasche aufziehen. Es wurde ganz anhänglich und wollte sich streicheln lassen wie ein Kätzchen. Aber es hat sich nicht mehr mit der Herde anfreunden wollen. Es hat alle aufgemischt und gegen sich aufgebracht, bis es gebissen wurde. Wir mussten es zu seiner eigenen

Sicherheit isolieren und haben einen kleinen Verschlag gebaut. Nur für das Schaf. Doch dann ging eben dieses Geblöke los. Stundenlang, wir bekamen kein Auge mehr zu.«

»Und dann haben sie beschlossen, das Schaf loszuwerden? Und es ins nächste Dorf gefahren und dort in meinen Garten gesetzt?«

»Nein, nein«, wehrte Ludwig ab. »Wir haben einfach erst die Tür des Verschlags geöffnet und dann das Hoftor. Das Schaf ist von ganz alleine verschwunden.«

»Wie auch immer«, sagte Annu. »Nun bringe ich Ihnen Ihr Tier zurück.«

»Wo ist es denn?«, fragte Ludwig.

Annu sah sich um. Es war nicht mehr hinter ihr, und am Auto wartete es auch nicht. Es hatte sich klammheimlich aus dem Staub gemacht.

»Dann hat sich diese Sache wohl von selbst gelöst«, wunderte sie sich.

»Wiedersehen!«, sagten Ludwig und seine Frau wie aus einem Mund und zogen sich erleichtert zurück.

Die Dämmerung setzte ein, und Annu fuhr ganz langsam zurück. Sie hatte das Schaf zwar loswerden wollen, aber es gefiel ihr nicht, dass es nun ganz allein umherirrte. Zwischen lauter anderen Schafen sollte es wieder leben, nicht einsam in der Einöde. Und es sollte natürlich auf keinen Fall überfahren werden ... Annu kurbelte das Fenster herunter, damit sie jedes Geblöke in der Nähe hören würde. So tuckerte sie nach Hause und brauchte für die ganze Strecke mehr als eine Stunde. Das Schaf sah sie weder auf den Feldern noch am Waldrand. Es wird sich wohl oder übel ein neues Zuhause suchen, dachte Annu, hoffentlich passiert ihm nichts. Eine dunkle Wolke hing über ihr, sie war riesig und wirkte so, als ob sie sich jeden Moment entladen könnte. Als sie wieder im Dorf war und an dem leer stehenden Haus von

Lars und Birte vorbeifuhr, vergaß sie, beim Schalten die Kupplung ganz durchzudrücken, und das Getriebe beschwerte sich. Erst da erinnerte sie sich daran, dass es durchaus einen Grund gab, warum sie nicht mehr am Steuer gesessen hatte. Sie hatte den Führerschein abgeben müssen, und bald war die Verhandlung. Ob sie jemand im Dorf gesehen hatte und ihr Alex und Franz vorbeischicken würde? Schnell stellte sie den Volvo ab und lief durch den Garten zum Haus zurück, der ihr ohne das Tier auf einmal viel größer und leerer vorkam.

Kalle hatte am Abend zum Essen kommen wollen, fiel ihr ein. Aber auch das ging nicht, beschloss sie. Sie musste ihn fernhalten. Zumindest für eine Weile. Sie wollte ihm nicht beschreiben müssen, was sie auf den Bildern gesehen hatte. Es war alles zu viel, dachte Annu. Aus diesem Loch konnte Kalle ihr nicht heraushelfen. Sie musste warten, bis sie diese Krise überwunden hatte, bis Aron wieder laufen konnte und bis die Leute im Dorf wieder mit ihr sprachen. Vorher hatte sie es überhaupt nicht verdient, dass jemand an ihrer Seite war. Sie ging nach innen, holte sich einen Zettel und begann zu schreiben.

Kalle, ich brauche eine Pause. Es hat doch noch gar nicht angefangen, sagst du jetzt bestimmt. Da hast du recht, sage ich, aber die Pause brauche ich trotzdem. Wie lange wird das dauern?, wirst du fragen. Und dann zucke ich mit den Schultern, weil ich es auch nicht erklären kann. Aber ich verspreche dir, dass ich mich beeile. Dass ich die Monster schnell besiege und mich dann melde. Ganz bestimmt. Großes finnisches Ehrenwort mit einem Schuss Wodka und allem. Deine Annu

Sie faltete den Brief und steckte ihn einen Umschlag, auf den sie seinen Namen schrieb. Dann ging sie zum Tor und klebte die Botschaft für Kalle an die Klinke, damit er sie nicht übersah. War es richtig, ihn fortzuschicken? Obwohl sie ihn mochte? Aber ihr Herz raste, seit sie die Fotos aus dem Umschlag gefischt hatte, und sie fühlte sich wie kurz vor einem Nervenzusammenbruch.

Sie versuchte etwas zu essen, aber sie bekam keinen Bissen herunter.

Sie versuchte ein Buch zu lesen, aber die Buchstaben verschwammen vor ihren Augen.

Sie versuchte sich auf ihren Atem zu konzentrieren. Ein und aus, ein und aus. Aber dabei verschluckte sie sich.

Sie versuchte an nichts zu denken.

Sie versuchte von tausend in Siebenerschritten nach unten zu zählen, aber sie verrechnete sich ständig.

Dann klappte sie ihren Laptop auf, ließ den erstbesten Film laufen und drehte den Ton so laut auf, dass die Gespräche ihre eigenen Gedanken übertönten. Sie bekam nichts mit von der Geschichte und bemerkte noch nicht einmal, als der Abspann lief und automatisch ein neuer Film begann. Erst als es gegen ihr Fenster klopfte, schreckte sie auf. Weil Kalle eben Kalle war, ließ er sich von Briefen nicht abschrecken. Und auch nachdem Annu ihn eine Viertelstunde ignoriert hatte, klopfte er immer noch gegen das Wohnzimmerfenster. Schließlich stand Annu auf. Sie holte sich ein Blatt Papier und einen Stift.

Brief nicht gelesen?, schrieb sie darauf und hielt ihn gegen die Scheibe.

Kalle fummelte in seinem Rucksack herum, zog diverse Lebensmittel heraus, die er neben sich abstellte. Er fand nichts Passendes, doch dann drehte er einfach Annus Umschlag um und schrieb auf die Rückseite:

Monster besiegt man nicht alleine.

Dieses Monster schon, schrieb Annu.

Warum?

Bitte frag nicht.

Wo ist das Schaf?

Weg.
Warum?
Kann ich dir nicht erklären.
Wann darf ich wieder reinkommen?
Kann ich dir nicht sagen.

Kalle drehte sich ruckartig um, warf den Umschlag fort und stapfte mit gesenktem Kopf davon. Annu sah ihm hinterher, und erst da fiel ihr auf, dass der erste Schnee des Jahres gefallen war. Obwohl noch Oktober war, lagen die Flocken wie eine dünne Schicht Puderzucker auf dem ganzen Garten. Wie hatte sie das übersehen können? Würde sie etwa zum ersten Mal in ihrem Leben diesen Feiertag ignorieren? Sie war überhaupt nicht in Stimmung und hatte nur Arons Verletzungen im Kopf. Hätte Kalle sie vielleicht ablenken können? Für einen Moment bereute sie, dass sie so abweisend zu ihm gewesen war. Aber sie wurde dieses Gefühl nicht los, dass alles schlimmer wurde, wenn sie diesen Mann zu schnell in ihr Leben ließ. Wie ging dieses Sprichwort noch, das Matti so oft wiederholt hatte? »Das Alter gibt dir nicht mehr Verstand, es macht nur deine Schritte langsam.« Annu fühlte sich, als ob jeder ihrer Knochen doppelt so schwer wog als gestern noch und als ob sie kaum noch aufstehen konnte.

Als sie den Motor von Kalles Auto hörte, sah sie nochmal nach draußen – wo all ihre Kisten und ihr Sperrmüll mit dem Notfallsanitäter davonfuhren. Er hatte ihre Sachen auf einen Anhänger geladen, ohne dass sie ihn darum hatte bitten müssen. Sie fluchte. War es ein Fehler gewesen, ihn wegzuschicken? Eine richtig, richtig dumme Entscheidung, die sie bereuen würde? Und wenn schon. Sie stopfte sich eine Hefe-Ohrfeige in den Mund, verschluckte sich und fluchte noch einmal.

»Nicht einmal auf euch ist Verlass, ihr verflixten Dinger!«, schrie sie.

Später am Abend riss sie ein Blöken aus den Gedanken. Das Schaf saß direkt vor dem Wohnzimmerfenster und musterte Annu durch die Scheibe. Die Augen weit geöffnet, das Fell durchnässt vom Schnee.

»Das gibt's doch nicht«, sagte Annu überrascht. »Wie hast du das gemacht?«

Sie ging nach draußen und ließ das Schaf an ihrer Hand schnuppern. Es roch nach Abenteuer und Freiheit. Ein wenig hatte sie es schon vermisst, das fiel ihr in diesem Moment auf. Es gehörte ihr nicht, und doch fühlte es sich so an, als würde das Schaf am besten in diesen Garten passen. Wie ein Schutzschild gegen das Dorf. Sie ging nach drinnen, holte ein Handtuch aus dem Bad und rubbelte ihren Gast trocken. Das Schaf versuchte sich aus ihrem Griff zu befreien, es hatte anscheinend keine Lust auf ein sauberes, trockenes Fell. Aber Annu ließ nicht locker.

»Ich nenne dich Bumerang«, raunte sie ihm zu. »Du kommst ja doch immer wieder.«

Säbelzahntiger

Annu sah nach dem Schaf. Dann sah sie nach der Übersetzung. Sie lief vom Haus in den Garten und wieder zurück. Immer und immer wieder, Tag für Tag. Sie hatte auf alles geschimpft und das Dorf verflucht, aber als Bumerang müde vor ihrer Tür gestanden hatte, obwohl sie ihn fortgeschickt hatte, wurde ihr etwas klar: Die guten Dinge kommen wieder. Zwei Wochen waren seit ihrem Ausflug zum Bauern vergangen und sie war froh, dass sie das Schaf noch hatte. Die Verhandlung, zu der Lars und Birte nicht erschienen waren, hatte sie nur überstanden, weil sie nonstop an Bumerang gedacht hatte. Wie er graste, wie er auf sie zu getrabt kam, wie er sich im Garten wälzte. Nach diesem Vormittag vor Gericht, der sich wie eine Ewigkeit anfühlte, erging das Urteil: Sie musste eine Geldstrafe zahlen und den Führerschein für ein halbes Jahr abgeben. Dann wurde ihr Fall zu den Akten gelegt und verschwand in einer Schachtel in einem staubigen Archiv. Aber die Erinnerungen ließen sich nicht wegpacken, die kamen aus allen Ritzen und ließen Annu keine Ruhe.

Sie versuchte, so gut es ging weiterzumachen, einfach so viel wie möglich zu arbeiten und sich ansonsten über nichts und niemanden zu beschweren. Der erste Schnee war so schnell geschmolzen, wie er gekommen war, und das nasskalte Wetter lockte Annu nicht nach draußen. Es passierte nicht viel, aber seit sie sich gegen die Langsamkeit nicht mehr wehrte, kam sie besser zurecht. Auch wenn sie nicht immer sicher war, ob sie noch ganz bei Trost war. Sie redete mit einer Selbstverständlichkeit mit sich selbst, als würde sie schon Jahre alleine leben. Mit jedem Tag wurde es mehr.

Gut geschlafen, Annu?

Nicht wirklich, ich habe mich hin und her gewälzt. Stundenlang.

Tja, das kann auch am Mond liegen, der ist wieder kreisrund, weißt du.

So, so.

Du solltest dir ein Lavendelkissen besorgen, das beruhigt.

Ich brauche härteren Tobak.

Ein Wodkakissen?

Sehr lustig.

Und sonst so?

Ach, verzieh dich. Ich habe keine Lust auf diesen Small Talk.

Annu stellte sich vor, dass ihre Schritte farbige Linien auf dem Boden hinterließen, und lief auf dem gleichen Weg hinaus und hinein, ein imaginärer Pfad. Es war ein altes Spiel, das sie zusammen mit Lars erfunden hatte. Auf dem Schulhof waren sie in Mustern gelaufen.

»Lauf eine Schleife«, hatte sie zu ihm gesagt, und nach ein paar Tagen hatten sie den Schwierigkeitsgrad erhöht.

»Lauf einen Kran.«

»Lauf die Umrisse von Finnland.«

»Lauf einen Tyrannosaurus Rex.«

Die anderen in der Klasse wunderten sich nicht mehr über ihre seltsamen Hobbys, sie standen etwas abseits, und nur hin und wieder lachten sie laut auf und riefen Lars und Annu etwas zu.

»Ihr Idioten«, brüllten sie dann, »ihr werdet euer ganzes Leben alleine bleiben, weil niemand mit euch spielen will.«

»Zu zweit ist man nicht alleine«, brüllte Lars zurück.

Tja, dachte Annu, während sie die Treppe nach unten lief und sich dabei am Geländer festhielt, weil das laut Lars Glück brachte. Zu zweit war lange her. Jetzt war sie wirklich alleine. Das Haus war eine Höhle geworden, weil sie die Vorhänge nicht mehr aufzog. Die einzige Ausnahme war das Wohnzimmer, da brauchte sie die Sicht nach draußen, um das Schaf nicht aus den Augen zu verlieren.

»Du wirst wunderlich«, mahnte sie sich selbst. »So verhalten sich sonst nur alte Damen, die runzlig geworden sind und denen die Haare aus der Nase wachsen. Willst du das?«

Manchmal setzte sie sich draußen auf die Stufen, obwohl es dafür eigentlich schon zu kalt war. Sie sah nach oben in den Himmel und zählte die vorbeiziehenden Wolken. Das Schaf wusste mittlerweile, dass es sich in solchen Momenten zurückhalten musste, und blieb ruhig. Sie hatten sich langsam aneinander gewöhnt und lebten nebeneinander her. Wenn Annu bei der Zahl Neunundneunzig ankam, hörte sie auf. Dann sprang sie wieder auf und fuhr dem Schaf durch das struppige Fell.

»Weiter geht's«, sagte sie leise.

Lars hatte aufgehört, ihr zu schreiben, und auch wenn sie es nicht zugeben wollte, machte das alles viel schwerer. Sie wollte ihn nicht anrufen, oder besser gesagt: Sie wollte ihn anrufen, aber sie traute sich nicht. Es war sein gutes Recht, keinen Kontakt mehr zu wollen, nach allem, was passiert war. Und sie hatte Angst davor, dass er ihr das sagte.

Annu, was glaubst du denn? Dass nach so einem Unfall mit so schlimmen Folgen alles weitergeht und wir uns fröhlich zuprosten und auf das Leben trinken oder auf die Liebe oder die Zukunft? Das ist doch naiv, nun komm, verzieh dich aus meinem Leben. Dein Name ist ein Auslöser für ungute Gefühle geworden, weißt du, es ist wie auf diesen Platten, auf die man Warnhinweise für Minderjährige schreibt: Vorsicht, anstößiger Inhalt. Leb wohl, Annu.

Sie stellte sich vor, wie er ernst an ihr vorbeisah, weil er es nicht mehr ertrug, ihren Blick zu erwidern. Wie seine Stimme immer leiser wurde und er dann verschwand, ohne sich umzudrehen, und wie er mit seiner neuen besten Freundin aus der Großstadt durch die

Straßen zog. Wie sie Whisky Sour aus Wassergläsern tranken und zusammen schwiegen wie Weltmeister, wie sie über die Wahrscheinlichkeit eines Meteoriteneinschlags im eigenen Vorgarten philosophierten, wie sie zu zweit einfach niemals alleine waren. Doch diese Bilder stimmten nicht, niemals würde Lars sich abwenden, niemals. Annu ging schnell in den Flur, holte eine Wäscheklammer aus dem Schrank und zwickte sich damit mehrmals in den Arm. Schluss mit diesen trüben Gedanken, redete sie auf sich ein. Egal, wie seltsam alles ist, Lars wird es dir erklären. Es ergab alles wenig Sinn: Warum hatte Lars ihr nach dem Unfall noch geschrieben und dann nicht mehr? Das war ein seltsamer U-Turn. Oder wie Lars sagen würde: Eine U-U-Umdrehung. Wenn er das aussprach, hörte er sich an wie ein Affe, und Annu hatte jedes Mal gelacht.

»Gib ein Wörterbuch für die Lars-Sprache heraus«, schlug sie ihm mehrmals vor. »Deutsch ohne Fremdwörter, das ist womöglich der neueste Schrei.«

Aber das wollte er nicht, es war alles nur ein Spiel für ihn, an dem außer Annu und seiner Familie niemand teilhaben sollte.

»Man muss nicht alles teilen«, erklärte er und biss demonstrativ in einen Schokoriegel, von dem er natürlich nichts abgab.

Oder gab es ganz andere Gründe für sein Schweigen? Hatte er Probleme mit Birte, mit Aron, mit seinem Job? Annu legte die Wäscheklammer zurück und malte sich einen Kurzfilm nach dem anderen aus, immer mit Lars und ihr in der Hauptrolle. Szenen im Dorf, bei denen alles wie früher war und es keinen Unfall gegeben hatte. So konnte sie eine halbe Stunde Melancholie überbrücken, manchmal auch eine ganze. Sie fühlte sich wie Matti, nachdem Marie gestorben war. Der eigene Körper war noch da, aber was sollte man bloß mit ihm anfangen. Warum trinken, warum essen, warum schlafen? Welchen Sinn ergab das überhaupt, wenn man nur noch verschwinden wollte? Nach zwei Wochen Apathie hatte Matti sich damals einen großen Eiswürfel aus der Tiefkühltruhe geholt und ihn erst über sein Gesicht, dann über die Arme gleiten lassen. Dann nahm er ihn auch in den Mund und schob ihn zwischen den Zähnen hin und her wie einen Bonbon.

»Wenn du frierst, fühlst du wenigstens etwas«, hatte er gesagt. Ab diesem Tag ging er immer ans Eisfach, wenn die Trauer kam.

»Woher hast du das?«, wollte Annu wissen. »Gibt es noch mehr solche Tricks?«

»Das ist keine Zauberei, das sind Skills.«

»Aha.«

»Pass auf, es gibt eine große Auswahl. Je nach Situation, suchst du dir etwas aus.«

»Und dann?«

»Das wirst du schon sehen, es hilft immer.«

»Gegen was eigentlich?«

»Gegen alles, was so schlimm ist, dass ein Stück Schokolade nichts mehr bringt.«

Das waren Mattis Lieblingstipps:

1. *Ein Gummiband ums Handgelenk binden und es leicht schnalzen lassen.*
2. *Minzöl auf die Zunge tropfen lassen.*
3. *Kieselsteine in die Schuhe füllen und damit hin und her laufen.*
4. *Ein paar Stücke Chili-Schokolade essen.*
5. *Rechenaufgaben lösen.*
6. *Etwas Wasabipaste essen. Oder sehr scharfen Senf.*
7. *Heftig auf ein Kissen einboxen.*
8. *Laute Heavy-Metal-Musik hören, inklusive Headbanging und Mitsingen.*
9. *Sich in den Arm zwicken.*
10. *So schnell wie möglich eine Treppe hoch- und runterlaufen, und zwar mehrmals.*

Als Matti mit der Liste durch war, sah er Annu stolz an.

»Hast du das in Finnland gelernt?«, fragte sie ihn.

»Nein, von Marie.«

Annu war überrascht. Ihre geduldige, fast immer gut gelaunte Mutter hatte Mittel gegen Schwermut gebraucht?

»Aber warum kennt sie so was?«

»Es gab da diese Phase, nachdem sie ihre aktive Karriere beendet hatte. Nach dem Aufwachen war ihr nicht immer klar, was das Aufstehen bringen sollte. Sie fühlte sich wie eine Rentnerin und war doch viel jünger.«

»Aber wir beide waren doch da.«

»Sicher. Aber das Gehirn gaukelt dir in solchen Momenten vor, dass du alleine auf der Welt bist, und dann wird dein Herz auf einen Schlag zwanzig Kilo schwerer. Hast du schon mal versucht, mit so einem Gewicht in der Brust aufzustehen? Ich sag dir, das ist nicht leicht.«

»Aber die Skills haben ihr geholfen?«

»Nicht immer, aber in fünfundneunzig Prozent der Fälle.«

»Und was hat sie an den restlichen Tagen gemacht?«

»Da blieb sie liegen. Ich habe dich in die Schule gebracht und danach ihre Hand gehalten, ein paar Stunden lang. Das waren die Tage, an denen wir mittags Ravioli aus der Dose gegessen haben. Erinnerst du dich?«

»Sicher, du hast sie Luxus-Faulenzer-Tage genannt. Ich durfte so lange vor dem Fernseher sitzen, wie ich wollte, und wir haben zusammen auf der Couch ein oder zwei Packungen Kekse gegessen. Du hast dich noch nicht einmal beschwert, wenn ich alles vollgekrümelt habe.«

»Das war meine Taktik, ja. Es reicht, wenn einer durchhängt. Die anderen beiden mussten dann besonders stark sein.«

»Hat Marie sich die Skills selbst ausgedacht?«

»Nicht alleine. Sie hatte Hilfe von Siina, einer finnischen Therapeutin. Wir haben sie angerufen, und sie hat versucht, aus der Ferne Lösungen für Marie zu finden.«

»Gab es niemanden in der Nähe?«

»Du weißt ja, wie die Leute hier sind. Nichts bleibt geheim, alles wird so lange weitergesagt, bis es mit der Wahrheit nichts mehr zu tun hat. Es ist wie bei dem Stille-Post-Spiel. Du beginnst deinem Nachbarn das Wort ›Löwenzahn‹ ins Ohr zu flüstern. Und was kommt am Ende raus?«

»Schimmelpilze.«

»Genau. Und deshalb haben wir lieber Finnland angerufen. Bis von dort ein Sterbenswort ins Dorf wandert, leben wir nicht mehr. Das ist sicherer.«

Annu hatte die Skills alle ausprobiert. In ihrem Küchenschrank lag seitdem immer eine Tafel mit Chili-Schokolade. Ein Gummiband hatte sie stets in der Tasche, das Minzöl stand neben ihrem Bett. Aber nach einer Weile hatte sie die Sachen vergessen und nicht mehr benutzt.

Nun waren die Tage angebrochen, an denen sie die Skills wieder dringend brauchte, das war klar. Wer Kalle fortschickte und keine Post mehr bekam, der musste Kieselsteine in die Schuhe füllen. Warum hatte sie nicht früher daran gedacht? Sie holte sich Steine aus dem Garten und schob sie in ihre Stiefel, dann marschierte sie mit schnellen Schritten durchs Wohnzimmer. Es fühlte sich seltsam an, nach so langer Zeit wieder diese Dinge zu tun. Aber während der Schmerz langsam durch die Fußsohlen kroch, ging es Annu besser, zumindest ein kleines Stück.

Auf der Straße vor dem Haus schien ein Auto entlangzufahren, so ein nahes Motorgeräusch hatte sie seit dem Unfall nicht mehr gehört. Da wird sich jemand verfahren haben, dachte sie und kümmerte sich nicht weiter darum, der ist schneller weg, als ich bei der Tür bin, um nachzusehen. Sie ließ sich auf einen Sessel fallen, behielt die schweren Schuhe an und überlegte, was sie mit dem restlichen Tag anfangen sollte. Nur übersetzen? Oder auch etwas backen? Irgendetwas reparieren? Besonders große Lust hatte sie auf nichts davon, es ging in erster Linie darum, etwas zu finden, das halbwegs erträglich war und die Laune nicht noch stärker in den Keller wandern ließ. Da hörte sie Stimmen vor dem Haus. Ein Kind und eine Frau. Aber aus dem Dorf konnten sie nicht sein, sonst würden sie nicht immer näher kommen. Da klingelte es, und das Geräusch ging ihr durch Mark und Bein, sie hatte es zu lange nicht mehr gehört. Waren das die Schafbesitzer, die ihren Gast nun doch abholten? Das würde zu diesem Tag passen. Nach dem fünften Klingeln sah sie, wie ein Junge sein Gesicht an der Fensterscheibe platt drückte.

»Na schön«, murmelte Annu. »Dann wimmel ich euch eben so schnell wie möglich wieder ab.«

Sie öffnete die Tür einen Spaltbreit. Die Frau trug klobige Wanderschuhe, eine locker sitzende Stoffhose und einen grauen Sweater. Der Junge reichte ihr bis knapp über die Hüften, er hatte hellbraune Haare, die in alle Richtungen abstanden und trug ein knallgelbes T-Shirt zu der Jeans. Die beiden sahen eigentlich ganz nett aus.

»Entschuldigen Sie«, sagte die Frau. »Wir brauchen Hilfe. Unser VW-Bus hängt im Graben und springt nicht mehr an.«

»Wie haben Sie das denn geschafft?«

»Das Schaf…«

»Ist es Ihnen etwa vor den Wagen gelaufen?«

»Nein, nein. Aber ich habe es aus dem Augenwinkel in Ihrem Garten gesehen, und dann war ich abgelenkt.«

»Verstehe. Woher kommen Sie denn?«

»Aus der Stadt.«

»Und was wollen Sie in der Einöde?«

»Die Stadt vergessen.«

Annu schmunzelte, denn das klang interessant.

»Darf ich mit Ihrem Telefon den Pannendienst anrufen?«, fragte die Frau und lächelte verlegen. »Und vielleicht mein Handy hier aufladen?«

Wenn Annu auf etwas keine Lust hatte, dann waren das fremde Leute in nächster Nähe. Die brauchten Aufmerksamkeit, die würden Fragen stellen. Das war anstrengend und viel zu viel an Tagen wie diesem. Und dann auch noch ein Junge. In ihrem Kopf gingen sofort die Vergleiche los. Älter oder jünger als Aron? Größer oder kleiner? Schwerer oder leichter? Sie zwang sich, an etwas anderes zu denken. Stell dir vor, wie das Schaf schnarcht, sagte sie zu sich selbst. Stell dir vor, wie Matti dich kitzelt. Oder wie du mit Marie einen riesigen Topf Quittengelee kochst. Sofort hatte sie diesen süßlichen Geruch in der Nase, und ein warmes Gefühl zog von den Fußspitzen aus durch den ganzen Körper.

Die Frau räusperte sich.

»Wir stören, oder?«

Annu überlegte kurz. Sie hätte sich gerne zurückgezogen. Aber die beiden fortschicken, wo sie doch einen kaputten Bus hatten? Das war nun wirklich nicht die feine Art.

»Entschuldigung, ich war in Gedanken«, wiegelte sie ab. »Kommen Sie rein.«

Die beiden zögerten.

Annu machte die Tür weiter auf und streckte ihnen eine Hand entgegen.

»Ich bin übrigens Annu.«

»Ich heiße Thea. Und das ist …«

Sie sah zur Seite, aber da war ihr Sohn schon davongerannt.

»Justus?«, rief sie.

»Ich wette, er will zu Bumerang, also zu meinem Schaf.«

»Woher kommt der Name?«

»Das ist eine lange Geschichte.«

»Und Annu?«

»Das ist eine kurze Geschichte, es ist Finnisch. Mein Vater kommt aus Helsinki und hat sich bei der Entscheidung durchgesetzt. Meine Mutter ist aus der Gegend hier und wollte mich lieber Anne nennen, damit ich nicht ständig erklären muss, woher der Name kommt.«

»Tut mir leid«, sagte Thea lachend. »Können wir uns eigentlich duzen? Sonst fühle ich mich so alt.«

»Gute Idee«, sagte Annu und holte ihr Telefon aus der Ladestation. Sie gab es Thea, die sich auf die Stufen vor dem Eingang setzte. Für einen kurzen Moment überlegte sie, ob ihr jemand eine Spionin geschickt hatte. Erst kommt ein Schaf, dann diese Fremden. Das war doch seltsam.

»Ich habe noch eine Frage«, unterbrach Thea ihre Grübeleien. »Gibt es hier in der Nähe eine Autowerkstatt?«

»In diesem Nest? Keine Chance. Die nächste ist sicher dreißig Kilometer entfernt.«

»Wie hältst du das aus?«

»Ich fahre kein Auto mehr, ganz einfach.«

Annu ging in die Küche und kochte eine Kanne Tee, während Thea dem Pannendienst erklärte, wo ihr Bus stand, und Justus neben dem Schaf saß und es einfach nur ansah. Vielleicht war es doch nicht so schlecht, jemanden in der Nähe zu haben. Etwas Ablenkung für den restlichen Tag. Und ein paar Selbstgespräche weniger. Aber was war mit dem Jungen los? Er schien vollkommen fasziniert von Bumerang zu sein und ließ ihn nicht aus den Augen.

»Kommst du mit rein, Justus?«, fragte Thea, die ihr Telefonat beendet hatte. Doch er reagierte nicht. Er hatte sich einen Stock gesucht, und das Schaf folgte ihm auf Schritt und Tritt, als würden sie sich schon ewig kennen. Einträchtig liefen die beiden im Garten umher, und als Justus sich an den Volvo lehnte, plumpste das Schaf neben ihn. Seit die Gäste da waren, hatte es weder geblökt noch etwas zerstört. Es schien ihm zur Abwechslung mal richtig gut zu gehen.

»Bau keinen Mist, wir sehen dich von innen«, rief Thea ihrem Sohn noch zu, bevor sie ins Wohnzimmer ging.

»Was für ein gutes Team die beiden sind«, wunderte sich Annu.

»Schafe sprechen auch nicht, das passt gut.«

»Warum?«

»Ich weiß nicht, was mit ihm los ist. Seit zwei Monaten macht er den Mund nicht mehr auf, die ganze Klasse lacht schon über ihn, und von seinen Freunden will keiner mehr mit ihm spielen.«

»Gab es denn einen Auslöser?«

»Wenn ich das wüsste ... Eine Antwort bekomme ich ja nicht.«

»Wart ihr bei einem Psychologen?«

»Die Schule hat das verordnet, ja. Vier, fünf Gespräche hatten wir schon. Aber Justus sitzt dann in der Praxis, guckt Löcher in die Luft oder malt Bilder, alle Fragen ignoriert er, und zum Abschied bekommt er ein Bonbon. Mehr ist bisher nicht passiert.«

»Was malt er denn?«

»Tiere. Meistens Tiger, hin und wieder eine Schlange.«

»Als Kind hatte ich eine Phase, da habe ich so getan, als könnte ich kein Deutsch sprechen. Ich hatte meine eigene Fantasiesprache, die habe ich zu Hause und in der Schule benutzt. Verstand nur sonst keiner.«

»Und wann hast du damit aufgehört?«

»Irgendwann hat mein bester Freund Lars so getan, als würde er mich verstehen. Er hat in Fantasiesprache geantwortet und für die anderen übersetzt, Natürlich irgendwelche Sätze, die ich nie sagen oder denken würde. Dann hat es mir keinen Spaß mehr gemacht, und ich habe damit aufgehört.«

»Guter Trick von ihm.«

»Ich glaube, es hat ihn vor allem geärgert, dass ich mehr Aufmerksamkeit bekam als er.«

»Ist er in der Nähe und kann nach Justus sehen?«

»Er wohnt nicht mehr hier, nein.«

»Schade.«

Annu merkte, wie sich ihre Kehle zuschnürte. Sie musste das Thema wechseln, und zwar ganz schnell, bevor sie wieder darüber nachdachte, wie es Lars ging, wie es Birte ging, wie es Aron ging.

»Wohin fahrt ihr eigentlich?«

»Einfach weg. Ich wollte in den Herbstferien nicht mit ihm zu Hause herumsitzen, also haben wir gestern Wandersachen, Schlafsäcke und ein Zelt eingepackt, wir sind einfach losgefahren und wollen uns treiben lassen.«

»Das klappt ja gut bisher.«

»Immerhin haben wir schon Bekanntschaft mit einem Schaf gemacht. Und mit dir natürlich!«

»Es ist schön, euch kennenzulernen«, sagte Annu. »Auch wenn ich das eigentlich auf Finnisch sagen müsste: Hauska tutustua – das waren die Lieblingsworte meines Vaters Matti.«

»Warum?«

»Alle sagen immer, dass bei den Finnen die Sätze so endlos lang sind. Aber bei neuen Bekanntschaften kommen sie schnell auf den Punkt. Oder wie Matti mir erklärt hat: Wir brauchen nur zwei Worte, und dann trinken wir den Begrüßungsschnaps. Die Deutschen hingegen schütteln sich zu diesem Zeitpunkt immer noch die Hände und haben noch nicht einmal ihren Namen gesagt.«

Thea schien unschlüssig zu sein, ob sie weiter nach Matti fragen sollte oder ob das zu viel für die erste Begegnung war. Annu stand lieber auf und wandte sich ab. Sie hatte genügend Worte für eine Woche verloren, fand sie, und auf einen Schlag wurde ihr klar, dass sie den Besuch vor dem Abend nicht loswerden würde. Es würde noch dauern, bis der Pannendienst im Dorf war, und der Bus war sicher nicht in fünf Minuten repariert.

»Ich sehe mal nach dem Schaf und deinem Sohn«, erklärte Annu. »Du bist sicher müde, ruh dich einfach etwas aus.«

Und bevor ein Einwand von Thea kommen konnte, war Annu nach draußen geschlüpft.

Justus und das Schaf saßen auf dem Sofa im Garten, der Junge redete auf das Tier ein, als würde er ihm eine Predigt halten. Hatte Thea nicht gesagt, dass der Kleine den Mund nicht aufbekam? Annu kam langsam näher und versuchte, die Schuhe so vorsichtig aufzusetzen, dass das Laub unter ihren Füßen nicht raschelte. Kurz bevor sie die beiden erreicht hatte, blökte Bumerang und lief vor ihr davon. Aber Justus blieb sitzen und musterte sie unverhohlen von Kopf bis Fuß.

»Dein Pullover ist ganz schön dreckig«, sagte er.

»Stimmt, aber ich habe nicht mit Besuch gerechnet.«

»Warum?«

»Ich bin gerne alleine.«

»Aha.«

»Und du?«

»Geht dich nichts an.«

»Darf ich mich zu dir setzen?«

»Ist ja dein Sofa, also ist die Frage ganz schön blöd.«

»Stimmt.«

Sie sah, wie es in dem Jungen arbeitete.

»Alles klar bei dir?«, wollte sie wissen.

»Kannst du mir etwas versprechen?«

»Klar.«

»Du darfst meiner Mutter nicht verraten, dass ich mit dir und dem Schaf gesprochen habe.«

»In Ordnung.«

»Warum fragst du nicht, warum ich dir das sage?«

»Weil du es mir gleich erzählst.«

Justus lachte und klang dabei ein bisschen wie Goofy. Bumerang lag etwas abseits und graste schon wieder.

»Ich bin ein Säbelzahntiger«, erklärte Justus ihr mit ernster Stimme. »Hast du die schon einmal sprechen gehört?«

»Nein.«

»Verstehst du? Ich bin also ganz normal.«

»Absolut. Aber wenn du ein Tiger bist, haben wir ein Problem.«

»Warum?«

»Dann wirst du das Schaf fressen. Und ich mag das Schaf.«

»Oh.«

Er überlegte kurz.

»Ich denke, ich bin ein vegetarischer Tiger.«

»Das gibt es?«

»Siehst du doch: mich.«

»Verstehe.«

»Niemand darf wissen, dass wir uns unterhalten haben. Ja?«

»Das hast du vorhin schon gesagt.«

»Es ist eben wichtig. Sonst werde ich als Tiger nämlich nicht mehr ernst genommen.«

»Ehrenwort. Ich schweige wie ein Schaf.«

»Deine Witze sind nicht lustig.«

»Ich weiß.«

»Macht aber nichts. Es ist nice hier.«

»Geht so. In der Stadt ist es bestimmt cooler.«

»Wisst ihr hier schon, was das Internet ist?«

»Deine Witze sind auch nicht lustig, Justus.«

»Ich weiß.«

Er lachte und streckte ihr seine geballte Faust entgegen.

»Was muss ich jetzt tun?«, fragte sie.

»Einchecken!«

Annu sah ihn ratlos an.

»Du hast echt keine Ahnung von gar nichts«, stöhnte er. »Gehörst du etwa zu den Fossilien, die sich noch die Hand geben?«

Und dann zeigte er ihr, wie das mit dem Einchecken ging. Die Faust des einen musste die Faust des anderen berühren – und fertig.

Da riss Thea das Fenster auf und rief nach ihnen.

»Hey, Säbelzahntiger, gehen wir zu ihr?«, flüsterte Annu. »Es ist Abendbrotzeit.«

Er nickte.

»Aber nicht vergessen«, raunte er ihr zu. »Wir haben nicht gesprochen. Kein Wort.«

»Ist ja gut. So langsam habe ich das verstanden.«

Justus ließ sich zurückfallen und verabschiedete sich vom Schaf. Er strich ihm über das Fell und flüsterte ihm so lange etwas ins Ohr, bis es laut zu blöken begann.

Schnupfnasen

Ein kalter Wind zog durch das Dorf, und Annu holte die Kiste mit den Mützen und Handschuhen aus dem Keller. Der Bus war noch nicht repariert worden, und Thea und Justus hatten das Hochdach aufgestellt. Im schiefen Haus wollten sie nicht schlafen, schließlich waren sie im Campingurlaub. Bumerang trottete durch den Garten und ließ den Kopf hängen. Alle paar Meter blieb er stehen, und dann kam dieses seltsame Geräusch aus ihm heraus.

»Was macht er da?«, fragte Justus leise, der vor seiner Mutter wach geworden war und sich zu Annu und dem Schaf gestellt hatte.

»Er hat sich erkältet.«

»Und niest wie ein Mensch?«

»Scheint so.«

»Muss er zum Arzt?«

»Fragen wir mal das Internet.«

Justus rannte ins Wohnzimmer, wo noch das Tablet seiner Mutter lag. Er wischte hin und her und fragte Annu nach dem WLAN-Passwort.

»LarshatHunger. In einem Wort.«

»Wer ist Lars?«

»Mein bester Freund. Rate, was sein WLAN-Passwort ist.«

»AnnuhatDurst?«

»Genau.«

»Sag ihm, dass ihr nicht lustig seid.«

»Mache ich, aber erst wenn du eine Lösung für den Schafschnupfen gefunden hast.«

Annu zog ihren Mantel über und lief zum Gemischtwarenladen. Sie brauchte Brötchen fürs Frühstück und frisches Gemüse, um Mittagessen für den Besuch zu kochen. Am Tag zuvor hatten sie Chili sin Carne gegessen, da die Dosen mit Bohnen, Mais und Tomaten das Einzige waren, was Annus Vorräte noch hergaben. Sie zog einen Rollkoffer hinter sich her, weil sie schon ahnte, dass die Einkäufe nicht in ein oder zwei Jutebeutel passen würden. Das Geräusch der Rollen auf dem Asphalt gefiel ihr, es gab ihr das Gefühl, dass sie zu einer Reise aufbrach, dass sie gleich eine Anzeigetafel erreichen und ihr Gate ablesen würde, dass sie Tomatensaft bestellen und beim Blick aus dem Fenster die Wolken bewundern könnte, die wie weiche Kissen aussahen. Wann war sie zuletzt verreist? Und war das nicht eine Lösung? Drei Monate Thailand, und wenn sie zurückkam, hatten die Dorfbewohner den Unfall vergessen. Träum weiter, Annu, sagte sie zu sich selbst und musste an die Vorträge denken, die Lars ihr rund um das Erinnerungsvermögen von Menschen und Tieren gehalten hatte. Mit Fakten und Statistiken kannte er sich bestens aus. Als er nach dem Abitur nicht so genau wusste, was er mit seinem Leben anfangen sollte, tat er vor seinen Eltern so, als ob er allerhand Studiengänge vergleichen und sich auf Praktika bewerben würde. In Wahrheit war er besessen von der Idee, in einer Quizshow die Million zu gewinnen. Wer lange genug trainiert, schafft das schon, dachte er und deckte sich mit Lexika ein. Er trug alle Bände der Brockhaus-Enzyklopädie vom Wohnzimmer nach oben und stapelte sie neben seinem Bett, dann lieh er sich von seinem Cousin den Pschyrembel für Medizin und kaufte auf dem Flohmarkt in der Großstadt allerlei Sammelbände wie eine Chronik der Olympischen Spiele, ein Tierlexikon und einen Band über Nobelpreisträger. Er schien das ganze unnütze Wissen dieser Welt auswendig zu lernen und legte sich Ordner für die Themengebiete der Quizshow an. Seit der ersten Ausstrahlung im September 1999 hatte er keine Sendung verpasst, erzählte er jedem, auch denen, die es überhaupt nicht interessierte. Am meisten hatten es ihm die Tiere angetan, und er hielt Annu über seine Lieblingserkenntnisse auf dem Laufenden.

»Halt dich fest, Annu«, sagte er jedes Mal, bevor er sein Wissen mit ihr teilte. »Hier ist meine Zehner-Liste zum Thema Erinnerung.«

»Top Ten heißt das.«

»Bei mir nicht.« Er schnaubte beleidigt. »Willst du dich weiterbilden, Annu? Oder spitzfindige Diskussionen führen, die rein gar nichts bringen?«

Das Spiel kannte sie schon. Er tat so, als ob er eingeschnappt wäre. Dann sah er aus dem Fenster, dachte ganz angestrengt über etwas nach. Aber von einem Moment auf den anderen war er wieder der Alte, und die Worte sprudelten nur so aus ihm heraus:

»1. *Goldfische behalten Dinge bis zu drei Monate in ihrem winzigen Gedächtnis.*
2. *Ziegen erkennen ihre Mutter wieder, auch wenn sie diese ein Jahr nicht gesehen haben.*
3. *Lisztaffen sind in der Lage, selbst nach vier Jahren Trennung die Stimmen ihrer Mütter zuzuordnen.*
4. *Wenn Hunde etwas unwichtig finden, dann erinnern sie sich schlechter daran als an andere Dinge.*
5. *Wenn du einem Seelöwen das Rechnen beibringst und ihn danach allein lässt, kann er die Aufgaben zehn Jahre später noch lösen.*
6. *Eine Taube speichert jedes Gebiet, über das sie fliegt, ganz detailliert ab. Später kann sie es wie ein GPS-Gerät abrufen.*
7. *Und die Elefanten erst: Einmal hat ein Pfleger versehentlich einen Stein ins Futter gelegt. Vier Monate später kam es beim Wiedersehen zur Rache: Der Dickhäuter bewarf den Pfleger ganz gezielt mit dem Stein, den er die ganze Zeit in einer Backentasche aufbewahrt hatte.*

8. *Schafe lernen wie Weltmeister. Bei einem Experiment bekamen kranke Schafe drei Medikamente zur Auswahl, von denen nur eins wirkte. Fünf Monate später steuerten sie bei den gleichen Symptomen ganz gezielt das Medikament an, das sie beim ersten Mal geheilt hatte.*
9. *Schimpansen merken sich Zahlen besser als Menschen, da sie ein fotografisches Gedächtnis haben.*
10. *Und niemand kann den Delfinen das Wasser reichen.*«

Er sah Annu erwartungsvoll an.

»Ist das eine Spannungsklippe, und ich muss nachfragen, warum niemand so klug wie Flipper und Co ist?«

»Ganz genau.«

»Erzähl schon.«

»Wenn wir Delfine wären, dann würde der Lars-Delfin selbst nach mehr als zwei Jahrzehnten Trennung noch den Annu-Delfin im weiten, weiten Meer an seinen individuellen Annu-Pfeiflauten erkennen.«

Annu nickte anerkennend.

»Aber warum sollten wir uns zwanzig Jahre nicht sehen?«

»Ach, Annu. Ein bisschen mehr Fantasie, bitte.«

»Da wir uns sowieso nicht aus den Augen verlieren, wäre ich gerne ein Seelöwe. Dann hätte ich einen besseren Notendurchschnitt und könnte studieren, was ich wollte.«

»Du verwandelst dich eher in einen Goldfisch, als dass du ...«

»Danke, Lars. Und du wirst eher eine Ziege werden, als dass du die Millionenfrage beantworten kannst.«

»Wart's nur ab ...«

Annus Aufgabe bei seiner Vorbereitung bestand darin, durch die Ordner zu blättern und ihm so schwierige Fragen wie möglich zu stellen. Sie sollte sich alles gut merken, denn er wollte sie zu seinem

Telefonjoker machen. Nur über Annus Anteil an der Million hatten sie sich nicht einigen können.

Annu erreichte den Laden, doch dort war alles dunkel. Hatte sie einen Feiertag übersehen? Sie sah auf ihre Uhr und konnte nur den Kopf schütteln. Sonst schlief sie um diese Zeit, aber das Schaf und die Gäste hatten ihren Rhythmus ganz durcheinandergebracht. Luisa würde erst in zwanzig Minuten aufschließen, sie war viel zu früh. Während sie wartete, wuchs in ihr diese klitzekleine Hoffnung, dass sie nur deshalb keine Post bekommen hatte, weil die Briefträger in der Stadt streikten. Aber so langsam und nach mehreren Wochen mussten sie doch eine Einigung erzielt haben.

»Schreib mir, Lars«, sagte sie und trommelte mit den Fäusten gegen ihre Oberschenkel. »Schreib mir verflixt noch mal endlich wieder eine Karte.«

Sie dachte an Gespensterfische und Seefledermäuse, Glasflügler und Blaufußtölpel, Glasfrösche und Spiegeleiquallen. Und dann schlurfte endlich Luisa um die Ecke und öffnete ihren Laden.

»Wir haben die Preise erhöht«, sagte sie zur Begrüßung. »Willst du wirklich reinkommen?«

Annu tat so, als ob sie nichts gehört hätte und schob sich an der grimmigen Ladenbesitzerin vorbei. Es grenzte an ein Wunder, dass noch kein Hausverbot gegen sie ausgesprochen worden war, aber da ging es vermutlich einzig und allein um den Profit. Sie ging zu den Einkaufskörben und sah schon aus dem Augenwinkel, dass in der Postkiste nur ein Brief mit dem Logo ihrer Bank lag. Sonst nichts. Sollte das nun so weitergehen? Ohne Lars und seine Karten? Den Notfallsanitäter hatte sie auch vertrieben, was ein Fehler war, und zwar ein sehr großer. So viel war mittlerweile sogar ihr klar geworden. Wenn sie ein Lisztaffe wäre, hätte sie vielleicht nicht auf ihrer Unabhängigkeit bestanden. Alles alleine schaffen wollen – was war das eigentlich für eine Schnapsidee? Sie schaufelte den Korb mit allem voll, was lecker aussah. Süßkartoffeln und Zucchini, Kirschtomaten und Pilze. Dazu eine Tüte Äpfel und zwei Netze Kartoffeln. Fleisch und Suppengemüse. Eine Packung Milch, eine Palette Joghurt. Nüsse und Schokolade, Haferflocken und Honig. Und natürlich jede Menge Karotten für Bumerang. Sie hatte sparen wollen, um aus dem Dorf zu verschwinden. Aber je länger sie darüber nachdachte, desto mehr zweifelte sie daran. Das Haus, das Matti gebaut hatte, einfach verkaufen? Der nächste Besitzer würde es plattmachen und ein herzloses Doppelhaus hochziehen. Hierbleiben oder Zelte abbrechen, Land oder Stadt. Egal, was sie sich überlegte, keine Option gefiel ihr. Solange Lars nicht nebenan wohnte, machte es sowieso keinen Spaß. Vielleicht musst du einen neuen Lars finden, dachte sie, aber sie wusste natürlich, dass das unmöglich war. Sie überprüfte zum hundertsten Mal an diesem Tag, ob sie statt einer Karte wenigstens eine Nachricht aufs Handy bekommen hatte, während Luisa die Preise in die Kasse tippte. Den Scanner benutzte sie immer noch nicht, und Annu vermutete, dass sie das nur bei ihr so machte. War das Luisas Art, sich zu rächen? Sie schien beim Abrechnen ganz schön willkürlich vorzugehen.

»Siebenundachtzig Euro und neunzehn Cent.«

Luisa öffnete die Kasse und sah sie fordernd an. Aber Annu hatte keine Lust auf Machtkämpfe.

»Der Rest ist für dich«, sagte Annu und legte neunzig Euro auf den Tresen. »Aber gib nicht alles auf einmal aus.«

Dann ging sie zurück und stampfte bei jedem Schritt so fest auf, wie sie konnte. Nimm das, Dorf, nimm das! Ich bin stärker als ihr. Als sie um die Straßenecke bog, rannte Justus ihr entgegen.

»Ich weiß, was wir dem Schaf geben müssen«, rief er außer Atem. »Wir müssen nochmals in den Laden.«

»Warum?«

»Wir müssen eine Hühnersuppe für Bumerang kochen.«

»Dafür haben wir alles«, entgegnete Annu erleichtert. Denn auf nichts hatte sie weniger Lust als einen erneuten Abstecher zu Luisa.

»Kannst du hellsehen?«

»Ich wollte uns eine Suppe machen, damit uns das Schaf nicht ansteckt. Aber wenn es eine Medizin für Bumerang ist, dann geht das Tier vor, und wir essen etwas anderes.«

»Findest du es nicht komisch, dass er Suppe essen soll? Wie ein Mensch?« Justus' Stimme überschlug sich fast, so aufgeregt war er.

»Solange wir ihm nicht die Nase putzen müssen …«

»Geht das? Das muss ich ausprobieren!«

Justus rannte die letzten Meter zum Haus, als müsste er sich für Olympia qualifizieren. Wie Aron, fluchte Annu. Und ich weiß nicht, wie es ihm geht und was er macht. Und bis Lars wieder schreibt, ist Aron wahrscheinlich schon volljährig.

»Hol die Kamera raus«, rief Thea ihr zu. Zusammen mit Justus hatte sie dem Schaf einen karierten Schal von Annu um den Hals gewickelt. Auf dem Kopf trug es eine rote Wollmütze von Matti.

»Ich habe eine Preisfrage für euch«, sagte Thea. »Was geht schneller: 1. Der Bus wird repariert und fährt wieder. 2. Das Schaf wird gesund.«

»Nummer zwei«, riefen Annu und Justus wie aus einem Mund.

»Hast du gerade gesprochen?«, fragte Thea überrascht.

Justus schüttelte den Kopf und streckte schnell zwei Finger in die Höhe.

Annu deckte den Tisch fürs Frühstück und schob sich ein trockenes Stück Brot in den Mund, weil sie so Hunger hatte. So spät war sie schon lange nicht mehr in den Tag gestartet. Die Zeiger ihrer Uhr standen auf elf, und als sie Kaffee aufsetzte, hörte sie den Pannendienst in die Einfahrt rollen. Sie sah, wie Thea mit dem Mitarbeiter zu ihrem kaputten Wagen lief und wild gestikulierend die Lage erklärte. Justus kniete neben dem Schaf, das müde auf einer Decke lag. Er strich ihm über den Rücken und schien ihm eine Geschichte zu erzählen, seine Lippen bewegten sich fast ununterbrochen. Annu öffnete das Fenster.

»Was trinkst du?«, rief sie nach draußen.

»Kakao wäre cool!«

»Und wenn ich das nicht habe?«

»Musst du einkaufen gehen.« Er lachte. »Nee, Milch passt auch.«

»Andere Gäste fragen immer, ob sie etwas helfen können …«

Justus tat so, als ob er sie nicht gehört hätte. Als ihn dann noch seine Mutter nach ihm rief, schien er kurz zu überlegen, was das kleinere Übel war. Dann kam er ins Haus. Annu merkte gleich, dass etwas nicht stimmte, aber sie wollte abwarten, ob er von selbst den Mund aufbekam. Während der Junge in sich gekehrt einen Krümel auf der Tischplatte hin und her schob, stellte Annu ein paar Gläser mit Marmelade und Honig auf den Tisch, dazu Butter und die Brötchen. Gedeckt hatte sie schon, nur die Milch musste sie noch aufwärmen.

»Bist du traurig, wenn wir gleich fahren?«, fragte Justus.

»Ja, aber ihr wollt ja Urlaub machen. Das Dorf ist kein besonders geeigneter Ort dafür.«

»Ich finde es schön hier.«

»Du bist auch noch nicht lange hier. Spätestens morgen langweilst du dich.«

»Glaube ich nicht. Es gibt Bumerang, und es gibt dich, und wir können Schabernack machen.«

»Woher kennst du solche Wörter?«

»Hat mir das Schaf beigebracht.«

Annu drückte ihm ein Glas mit Milch in die Hand.

»Du wirst schon sehen«, versuchte sie ihn zu überzeugen. »Wenn ihr erst mal euren Bus auf einem Platz am Fluss abgestellt habt … Thea meinte, ihr wollt Geocaching ausprobieren. Das wird sicher ein großer Spaß.«

»Ihr Erwachsenen redet immer alles schön, was überhaupt nicht schön ist. Das nervt mich.«

»Aber …«

Annu konnte den Satz nicht mehr beenden. Thea kam zurück, und Justus sackte in sich zusammen. Er verschränkte seine Arme auf dem Tisch und legte den Kopf darauf ab.

»Theoretisch sollte der Bus jetzt wieder fahren«, erklärte Thea.

»Und praktisch?«, fragte Annu.

Justus spielte wieder den Sohn, der nicht sprach.

»Werden wir gleich sehen«, seufzte Thea.

»Frühstücken wir vorher noch?«

»Unbedingt. Hast du auch solchen Hunger, Justus?«

Thea ließ sich auf einen Stuhl sinken und verdrehte die Augen, weil sie keine Antwort bekam.

»Gut geschlafen, Justus?«

Keine Antwort.

»Freust du dich aufs Zelten?«

Keine Antwort.

»Hast du schon nach dem Schaf gesehen?«

Keine Antwort.

»Wirst du irgendwann in diesem Leben wieder mit mir sprechen?«

Thea klang mit jedem Satz genervter und schien selbst nicht mehr so richtig daran zu glauben, dass ihr Sohn seine Marotte eines Tages wieder ablegte.

»Du stinkst wie ein Hängebauchschwein.«

Er richtete sich auf und sah sie empört an.

»Lasst uns essen«, beschwichtigte Annu die beiden und schenkte Thea Kaffee ein. Der Ärger zwischen den beiden blieb während des gesamten Frühstücks in der Luft hängen wie eine dunkle Regenwolke. Annu versuchte noch ein paarmal, ein Gespräch in Gang zu bringen, aber es gelang ihr nicht so recht. Na schön, dachte sie, dann verschwindet eben und lasst mich in Ruhe. Im Kopf schrieb sie eine Karte an Lars.

Es fühlt sich so an, als ob du in einem Kloster das Schweigen üben würdest. Gibt es Neuigkeiten aus der Klinik? Und wie läuft alles andere in der Großstadt? Fehlt dir das langweilige Dorf manchmal? Neben mir sitzt ein Junge, der glaubt, ein Säbelzahntiger zu sein. Und eine Mutter, die ihn wieder zum Reden bringen will. Gerade habe ich das Gefühl, dass sich alles im Kreis dreht und nirgendwohin führt. Überall Arbeit, überall Traurigkeit, nirgendwo ein Lars. Und falls du dich nie wieder melden wirst: Ade, alter Kumpel. PS: Das Schaf namens Bumerang hat Schnupfen, und ich koche ihm Hühnerbrühe als Medizin.

Sie schmierte den beiden noch Brote für die Fahrt, und dann standen sie schon am Tor und schüttelten sich die Hände. Thea bedankte sich überschwänglich für die Gastfreundschaft, und Justus umarmte Annu so fest, dass sie für einen kurzen Moment befürchtete, er würde ihr die Rippen brechen.

»Schreibst du mir?«, wollte Justus wissen, als Thea schon zum Bus gegangen war und das Gepäck einlud.

»Aber sicher.«

»Und wie oft?«

»Sehr oft.«

»Jeden Tag?«

»Puh, du hast aber große Wünsche. Wie wäre es mit einmal pro Woche? So viel passiert hier im Dorf schließlich nicht.«

»Aber du musst jedes Mal das Neueste von Bumerang erzählen. Versprochen?«

Annu hob die Hand zum feierlichen Schwur.

»Großes Bumerang-Ehrenwort.«

Dann legte sie einen Finger auf den Mund, weil Thea sich wieder näherte.

»Jetzt aber fort mit euch«, sagte Annu betont laut und bestimmt, als würde sie keinerlei Abschiedsschmerz verspüren. Sie blieb an der Straße stehen, als Thea den Motor startete, und winkte den beiden hinterher. Justus ließ die Fensterscheibe nach unten und streckte den Kopf nach draußen. Der kalte Wind fuhr in seine Locken, und sie konnte ahnen, wie Thea mit ihm schimpfte. So schnell hatte sie schon lange niemanden mehr liebgewonnen, dachte Annu, diesen schweigenden Tiger und seine Mutter würde sie wirklich vermissen. Aber wieso strahlte der Junge auf einmal so? Da sah Annu, wie Bumerang an ihr vorbeilief und immer schneller wurde. Er trabte dem Bus hinterher, als würde er mitkommen wollen.

»Hiergeblieben!«, rief Annu, doch das führte nur dazu, dass das Schaf noch mehr beschleunigte. Im Traum hätte sie nicht gedacht, dass es so schnell war, nachdem es die ganze Zeit im Garten immer nur gemütlich herumgetrottet war. Kurz bevor der Bus um die Ecke bog, bremste es, und Justus sprang nach draußen. Offenbar hatte er seine Mutter zum Anhalten gezwungen, denn sie redete genervt auf ihren Sohn ein.

»Ich bleibe beim Schaf. Punkt, aus, fertig!«, rief er, setzte sich neben Bumerang und streichelte ihm über den Rücken.

»Hatschi!«, machte das Schaf wie zur Bestätigung.

Annu kam näher und war sich nicht sicher, ob sie die beiden gewähren lassen oder Thea beim Aufbrechen helfen sollte. Doch die schien an etwas ganz anderes zu denken und stellte sich neben Annu.

»Hast du gehört?«, flüsterte Thea. »Er spricht.«

»So was«, sagte Annu. »Wollt ihr noch eine Nacht bleiben?«

Sie hatte den Eindruck, dass Bumerang mal wieder etwas für sie entschieden hatte. Und Theas Gegenwehr schwand auch.

»Wenn wir dich nicht stören …«

»Hatschi!«, machte Justus.

»Ein krankes Kind gehört ins Bett«, stellte Annu fest. »Bumerang muss ihn angesteckt haben. Zum Glück weiß ich schon, was ich heute Abend für uns alle koche.«

Helsinki

Noch immer begannen die Tage mit leeren Postkisten. Beim Kauf der Brötchen versuchte Annu, nicht an Lars zu denken. Aber wie sollte das gehen? Sie sagte sämtliche Lieblingsgerichte ihrer Mutter auf, aber zwischen Lachsauflauf und Blaubeerkuchen fragte sie sich, wo Lars gerade war und was ihn so in Beschlag nahm. Ihr Kopf brummte, und sie fühlte sich matt und alleine, auch wenn in ihrem Garten ein Schaf graste und in ihrem Haus noch immer die Besucher aus der Stadt wohnten. Seit fast einer Woche schon. Die Hühnersuppe hatte erst das Schaf kuriert, dann den Jungen. Thea und Annu waren bisher verschont geblieben. Ich denke an meine Gäste und nicht an Lars, sagte Annu laut vor sich hin. Ich denke an Bumerang und nicht an Aron und seine Beine. Ich denke an mein schiefes Haus und nicht an den Unfall. Sie stampfte bei jedem Schritt so fest auf wie sie konnte, weil sie sich einbildete, dass sie ihre Traurigkeit so besser vertreiben konnte. Als sie das angelehnte Gartentor mit einem Knie aufdrücken wollte, fiel ihr die Bäckertüte aus den Händen. Bumerang schnappte sich ein Brötchen, bevor sie reagieren konnte und trabte fröhlich damit hinter das Haus.

»Bumerang hat solche Flausen im Kopf«, stöhnte sie, als sie in die Küche kam, wo Thea bereits den Tisch gedeckt hatte und an ihrem Milchkaffee nippte.

»Ist er ausgebüxt?«, fragte Justus aufgeregt. Er sprach wieder, auch wenn seine Mutter dabei war, allerdings nur das Nötigste.

»Schön wär's ... Das Schaf wollte das gleiche Frühstück wie wir und knabbert gerade an seiner Beute.«

»Und hat er uns noch etwas übrig gelassen?«

Annu nickte und ließ sich auf ihren Stuhl sinken. Die Uhr am Backofen sagte, dass es kurz vor halb zehn war. Ihre Energie für den Tag schien bereits aufgebraucht zu sein. Justus war wieder gesund, das Schaf auch, und nun schien es Thea und sie zu erwischen. Beide hatten eine Packung Taschentücher neben sich liegen, die Stimmen waren tiefer als sonst, und jede Bewegung fiel ein Stück schwerer.

»Ist es okay, wenn wir das Wochenende noch bei dir verbringen?«, fragte Thea mit leiser Stimme. »Du siehst müde aus, vielleicht waren wir zu lange hier?«

»Ohne euch würde ich noch schlechter aussehen. Bleibt so lange ihr wollt!«

»Hurra«, rief Justus mit vollem Mund, und ein Stück Brötchen landete auf dem Boden.

»Hast du keine Manieren?«, wies ihn Thea zurecht.

Doch Justus reagierte überhaupt nicht. Er nahm Messer und Löffel in die Hände und klopfte damit rhythmisch auf den Tisch.

»Wir machen Urlaub, Urlaub, Urlaub«, sang er. »Bei Annu, Annu, Annu. Und bei Bumerang, Bumerang, Bumerang. Das ist so ein Spaß, Spaß, Spaß.«

Er trank seine Milch aus und sprang auf.

»Ich seh besser mal nach dem Schaf«, sagte er und holte noch etwas Gemüse aus der Vorratskammer.

»Da haben sich zwei gefunden«, stellte Annu kopfschüttelnd fest.

Thea nickte.

»Wer hätte das gedacht! Dass dieses Fellknäuel den Jungen zum Reden bringt.«

»Tja, vielleicht müsst ihr aufs Land ziehen?«

»Aber was wird dann aus meinem Job? So schlecht ist der nicht. Und was wird aus unserem ganzen alten Leben?«

»Das kann ich dir auch nicht sagen«, entgegnete Annu. »Aber es gibt da dieses finnische Sprichwort: Guter Rat ist wie Schnee, je leiser er fällt, desto länger bleibt er liegen.«

Thea lachte und zog sich ins Wohnzimmer zurück. Sie hatte begonnen, sich einmal quer durch Annus Bücherregale zu lesen. Von Tolstoi über Knausgard bis hin zu Atwood. Auf einem Zettel notierte sie die Seitenzahl der Bücher und addierte sie. Derzeit war sie bei 2436 Seiten. Vielleicht war guter Rat auch eine nicht enden wollende Leseliste. Und kein einziger Termin im Kalender. In der Zwischenzeit holte Annu sich eine Karte und einen Stift. Wenn Lars nicht mehr schrieb, hieß das ja nicht, dass sie auch verstummen musste. So leicht gab sie sich nicht geschlagen, dachte sie, niemals.

So langsam mache ich mir Sorgen. Wo bist du abgetaucht? Warum schweigst du? Der Säbelzahntiger und seine Mutter wohnen noch immer bei mir. Und stell dir vor: Der Junge spricht wieder, denn das Schaf hat es ihm angetan. Nur Kalle kommt nicht mehr. Ich habe ihn vertrieben – weil ich mich mal wieder viel zu blöd angestellt habe. Du könntest mir bestimmt sagen, wie ich ihn zum Umdrehen bewege, aber du bist weit weg. Woran denkst du, wenn du mit deinem Whisky in der Bar sitzt? Und welcher Trick bringt dich wieder zum Reden?

Annu starrte gegen die Wände. Ein unsichtbares Gewicht drückte sie nach unten, als hätte sie Ziegelsteine in den Taschen. Das konnte doch nicht nur am Schnupfen liegen? Sie hätte Kalle nicht fortschicken sollen. Er war nicht wie das Schaf, das jedes Mal ungefragt wiederkam. Wie hatte sie das nur verwechseln können? Und was sollte dieser blödsinnige Gedanke, dass sie sich erst um sich selbst kümmern musste, bevor sie jemanden in ihr Leben ließ? Sie stand auf und setzte sich wieder, stand auf und setzte sich wieder, und wusste einfach nicht, wohin mit sich. Ihr fiel diese Karte ein, die bei ihren Eltern am Kühlschrank gehangen hatte: *If nothing goes right, go left.* Aber das war alles andere als lustig, wenn man so feststeckte wie sie. Sie nahm sich ein Glas und ging zum Kühlschrank, aber dann überlegte sie es sich anders und trank die Milch einfach aus der Verpackung. Durch das Fenster sah sie eine wilde Jagd. Justus rannte durch den Garten und wurde von Bumerang verfolgt, er schlug einen Haken nach dem anderen, um das Schaf abzuschütteln, doch das gelang ihm nicht.

»Ich wette fünfzig Euro auf einen Sieg von Bumerang!«, rief Annu Richtung Wohnzimmer. Doch Thea reagierte nicht. Sie war auf der Couch mit einem Buch im Schoß eingeschlafen. Und nun? Sollte Annu sich dazusetzen und auf bessere Zeiten warten? Nein, schimpfte sie mit sich selbst. Du schüttelst jetzt deine Lethargie ab und meldest dich bei ihm, aber schnell. Sie zog ihr Telefon aus der Tasche der Strickjacke und zögerte, aber sie wollte kein Hasenfuß mehr sein und zwang sich dazu, endlich diese eine Nummer zu wählen, die sie seit Tagen auswendig konnte. Zunächst lief alles nach Plan: Es klingelte und ein gewisser Jemand, an den sie täglich sicher an die hundertmal dachte, hob ab.

»Hi«, sagte er, doch er wirkte nicht besonders erfreut.

»Ich wollte mal hören, wie es dir geht.«

Keine Antwort.

»Bist du noch da?«

Keine Antwort.

»Kalle?«

Er räusperte sich.

»Entschuldige, ich ... nicht mein Bein, hörst du, nicht mein Bein!« In der Leitung kläffte es, und sie hörte Kalle fluchen.

»Er hat ein Loch in meine Jeans gebissen, weil es ihm offenbar nicht gefällt, dass ich telefoniere.«

»Seit wann hast du einen Hund?«

Auf einmal kam es Annu so vor, als ob sie sich seit Monaten nicht gesehen hätten, dabei waren es nur drei Wochen gewesen, drei viel zu lange Wochen. Hatte er sich in der Zwischenzeit auch eine Freundin zugelegt? Oder war er weit fortgezogen? Und wer sagte ihr, dass er auch nur ein einziges Mal an sie gedacht hatte?

»Der ist ganz neu«, sagte Kalle. »Er wohnt seit Kurzem bei mir und heißt Helsinki.«

»Das gefällt mir.«

»Ich weiß.«

»Was ist es für einer?«

»Ein Suomenlapinkoira.«

»Nicht dein Ernst.«

»Ich dachte mir: Wenn Annu abtaucht, dann brauche ich wenigstens einen finnischen Hund.«

»Das glaub ich dir nicht.«

Er lachte ein heiseres Lachen und schimpfte mit dem Hund.

»Und wie war es wirklich?«

»Ich hatte einen Einsatz auf einem Bauernhof, ein Mann hatte einen Herzinfarkt«, erzählte Kalle. »Ich war zum Glück rechtzeitig da und habe ihn in die Klinik gefahren.«

»Und wie bist du bei der Gelegenheit auf den Hund gekommen?«

»Das sind Hobbyzüchter, und sie hatten noch einen Welpen übrig, den bisher niemand wollte.«

»Warum denn?«

»Er humpelt ein bisschen, und niemand weiß, was ihm fehlt.«

»Das hat dich aber nicht abgeschreckt?«

»Wir haben doch alle unsere Macken.«

Ein Schweigen breitete sich in der Leitung aus und wurde immer größer und größer, als könnte es sich über das ganze Dorf legen. Annu wollte etwas Schlaues sagen oder zumindest etwas Witziges. Irgendetwas, das Kalle den ganzen Tag in Erinnerung bleiben würde. Doch mit dieser Erwartungshaltung fiel ihr natürlich erst recht nichts mehr ein.

»Ich dachte schon, dass du meine Nummer verloren hast«, sagte Kalle schließlich.

»Ich habe gewartet, dass du wieder vorbeikommst.«

»Du schickst mich fort? Und dann denkst du, ich besuche dich gleich wieder?«

»Ich … also …«

»Viel Übung hast du nicht beim Verabreden, oder?«

»Bei Lars hatte ich einen Schlüssel und bin ein und aus gegangen, wie es gepasst hat. Das war einfacher.«

»Für Schlüsseltausch ist es noch etwas früh, oder?«

»Stimmt, aber was machen wir dann?«

»Ich warte so lange, bis du eine gute Idee hast.«

»Hast du etwas von Lars gehört und weißt, wie es dem Jungen geht? Ich erreiche ihn seit Wochen nicht mehr.«

»Leider nicht. Soll ich mich mal umhören?«

»Das wäre toll, ja.«

»In Ordnung.«

»Und jetzt?«

»Wie gesagt: Ich warte so lange, bis du eine gute Idee hast.«

Es knackte in der Leitung, und für einen Moment war Annu nicht sicher, ob die Verbindung abgebrochen war. Dann hörte sie den Hund bellen.

»Kann ich Helsinki kennenlernen?«

»In Ordnung.«

»Wo steckst du?«

»Willst du die peinliche Wahrheit hören oder eine wohlüberlegte Lüge?«

»Ersteres natürlich.«

»Wir stehen gerade auf einem dieser endlosen Felder neben dem Dorf, und ich traue mich seit ein paar Stunden nicht, dich zu besuchen.«

»Oh.« Annu musste sich auf die Lippe beißen, um nicht zu lachen.

»Hör mal, mein Schaf braucht dringend einen Hütehund. Könntest du mit deinem vorbeikommen?«

»Gib uns fünf Minuten.«

»Ach ja, nicht erschrecken: Es sind Gäste aus der Stadt da.«

»Verwandte oder Freunde?«

»Weder noch. Sie heißen Thea und Justus. Ihr Bus ging kaputt, und jetzt sind sie hängen geblieben.«

»Weil sie das Schaf mögen?«

»Ganz genau.«

Kurz darauf stand Kalle vor ihr.

»Annu, das ist Helsinki«, sagte er. »Helsinki, das ist Annu.«

Sie hatte ihre Gäste ins Haus geschickt, um ein paar ruhige Minuten mit dem Notfallsanitäter zu haben, aber jetzt wusste sie nicht, wohin mit ihren Armen, mit ihren Beinen, mit ihren Gedanken. Und viel zu kalt war es auch.

»Bumerang, das ist Helsinki«, setzte sie an. Doch da lief der Hund schon zum Schaf und beschnupperte es von allen Seiten. Bumerang stand da wie festgefroren und ließ es über sich ergehen. Er blökte kurz, und dann liefen sie ein Stück zusammen durch den Garten, als würden sie spazieren gehen.

»Läuft bei ihnen«, sagte Kalle.

»Und bei uns?«, fragte Annu.

»Da läuft es eher nicht.«

Sie schwiegen eine Weile. Und sahen Helsinki dabei zu, wie er mit Bumerang spielte. Oder spielte Bumerang mit Helsinki?

Kalle hatte einen ernsten Gesichtsausdruck auf, den Annu noch nicht kannte. Und sie war nicht sicher, ob sie ihn mochte. Wie wurde aus dem neuen Kalle wieder der alte? Gab es ein Zauberwort, das ihn zurückverwandelte, und war sie etwa schuld, dass er so blass und abwesend und verschlossen wirkte?

»Ich kann Pizza für uns bestellen«, schlug Annu vor und bemühte sich, fröhlich zu klingen. »Dann setzen wir uns damit zu den Tieren nach draußen und reden über dieses und jenes und vielleicht auch über uns.«

»Es dauert Stunden, bis sie das Essen aus dem Nachbardorf liefern«, gab Kalle zu bedenken. »Wenn nicht sogar noch länger.«

Seit wann war er so verkopft? Und wie konnte sie ihn umstimmen?

»An Tagen wie diesem ist das egal!«

Kalle schüttelte den Kopf.

»So geht das nicht«, sagte er und sah sie nicht an. Da war dieser Fleck auf seiner Hose, und er konnte ihn anstarren, als wäre das in diesem Moment das Wichtigste auf der Welt.

Annu merkte selbst, dass alles verkorkst war, aber das war eben das Problem. Denn wie sollte sie wieder in besseres Fahrwasser kommen? Was musste sie sagen, was konnte sie tun?

»Du musst dich entscheiden«, erklärte Kalle. »Schaffst du es, mich zu sehen, oder nicht. Du kannst mich nicht an einem Tag anrufen und am nächsten abwimmeln. Das mache ich nicht mit.«

Annu schluckte.

»Das war nicht so gut, ich weiß.«

»Also? Ja oder nein?«

»Ich kann nichts versprechen. Aber ich hätte dich gern an meiner Seite.«

Annu dachte an die Panikattacken, die sie manchmal überkamen, und an die Erinnerungen, die sie immer noch lähmten. Sie fühlte sich wie eine halbe Annu und nicht wie jemand, der eine Beziehung beginnen und für jemanden da sein konnte.

»Übersetz das mal für mich, das verstehe ich nicht.«

»Nach dem Unfall bin ich in dieses Loch gefallen, und nun habe ich das Gefühl, dass ich selbst erst wieder nach oben klettern muss.«

»Und du hast erst wieder Platz für jemanden an deiner Seite, wenn du es geschafft hast?«

»So fühlt sich das an, ja.«

»Dann muss ich jetzt gehen.«

»Kalle ...«

»Wiedersehen!«, brummte er. »Oder auch nicht.«

Er war schneller verschwunden, als sie STOP! rufen konnte. Was war auf einmal mit ihm los?

»Du hast den Hund vergessen«, rief sie, als ihr Blick auf Helsinki fiel.

»Den hole ich in ein paar Tagen wieder ab.«

»Wie bitte?«

Doch sie bekam keine Antwort mehr. War das etwa sein Ernst? Annu sah ihm hinterher, wie er etwas schneller als sonst durch den Garten lief. Seine Schritte federten über die Wiese, und sie musste an dieses Lied denken, das sie oft mit Lars gehört hatte. *Was krumm läuft, kannst du biegen. Was du träumst, kannst du kriegen*, hieß es darin auch. Schön wär's, dachte Annu. Dann würde sie sich wünschen, dass der Typ in einem großen Bogen zurückkäme und sie dieses verflixte Gespräch noch einmal führen würden.

Doch das Leben war nun einmal keine Wunschvorstellung. Da stand sie mit zwei Tieren und zwei Gästen und einem großen Klumpen im Bauch. Ohne Kalle. Ohne Lars. Fluchte, dass sie nicht einmal Hundefutter hatte und sowieso keinerlei Ahnung, was ein junger Hund alles brauchte. Sollte der Welpe etwa zum Schaf in die Garage ziehen? Und was war das für ein Notfallsanitäter, der sein neues Haustier so mir nichts, dir nichts, alleine ließ? Aber dann fiel ihr Blick auf Helsinki. Als würde er etwas ahnen, sah er mit großen Augen zu ihr hoch.

Mich musst du doch mögen, schien er zu sagen. Und das stimmte natürlich. Annu ließ sich zu ihm sinken und kraulte ihm das struppige Fell. Im Gegensatz zu Bumerang genoss er den Körperkontakt, und nach einer Weile begann er ihre Hände abzulecken, als würden sie aus Leberwurst bestehen. In Annus Kopf ratterten die Gedanken: Ob er schon stubenrein war? Und was, wenn nicht? Was musste sie im Haus vor ihm verstecken, damit es nicht kaputtging? Woraus würde sie sein Hundebett bauen? Und konnte so ein Hund besser neben einem Schaf im Garten oder neben einem Jungen im Haus schlafen? Wen musste sie vor wem beschützen? Würde Bumerang überhaupt ein weiteres Tier in seinem Revier dulden? Und wie würden die Gäste sich mit Helsinki verstehen? Sie hatte das Gefühl, dass ihr langsam, aber sicher ihr Leben über den Kopf wuchs.

Da rannte Justus auf sie zu.

»Ein Hund, ein Hund!«, rief er und ließ sich von Helsinki ausgiebig beschnuppern.

Auch Thea strahlte, als sie das Tier sah.

»Langsam wird das hier ein Zoo«, sagte sie. »Das gefällt mir.«

»Ich habe keine Ahnung von Hunden«, entgegnete Annu. »Das kann doch nur schiefgehen!«

Thea hingegen sah das alles viel weniger schwarz.

»Wir helfen dir«, sagte sie und legte Annu einen Arm um die Schultern. »Und jetzt trinken wir einen Kaffee und lassen Justus den Tierpfleger spielen.«

Nach dem Kaffee begann Thea sofort zu recherchieren.

»Interessant!«, raunte sie alle fünf Minuten und machte sich Notizen. Als sie mehrere Zettel eng beschrieben hatte, lehnte sie sich zurück und machte ein Victory-Zeichen. »Das wird gut, Annu!«

»Wenn du das sagst ...«

Annu war immer noch skeptisch.

Da kam Justus zu ihnen hineingestürmt. Er hatte am Gartentor einen Jutebeutel mit ein paar Dosen Hundefutter, einer Decke und zwei Näpfen gefunden. Kalle musste die Sachen dort abgestellt haben.

Thea holte noch ein paar Kissen aus dem Schrank und baute im Wohnzimmer eine Höhle für Helsinki.

»Ich will auch so ein Kuschelparadies«, schrie Justus.

Also holte Thea noch mehr Decken aus dem Schrank und baute eine zweite Höhle für ihren Sohn.

»Warum habt ihr eigentlich so einen großen Deckenvorrat?«, wollte sie wissen.

»Das liegt an meiner Mutter«, sagte Annu. »Sie war eine Frostbeule und wickelte ab Oktober immer zwei oder drei davon um sich herum.«

»Darauf hätte ich jetzt auch Lust.«

Annu seufzte. Sie war mit den Nerven am Ende. Aber die anderen waren guter Dinge.

»Wer war der Typ?«, fragte Justus.

»Geht dich nichts an.«

»Mich interessiert es aber auch«, fügte Thea hinzu.

»Kalle.«

»Aha«, sagten die Gäste wie aus einem Mund.

»Er ist Notfallsanitäter.«

Justus sprang auf und rannte durch das Wohnzimmer. Für den Hund sah das wie eine Einladung zum Spielen aus, also folgte ihm Helsinki auf Schritt und Tritt.

»Verliebt, verlobt, verheiratet!«, rief Justus.

Der Hund lief gegen eine große Bodenvase, die zwar leer war, aber in allerhand kleine Stücke zerbrach. Vor Schreck stieß der Junge gegen das Bücherregal, und ein kleiner Stapel Taschenbücher regnete auf ihn herunter.

»Autsch«, sagte er zerknirscht. »Das wollte ich nicht!«

Zum ersten Mal an diesem Tag lachte Annu laut auf. Dieses ganze Chaos. Diese Tiere, die sie sich nicht gewünscht hatte. Und diese verrückten Gäste!

»Was soll's!«, sagte sie. »Aufgeräumt wird morgen, jetzt machen wir es uns gemütlich.«

»Ist das dein Ernst?«, fragte Justus. »Bist du nicht böse?«

»Auf Kalle: Ja. Auf euch: Nein.«

Er setzte sich neben sie, legte seinen Kopf in ihren Schoß. In der Zwischenzeit kochte Thea eine Kanne Tee und holte die große Keksdose aus der Küche.

»Wir spielen was«, sagte sie. Dann baute sie einen Turm aus Keksen.

»Es geht reihum. Jeder nimmt sich einen Keks und muss aufpassen, dass dieses wacklige Gebilde nicht einstürzt. Dann ist das Spiel nämlich zu Ende.«

»Und wer ist der Gewinner?«, fragte Annu.

»Natürlich der, der die meisten Kekse einheimst.«

Bei der ersten Runde räumte Justus ab, aber bei der nächsten fiel der Turm um, nachdem Annu sich den ersten Keks genommen hatte.

»Eine Regel hast du vergessen«, stellte Justus fest. »Der Verlierer muss neue Kekse backen«

Annu lachte und lehnte sich zurück.

»Morgen vielleicht«, sagte sie.

Der Abend verging, ohne dass sie nochmals aufstanden. Helsinki schlief, und Justus sah ihm dabei zu. Thea wiederum sah ihrem Sohn zu, wie er dem Hund zusah. Nur Annu war nicht so ganz da. Sie vermisste hundert Dinge, die alle etwas mit Kalle zu tun hatten. Am schlimmsten war dieser bohrende Vorwurf, den sie sich selbst machte. Sie kam sich wie ein Nichtsnutz vor, und alles schien aus dem Ruder zu laufen. Sie lockte lauter Tiere und Fremde an, aber bei

Männern hatte sie keinerlei Talent. Die verschwanden oder verstummten einfach. Und da war sie ganz alleine schuld, so viel stand fest.

»Wer sich einen Hund zulegt, lässt ihn nicht alleine und wird ihn wieder holen, oder, Thea?«

Sie überlegte.

»Kann sein, kann nicht sein.«

»Hör mal, du sollst mir Mut machen.«

»Aber es gibt schon Leute, die ihren Hund an Raststätten aussetzen und in den Urlaub fahren.«

»Diese Leute heißen aber nicht Kalle.«

»Sicher nicht.«

Thea schmunzelte, und Annu ahnte schon, warum.

»Eigentlich war ich nur nicht sicher, wann ich bereit für etwas Ernstes bin. Und damit habe ich ihn vergrault.«

Justus war mittlerweile eingeschlafen, Helsinki auch. Nur Bumerang drehte noch blökend und unermüdlich seine Runden durch den Garten.

»Ich denke, dein Sanitäter wird schon wiederkommen«, sagte Thea noch. »Also, wenn es ein guter Typ ist.« Ihr fielen die Augen auch schon fast zu.

»Und wenn nicht?«

»Dann kommen wir eben zu ihm.«

»Ich habe aber keine Ahnung, wo er wohnt.«

»Wir werden ihn schon finden.«

Annu stellte sich vor, wie sie mit Bumerang und Helsinki im Schlepptau durch die Dörfer zogen und Kalle suchten. Bis sie so verfroren wären, dass sie vermutlich einen Unfall vortäuschen und den Notruf wählen müssten. Und bei ihrem Glück hatte Kalle genau dann seinen freien Tag, und es käme nur ein griesgrämiger Kollege. Wenn sie

Kalle auf einem der Essen von Lars kennengelernt hätte, wäre das alles anders gelaufen. Vielleicht hätten sie vor dem Abschied Nummern ausgetauscht, ein paarmal telefoniert und sich vorsichtig kennengelernt. Annu hätte ihre zehn Fragen stellen können. Sie war sich sicher, dass er gut abgeschnitten hätte. Dass sie ihn hätte wiedersehen wollen und sie sich in der Stadt verabredet hätten, ganz klassisch. Ein Essen oder ein Kinobesuch, danach noch ein Abstecher in eine Bar, die mit Sicherheit zu laut und zu voll gewesen wäre, aber da hätte sie sich unauffällig einen Hauch zu nah neben ihn stellen können. Und dann brauchte es nur einen Betrunkenen, der sich durch die Menge schob, und schon lag sie in seinen Armen. Oder so ähnlich. Sie seufzte.

»Grübel nicht so viel«, sagte Thea. »Davon bekommst du nur Augenringe und Sorgenfalten, das braucht kein Mensch.«

»Stimmt. Aber das ist so ein Moment, wo du mir lauter schlaue Sätze sagen kannst und es trotzdem nicht helfen wird.«

»Das wollen wir mal sehen«, antwortete Thea, die auf einen Schlag wieder wacher war. »Wie wäre es mit: Andere Mütter haben auch schöne Söhne.«

Annu gähnte demonstrativ.

»Neuer Tag, neues Kalleglück?«

»Glaub ich nicht.«

»Dann vielleicht: Auch ein blindes Huhn findet mal ein Korn.«

»Schon besser.«

»Geh ruhig schlafen, ich bringe Justus und Helsinki schon ins Bett.«

Annu nickte dankend.

»Dann halte ich mich mal an die einzige finnische Weisheit, die heute zu helfen scheint.«

»Schlaf ist die beste Medizin?«

»Fast: Der Morgen ist klüger als der Abend.«

Thea prostete ihr mit der Teetasse zu, und Annu verzog sich in ihr Schlafzimmer. In die Bettdecke eingewickelt, schrieb sie noch eine Karte an Lars.

Heute ist ein weiteres Tier eingezogen. Und du musst raten, was es ist. So viel verrate ich dir: Es ist nicht noch ein Schaf. Und auch kein Pfau oder Stinktier. Und mit dem Säbelzahntiger hat es auch nichts zu tun. Aber mit Kalle, der kurz da war, um gleich wieder zu verschwinden. Leicht ist es nicht mit den Männern, aber mit den Tieren auch nicht. Wo steckst du, alter Schweigemönch oder in was auch immer du dich verwandelt hast?

Parcours

In der Nacht war Schnee gefallen – Annus Lieblingsschnee. Diese großen Flocken, die sich behutsam herabsenkten und so langsam fielen, als würden sie zwischendurch in der Luft stillstehen. Sie blieben länger liegen und man konnte die besten Schneebälle aus ihnen formen. Annu öffnete das Fenster zum Garten, sog die eiskalte Luft ein und schwor sich, dass sie das ganze Selbstmitleid ein für alle Mal fortschicken würde. Der frühe Wintereinbruch in diesem Jahr musste ein Zeichen sein. Nun würden wieder bessere Tage kommen.

»Auf Wiedersehen, verflixte Schwermut«, sagte sie. »Und die ganzen schlechten Erinnerungen können gleich mit dir verschwinden.«

Ob es so einfach gehen würde?

»Na klar!«, würde Lars vermutlich sagen. Aber der hatte leicht reden, der war ja abgetaucht wie ein Gangster auf der Flucht.

Und nun? Das wusste sie auch nicht. Sie warf ein paar Schneebälle durch den Garten, und Helsinki jagte ihnen gleich hinterher. Er sah verwirrt zu Annu, als die Bälle mitten ins Weiß hineinfielen und nicht mehr zu erkennen waren. Sie kam näher und warf direkt vor ihm einen besonders großen Schneeball in die Luft. Der Hund sprang nach oben, stand fast senkrecht auf den Hinterläufen und schnappte danach. Annu lachte, als sie die weiße Kugel in seinem Fang sah und er das Gleichgewicht verlor. Helsinki kugelte sich vor ihr durch den Schnee, bis Bumerang angedüst kam und dann jagten sich die Tiere wieder durch den Garten. Wenn es Helsinki zu viel war, biss er das Schaf leicht ins Bein und dann tat es alles, was er wollte.

Bei den beiden sah alles so leicht aus. Sie spielten, sie aßen, sie schliefen. Und langweilig war ihnen nie.

Annus fünfter Tag mit Hund war angebrochen, und von Kalle fehlte jede Spur. Sie hatte ihn schon mehrmals angerufen, ohne ihn zu erreichen. Sie verstand ihn einfach nicht Wie konnte er sie nur mit dem Hund allein lassen? Sie hatte keine Ahnung, wie sie Helsinki grundlegende Dinge beibrachte. Stubenrein war er schon, aber sonst? Alles musste sie im Internet nachlesen.

Wie bleibt ein Hund im Sitz?

Und wie im Platz?

Was frisst ein Welpe? Und wie oft?

Was ist giftig für ihn?

Wie viel Wasser braucht ein Hund am Tag?

Wann schläft er?

Wie oft musste sie ihn waschen? Und bürsten?

Warum biss er in jeden Schuh, und wie konnte sie ihm das abgewöhnen?

Sie war kurz davor, den Hund ins Auto zu laden und so lange durch die Pampa zu fahren, bis sie irgendwo auf Kalle traf. Sie legte den Kopf in den Nacken und fing die Schneeflocken mit dem offenen Mund. Wie Helsinki. Wie Justus. Und während sie so in der Kälte stand, wurde sie ruhiger und ruhiger. Tage mit ihrem Lieblingsschnee waren meistens gute Tage, das durfte sie nicht vergessen. In der Hinsicht war sie abergläubisch, und eine Ahnung machte sich breit, dass diesmal Post auf sie wartete. Ohne noch länger zu grübeln, ging sie zum Laden und pfiff ein Lied vor sich hin, von dem sie den Text vergessen hatte. Luisa sortierte neue Ware in die Regale, als die Türglocke die Ankunft von Annu ankündigte. Und als ob Luisa Augen im Rücken hätte, sah sie sich nicht um.

»Morgen«, sagte Annu.

Als keine Reaktion kam, nahm sie sich die Post aus der Kiste. Ein

Hoch auf ihre Prognosen, sie hatte recht gehabt: Da lagen zwei Briefe, einer sah nach einer langweiligen Rechnung aus, aber der andere trug die Handschrift von Lars. Annu ballte die Hand zur Faust und zwang sich, sich nicht laut zu freuen. Am Ende würde Luisa die Post noch unterschlagen. Schnell legte sie ein Netz Äpfel, ein Brot und zwei Milchflaschen auf das Band, zahlte und sah zu, dass sie nach Hause kam. Nicht einmal einen bissigen Kommentar musste sie sich anhören, und die Preise waren auch nicht weiter erhöht worden.

Unterwegs musste sie sich mehrmals zwicken, weil sie kaum glauben konnte, dass die Sendepause von Lars endlich vorbei war. Sie riss den Umschlag auf, bevor sie das Gartentor erreicht hatte. Er hatte mehr geschrieben als sonst, seine Buchstaben waren so klein, dass sie diese kaum entziffern konnte.

Von all den Dingen, die schwer sind, gibt es eine Sache, die mich besonders beschäftigt. Wie schafft man es, nicht den Verstand zu verlieren, wenn alles so langsam vorangeht? Aron bekommt Medikamente, damit diese verflixten Krankenhauskeime endlich verschwinden. Ich habe das alles kaum noch ausgehalten und mich zurückgezogen. Du hast es fast erraten: Ich bin in ein Kloster gefahren, und dort haben wir zehn Tage geschwiegen. Wie der Junge bei dir, der glaubt, ein Säbelzahntiger zu sein. Ich habe mir den Hosenboden platt gesessen und jeden meiner Knochen gespürt. Ich wollte auch wie ausgewechselt sein, wenn ich zurück in die Stadt komme. Dreimal darfst du raten, ob es geklappt hat. Ach, was soll's: Diesmal lasse ich den ganzen Spannungsaufbau weg, eine Karte ist ja kein Krimi. Die Antwort ist: Nein. Und nun erzähl du: Was macht das Schaf? Was macht der Sanitäter? Und am wichtigsten: Was machst du?

Sie schob die Karte zurück in den Umschlag und näherte sich dem Haus. Wie konnte es nur sein, dass es nach so vielen Monaten keine guten Neuigkeiten aus der Klinik gab und sich alles so unendlich in die Länge zog? Das war ein Unfall beim Ausparken, murmelte sie vor sich hin, kein Crash auf der Autobahn bei Tempo zweihundert. Und sie war einen ganz normalen Pkw gefahren, keinen Sattelschlepper. Aber Lars war Lars und fragte, wie sie sich die Zeit vertrieb, statt ihr Vorwürfe zu machen. Tja, was machte sie? Das war eine gute Frage. Sie hatte nicht den blassesten Schimmer. Auf bessere Zeiten warten? Auf Kalles Rückkehr hoffen? Sich zur Tierexpertin ausbilden lassen? Oder doch eher an einer Karriere als Bed & Breakfast arbeiten? Vielleicht schlug sie auch einfach nur Zeit tot. Sie dachte von Tag zu Tag, ohne irgendwelche Pläne zu haben, die weit in die Zukunft reichten. Sie hangelte sich so durch, die einzigen Konstanten waren das Schaf und die Gäste und seit Neuestem auch der Hund. Aber sonst? Es war leichter zu beantworten, was ihre Gäste machten.

Justus hatte aus Brettern und allerhand Unrat, den er hinter dem Haus gefunden hatte, einen Parcours im Garten angelegt. Man konnte an Hindernissen vorbeilaufen, durch einen Tunnel gehen und über ein Brett balancieren. Mit Karottenscheiben für Bumerang und Käsewürfeln für Helsinki in den Taschen versuchte der Junge, die beiden Tiere über die Hindernisse zu lotsen. Mit dem Hund machte er zumindest kleine Fortschritte, aber mit dem Schaf? Es schien einen schlechten Tag zu haben und lag fast die ganze Zeit nur herum. Nicht einmal Helsinki konnte es zum Aufstehen bewegen.

»Vielleicht ist es zu schwer?«, warf Annu ein.

»Der Parcours oder das Schaf?«

»Beide.«

Annu grinste, aber Justus war nicht zu Scherzen aufgelegt. Er schüttelte den Kopf und baute den Parcours um, damit er etwas leichter war. Helsinki sprang aufgeregt umher und bellte, er wollte das Schaf zum Spielen animieren. Doch Bumerang sah einfach völlig ungerührt in die andere Richtung.

»Rutsch mir doch den Buckel herunter«, schien er zu sagen. Justus plante eine große Show mit den beiden, aber je länger er übte, desto schwerer kam es ihm vor, seine beiden Hauptdarsteller zu bändigen. Er musste so oft »Nein« sagen, bis der Hund in die richtige Richtung lief, aber dann flatterten ein paar Vögel durch den Garten, und es war um ihn geschehen. Statt sich weiter um die Übung zu kümmern, rannte er ihnen hinterher und der Parcours war vergessen. Sobald Justus näher kam, wechselte er die Richtung. Erst als Justus Käse aus der Tasche zog, war er wieder interessant.

»Du wirst noch Augen machen, Annu«, rief er ihr zu. »Ich bekomme dieses verrückte Duo noch in den Griff!«

»Wo gibt es Tickets für deine Show zu kaufen?«

»Im Internet und bei mir«, erklärte er selbstbewusst.

»Und was nimmst du?«

»29,99 Euro.«

»Das ist ganz schön happig.«

»Nein, das ist nur fair. Weißt du, wie lange es dauert, bis sie mir folgen?«

»Ich ahne es ...«

Sein Ehrgeiz war groß, seine Geduld noch größer, und Annu ließ den Jungen lieber allein, damit er weiter Dompteur spielen konnte. Sie kehrte ins Warme zurück und fragte sich, was mit dem Schaf los war. Hatte es genug von dem Hund? War ihm langsam zu kalt im Garten? Oder hatte es einfach einen schlechten Tag wie ein Mensch mit Migräne? Thea saß im Wohnzimmer und korrigierte Aufsätze. Das Ende der Ferien rückte näher und ließ sich nicht länger ignorieren. Bald war Abschied angesagt, was niemand von ihnen wirklich wahrhaben wollte. Sie waren zusammengewachsen, und Annu wollte nicht daran denken, wie es ohne die beiden sein würde. Sie, die immer gesagt hatte, dass sie ganz wunderbar allein sein konnte, musste auf einmal feststellen, dass sie den Gedanken an ein leeres Haus kaum ertrug. Da waren Tiere im Garten, das schon, aber reichte ihr das? Es war wie in der Karte von Lars – die Antwort war: Nein.

»Kann ich dich etwas fragen?«, wollte Annu leise wissen.

»Sicher«, antwortete Thea und sah von den Heften auf.

Doch dann schwieg Annu, denn sie wollte zwar reden, hatte aber keine Ahnung, worüber.

»Hast du den Blues?«, fragte Thea mitfühlend.

»Ich fürchte, ja.«

»Dir fehlt der Mann, der seinen Hund in deinem Garten ausgesetzt hat.«

Annu nickte.

»Was kann ich tun?«, fragte Thea.

»Ihn anlocken wie ein Magnet«, seufzte Annu. »Oder mir verraten, warum er nicht kommt …«

»Vielleicht macht er sich rar.«

»Und was verspricht er sich davon?«

»Dass du durchdrehst. Dass du auf ihn wartest. Dass du ihn nicht noch einmal fortschickst.«

»Er hat sich nun schon fünf Tage rargemacht, muss das nicht reichen?«

Annu seufzte so laut, dass Thea Mitleid bekam und die Hefte zuklappte.

»Warum legst du dich nicht eine Runde aufs Ohr? Ich kann in den Laden gehen und fürs Abendessen einkaufen. Du wirst sehen, wenn du wieder aufwachst, sieht alles ganz anders aus.«

Bevor Annu widersprechen konnte, war Thea schon aufgesprungen, hatte sich einen Einkaufsbeutel geschnappt und war nach draußen verschwunden. Annu schleuderte ihre Hausschuhe davon, kroch aufs Sofa und schloss die Augen. Ein Schaf, zwei Schafe, drei Schafe, zählte sie. Aber das klappte nicht, denn wenn sie sich ein Schaf vorstellte, sah das aus wie Bumerang, und das war zum Lachen, aber sicher nicht zum Einschlafen. Ein Kalle, zwei Kalle, drei Kalle. Das klappte natürlich auch nicht, denn Gedanken an Kalle führten dazu, dass ein stechender Schmerz durch ihren ganzen Körper schoss, sodass sie kurz davor war, einen Notfallsanitäter zu rufen. Das ist nicht witzig, murmelte sie, das ist alles andere als ein guter Moment für derart schlechte Scherze. Sie wusste nicht, wo er wohnte, bisher hatten sie sich im schiefen Haus getroffen, sie hatte nicht damit gerechnet, dass er abtauchen würde. Sollte sie doch ins Auto steigen und ihn suchen? Aber worüber sollten sie reden, wo doch ihre letzte Begegnung so seltsam verlaufen war? Was konnte sie zu ihm sagen?

»Alles zu seiner Zeit, hat mein Vater immer gesagt. Vielleicht war das Quatsch. Lass uns durchbrennen.«

Puh, das ging nicht.

»Die Finnen sagen gerne: Das Alter gibt dir nicht mehr Verstand, es macht nur deine Schritte langsam. Kannst du bitte wiederkommen, bevor ich Bumerang und Helsinki mit Krückstock füttere?«

Auch das war Quatsch.

»Komm zurück, Kalle. Ich habe mich so sehr vertan, dass der Kaffee nach Tee schmeckt und die Marmelade nach Honig. Und nichts macht Spaß. Ich hab dich fortgeschickt und es zehn Minuten später bereut. Ich weiß: Selbst schuld und so. Aber kannst du mir noch eine zweite Chance geben?«

Und während sie weiter über den perfekten Satz nachdachte, schlief sie irgendwann ein.

Es dämmerte, als sie wieder aufwachte.

»Warum hat mich niemand geweckt?«, stöhnte sie und fuhr sich durch die Haare. Im Wohnzimmer sah sie Justus auf der Treppe vor dem Eingang sitzen. Er hatte sich zwei Schals um den Hals gewickelt, einen von Thea, einen von Annu. Auf dem Kopf trug er eine mit Fell gefütterte Ohrenmütze von Matti, die er im Flur gefunden haben musste. In den Händen hielt er ein Buch, und offenbar las er Bumerang und Helsinki gerade eine Geschichte vor, denn die Tiere lagen beide vor ihm auf dem Boden herum.

»Thea?«, rief Annu, und als sie keine Antwort bekam, ahnte sie nichts Gutes. Oder war sie einfach ebenfalls eingeschlafen? Als sie um die Ecke bog, sah sie Thea auf der Couch sitzen, kerzengerade. Ihr Blick fixierte die gegenüberliegende Wand, als ob sie einem ungeheuer wichtigen Gedanken nachhängen würde und auf keinen Fall gestört werden wollte. Bei diesem Anblick bekam Annu Bauchschmerzen. Ihr innerliches Barometer meldete: Da stimmt was nicht. Da droht Gefahr, da ist Streit im Verzug. Sie war unschlüssig, ob sie auf der Stelle umdrehen oder Thea ansprechen sollte. Doch Thea nahm ihr die Entscheidung ab.

»Du hättest etwas sagen können.«

»Was meinst du?«

»Stell dich nicht so doof.«

Annus Blick fiel auf den Jutebeutel am Sofaende, eine Stange Lauch ragte heraus, und ein paar Birnen waren bereits aus der Öffnung gekugelt. Luisa musste die Chance genutzt haben, der Frau aus der Großstadt von diesem einen Tag im Sommer zu erzählen, als Hoch Hilde auf dem Vormarsch war. Die Frage war nur, was sie genau erzählt hatte.

»Wir sind seit Tagen hier. Und du erwähnst das mit keinem Wort.«

»Das war ein Fehler«, gab Annu kleinmütig zu.

»Ist das alles, was dir dazu einfällt? Und ich dachte, wir sind befreundet.«

»Sind wir auch.«

»Freunde reden aber miteinander.«

»Es ist einfach so, dass ich diesen Tag für eine Weile vergessen wollte. Dass ich die Gedanken daran nicht mehr ertragen und mich verkrochen habe. Und dann kamt ihr zufällig vorbei – und es war, als ob mit euch eine neue Zeit angebrochen wäre. Das klingt blöd, das weiß ich auch. Aber es hat sich so angefühlt.«

»Du hättest trotzdem etwas andeuten können. Hey, Thea, da ist etwas passiert. Es war so und so, und ich würde es gerne vergessen.«

»Was hat Luisa denn über den Unfall gesagt?«

»Sie sagte, wir seien bei dir in Gefahr. Und sie hat mich gewarnt: Wenn du über eine Familie Unglück bringst, meinte sie, warum nicht auch über eine andere?«

Annu seufzte und ließ dabei die ganze Luft, die sich vor lauter Anspannung angesammelt hatte, lautstark herausströmen. War das so? War sie ein schlechtes Omen geworden? Wie eine schwarze Katze, die Leid brachte, wenn sie von der falschen Seite kam? Und meldete sich deshalb auch Kalle nicht mehr? Schrieb Lars ihr deshalb kaum noch? Brauchte sie auf nichts Gutes mehr hoffen? Da riss Justus sie aus ihren Gedanken.

»Mama, Annu, kommt schnell!«

Im ersten Moment dachte Annu an ein Ablenkungsmanöver, weil er ihre lauten Stimmen gehört haben musste. Doch als sie in die Schuhe geschlüpft war und draußen stand, kniete Bumerang auf den Hinterläufen und frass in dieser verrenkten Haltung. Gut sah das nicht aus.

»Ist er in deinem Parcours gestürzt?«, fragte Annu irritiert. »War das heute Morgen schon?«

»Ich dachte, es ist eine Art Kunststück von ihm, dass er so frisst. Aber er scheint nicht mehr anders laufen zu können.«

Justus schien sogar noch bestürzter zu sein als Annu.

»Er hat Bauchschmerzen, glaube ich. Eben hat er gezittert, und er läuft auch ganz komisch.«

»Gab es denn einen Auslöser?«, fragte Annu. »Vorhin wirkte er ziemlich müde, aber sonst war doch alles in Ordnung?«

»Ich habe ihn eine Weile aus den Augen verloren, weil ich Tricks mit Helsinki geübt habe.«

»Wir dürfen keine Zeit verlieren«, sagte Thea. »Das Schaf braucht einen Arzt! Wo ist der nächste?«

Sie sah immer noch ziemlich sauer aus, aber die Sorge um Bumerang war auch bei ihr an erste Stelle gerückt. Sie hielt das Festnetztelefon bereits in der Hand.

»In der Stadt, aber da fahren wir eine Weile«, wandte Annu ein.

»Wir brauchen den Sanitäter!«, rief Justus aufgeregt, und da hatte er natürlich recht.

Annu tippte die Nummer ein, die sie seit Tagen wählte. Sie war selbst überrascht, als sich an der anderen Seite plötzlich jemand meldete. Mehr als wirre Worte konnte sie nicht stammeln, aber Kalle schien das Wichtigste zu verstehen.

»Her mit dem Patienten!«, rief er, als er kurz darauf mit dem Auto angedüst kam.

»Du warst ja schnell hier«, stellte Annu fest. »Und warum hast du mich diesmal nicht ignoriert wie bei den siebenundzwanzig Anrufen davor?«

»Ich habe eben feine Notfallantennen«, antwortete er. »Ich weiß, wann es um die Wurst geht. Oder ums Schaf!«

»Kann es sein, dass du im Dienst warst und aus Versehen nicht nachgesehen hast, wer gerade anruft?«

»Keine Zeit für Spitzfindigkeiten!«, sagte Thea bestimmt, und gemeinsam mit Kalle wuchtete sie Bumerang in den Kofferraum. Justus, Thea und Helsinki quetschten sich auf die Rückbank und dann fuhren sie los.

»Wollen wir den Hund nicht im Garten lassen?«, fragte Annu.

»Kommt nicht infrage!«, empörten sich Thea, Justus und Kalle. Und zwar gleichzeitig.

Obwohl er keine Sirene hatte, bretterte Kalle mit Tempo hundertzwanzig über die Landstraßen.

»Vorsicht, es ist glatt!«, rief entweder Thea oder Annu, wenn sie auf eine Kurve zusteuerten.

»Siehst du den?«, rief eine von ihnen warnend, wenn Gegenverkehr auf sie zukam.

»Hast du wirklich alles unter Kontrolle?«, riefen sie zwischendurch, wenn lange keine Kurve und kein anderes Auto gekommen waren.

Doch ein Notfallsanitäter war ein Notfallsanitäter. Auch wenn er privat unterwegs war. Er hatte in seinen Notfallmodus geschaltet und dachte nur daran, wie er dem Schaf helfen konnte.

»Warum bleibst du sitzen?«, rief Thea empört, als er beim Tierarzt im Nachbardorf eingeparkt hatte und nicht gleich ausstieg.

»Notfallgedanken«, murmelte Kalle entschuldigend und öffnete schnell die Fahrertür. Dann trug er Bumerang in die Praxis, die einem entfernten Cousin gehörte. Hans-Martin hatte oben eine Wohnung und unten seinen Arbeitsplatz. Am Fenster hing ein Schild, auf dem er mit Neonfarben für eine Happy Hour von vierzehn bis sechzehn Uhr warb.

»Sicher, dass das ein seriöser Tierarzt ist?«, fragte Annu, während Thea bereits die Bewertungen im Internet überprüfte.

»Fünf von fünf Sternen«, gab sie kurz darauf Entwarnung.

»Das ist ein Spinner, aber er hat wirklich Ahnung«, erklärte Kalle.

Auf Verwandtschaftsfeiern hatte Hans-Martin früher immer erzählt, was er zuletzt alles aus Haustieren herausoperiert hatte: Kuscheltiere, Golfbälle, Matchboxautos. »Die nehmen den Mund zu voll«, hatte er gesagt, »und hinterher ist das Geschrei wieder groß.« Kalle vertraute ihm, denn er konnte nicht nur die besten Geschichten erzählen, sondern hatte auch schon allerhand komplizierte Fälle gerettet. Ob das Schaf auch etwas verschluckt hatte und deshalb so apathisch war? Oder war so ein Leben ohne Hof und Herde auf Dauer nichts für ihn?

Annu klingelte, und Hans-Martin öffnete sofort, als ob er schon bereit gestanden hätte. Er begutachtete das Tier, fühlte den Puls und trug es dann in die Praxis, wo er es gleich auf seinen Untersuchungstisch legte.

»Ist das eine Kolik oder irgendetwas Schlimmes?«, fragte Annu. »Er hat auf den Knien gefressen und benimmt sich so seltsam.«

»Auf den Knien? Aha, aha.«

Hans-Martin kratzte sich am Kopf und strich Bumerang beruhigend über das Fell.

»Den bekommen wir schon wieder hin«, beruhigte er sie. »Aber wenn ihr alle um das Schaf herumsteht, wird es noch nervöser, als es schon ist.«

Thea und Justus boten freiwillig an, sich ins Wartezimmer zurückzuziehen, und Annu nickte dankend.

»Dann wollen wir mal«, sagte Hans-Martin und zückte sein Stethoskop.

Kalle legte einen Arm um Annu, und während Annu darüber nachdachte, ob Kalle auch bei anderen Gelegenheiten ein Arm-um-die-Schultern-Leger bleiben würde, untersuchte der Arzt ganz ruhig den Patienten.

»Hmmmm«, sagte er zwischendurch. Oder »So, so«. Vor allem die Klauen interessierten ihn, er nahm jede einzelne genau unter die Lupe und fotografierte sie sogar mit seinem Handy. Sonst geschah ungefähr zehn Minuten lang nichts.

»Ich habe da so eine Ahnung«, sagte er schließlich. »Aber ein paar Fragen habe ich noch. Wie viele Tiere leben auf dem Hof?«

»Ein Schaf, ein Hund.«

»Hä?«

»Die sind mir zugelaufen.«

»Also lebst du nicht von der Tierhaltung?«

»Genau.«

»Fachmännisch untergebracht sind sie aber?«

»Der Hund schläft im Haus, das Schaf entweder in meiner Garage oder in einem Kofferraum.«

Der Tierarzt legte die Stirn in Falten.

»Da gefällt es ihm am liebsten«, erklärte Annu schnell. »Wir haben Heu hineingelegt.«

»Ein guter Stall ist eigentlich das Wichtigste. Das wisst ihr?«

Annu sah aus dem Fenster, Kalle blickte angestrengt zur Tür. Hans-Martin verzog keine Miene und machte sich Stichpunkte auf seinem Block.

»Und wie lange lebt das Schaf schon dort?«

»Etwa zwei Monate.«

»Auffälligkeiten bisher?«

»Keine.«

»Was füttert ihr?«

»Gras und Karotten. Manchmal Kartoffelschalen.«

»Und Fleisch?«

Annu sah ihn fassungslos an.

»Aber Schafe sind doch Vegetarier!«

»Fangfrage. Ich habe einen Clown gefrühstückt.«

Er lachte laut über sich selbst, obwohl Kalle und Annu keine Miene verzogen, dann las sich der Arzt seine Notizen nochmals durch und nickte. Erst da fiel Annu auf, dass er unterschiedliche Socken trug. Die Tennissocken am linken Fuß hatten blaue Streifen, die am rechten Fuß rote Streifen.

»Wir haben's.«

»Und was heißt das für Bumerang?«

»Er braucht ein bisschen Pflege. Ihn hat die Moderhinke erwischt.«

»Das klingt ziemlich eklig.«

»Nein, nein. Das Schaf hat sich die Klauen entzündet, das passiert oft. Gerade in nassen Monaten, wie wir sie gerade erleben. Wenn der Boden feucht ist, fangen sich die Tiere leicht etwas ein. Und bei eurer Unterbringung …«

»Wie wird das ausgelöst?«, fragte Annu schnell.

»Der Bösewicht heißt Dichelobacter nodosus. Ein Bakterium.«

»Und wie bekommt man den wieder weg?«

»Normalerweise behandelt man die ganze Herde, aber das ist bei euch ja nicht notwendig. Wir werden den Patienten mit einem Wundspray behandeln und ihn ein paar schöne Klauenbäder nehmen lassen.«

»Der Hund steckt sich nicht an, oder?«

»Nein, der hat Glück. Aber wisst ihr was? Ich behalte das Schaf noch ein paar Tage hier, quasi als Freundschaftsangebot. Normalerweise würde ich euch das Tier wieder ins Auto laden, aber Kalle hat mich vor Jahren nach einem Herzinfarkt ins Krankenhaus gefahren. Ihr habt also was gut bei mir.«

»Danke«, sagte Annu erleichtert. »Das ist toll. Aber eine Frage habe ich noch: Warum gibt es bei dir eine Happy Hour?«

»Das Schild ist aus der Bar, und die hat vor Kurzem zugemacht. Ich dachte, so ein kleiner Gag nimmt den Leuten die Angst vor dem Tierarzt. Apropos, wollt ihr einen Beruhigungsschnaps?«

Als sie kopfschüttelnd ablehnten, streckte er ihnen die Hand entgegen. Erst schlug Annu ein, dann Kalle.

»Tschüssikowski!«, sagte Hans-Martin noch und nickte ihnen zu, bevor er sich mit dem Schaf in einen Nebenraum verzog.

»Und dem können wir trauen?«, flüsterte Annu.

»Hör mal, das ist mein Cousin.«

»Aber er hat Tschüssikowski gesagt.«

»So ist er eben.«

Sie gingen zu Justus und Thea ins Wartezimmer und mussten nochmals ganz genau erzählen, wie das Schaf untersucht worden war und warum es nicht mit ihnen nach Hause fahren konnte.

»Eine Dauerlösung ist dein Garten wohl nicht«, sagte Kalle, als sie schon wieder im Auto saßen.

»Aber wohin sollen wir Bumerang bringen? Wohl kaum wieder zu Bauer Ludwig, oder? Der schlachtet ihn spätestens an Ostern.«

»Du hast meinen Cousin gehört: Fachmännische Unterbringung ist das A und O.«

»Und was schlägst du vor?«

Kalle zuckte mit den Schultern.

»Immerhin haben wir ein paar Tage Bedenkzeit gewonnen, mir fällt schon etwas ein.«

Er bog auf die Landstraße ein, fuhr diesmal allerdings in einem derart gemäßigten Tempo, dass es Annu und Thea auch nicht passte.

»Ein bisschen schneller könntest du schon werden!«, fand Thea.

»Das ist schließlich keine Spielstraße«, beschwerte sich Annu.

»Ihr zwei!«, stöhnte Kalle. »Ihr seid wie zwei Schwestern, die zu allem ihren Senf dazugeben.«

Ohne weitere Worte fuhren sie den ganzen Weg zurück. Justus und Helsinki hatten die Augen geschlossen und waren gleich hinter dem Ortsausgangsschild eingenickt, hin und wieder schnarchte einer von ihnen. Thea hing ihren Gedanken nach und schlief kurz darauf ebenfalls ein. Annu versuchte Kalle möglichst unauffällig von der Seite zu beobachten, und als Kalle bemerkte, dass er beobachtet wurde, versuchte er sich nichts anmerken zu lassen.

»Na?«, sagte Annu schließlich.

»Na«, antwortete er.

»Trinken wir gleich noch einen Kaffee?«

»Geht leider nicht.«

»Und warum?«

»Ich habe noch etwas Wichtiges zu erledigen.«

»Und was?«

»Ist ein Geheimnis.«

»Ach komm.«

»Glaub mir, Annu, das ist kein Spiel.«

»Sondern?«

»Gib mir noch etwas Zeit, und dann werde ich dir alles erklären.«

»Alles?«

»Großes Sanitäter-Ehrenwort.«

»Und der Hund?«

»Ähm, könntest du noch ein paar Tage ...?«

»Dann rechne ich aber ab. Eine Unterbringung in Annus Hundepension mit Bespaßung und Bewirtung kostet täglich neunundfünfzig Euro. Netto.«

»Kein Ding.«

»Im Ernst?«

»Sicher. Ich habe heute keinen Clown gefrühstückt.«

Annu schüttelte den Kopf.

»Dass dein Cousin überhaupt Patienten hat, so wie er rumläuft. Hast du die Socken gesehen?«

»Auf dem Dorf kommt das gut an. Er ist einer von ihnen, denken die Leute dann.«

»Hauptsache, er bekommt Bumerang wieder gesund.«

»Das wird er, Annu. Glaub mir!«

»Und diese Geschichte mit dem Herzinfarkt? Ist er wirklich so dankbar, weil du ihn schnell in die Klinik gefahren hast?«

»Das waren Fake News.«

»Inwiefern?«

»Er ist mir sehr dankbar, aber das hat andere Gründe.«

»Eine Frauengeschichte?«

»Nein, nein. Herzinfarkt ist das Codewort für eine sehr lange depressive Phase nach dem Tod seiner Frau. Ich habe ihn damals oft besucht. Im Gepäck hatte ich immer einen Film aus der Videothek. Das haben wir so lange durchgezogen, bis er wieder mehr Zuversicht hatte.«

»Wow.«

Annu nickte anerkennend.

»Ehrlich gesagt, habe ich das auch für mich getan. Ich war in der Zeit ziemlich einsam. Aber pssst – verrate ihm das bloß nicht, er soll sich schön um das Schaf kümmern und das Gefühl haben, mir etwas schuldig zu sein.«

Er parkte vor dem schiefen Haus, und als Justus die Tür öffnete, sprang Helsinki sofort aus dem Auto und rannte in den Garten. Thea und Justus verabschiedeten sich von Kalle und folgten dem Hund, nur Annu blieb noch kurz sitzen.

»Sag mal, hast du zufällig etwas in Erfahrung bringen können? Wegen Aron und seinen Beinen?«

»Zufälligerweise, ja.«

Er schwieg bedrückt.

»Ich weiß schon, dass er immer noch abgeschirmt auf der kinderchirurgischen Station behandelt wird«, erklärte Annu.

»Dieser verflixte Methicillin-resistente Staphylococcus aureus ...«

»Hast du das auswendig gelernt, um mich mit deiner Expertise zu beeindrucken?«

»Vielleicht.«

»Diese Fälle sind doch ziemlich selten, oder?«

»Das habe ich auch extra für dich nachgesehen: Von achtzehn Millionen Patienten in Deutschland infizieren sich etwa vier Prozent. Aron ist also einer von 700 000.«

»Und wie schätzt du das ein? Wie lange zieht sich die Behandlung noch?«

»Das ist leider sehr individuell. Prognosen sind da schwierig.«

»Weißt du gar nichts Konkretes?«

»Demnächst ist eine Untersuchung, und da zeigt sich, ob er endlich in die Reha entlassen wird.«

»Diese Warterei macht mich fertig.«

»Der Junge packt das schon.«

»Und wenn nicht?«

»Das bringt doch nichts, Annu. Du kannst auch Angst davor haben, dass ein Eisblock vom Himmel fällt und uns erschlägt.«

»Ich weiß. Aber so ein Kopf ist ein eigenwilliges Teil. Der macht, was er will.«

»Wem sagst du das ...«

»Sicher, dass du keinen Kaffee mehr willst?«

»Die Idee ist gut, aber der Sanitäter noch nicht bereit.«

Annu sah enttäuscht aus dem Fenster.

»Mach's gut«, sagte Kalle.

»Bis die Tage.«

Annu fixierte ihn mit einem letzten durchdringenden Blick. Aber er sah sie nicht nochmals an, sondern hatte einen Fleck auf dem Lenkrad entdeckt, den er mit großem Ehrgeiz polierte. Und polierte und polierte und polierte. Irgendetwas verbarg er vor ihr, aber was konnte das nur sein?

»Eine Frage habe ich noch«, sagte sie. »Warum hast du dir überhaupt so viel Mühe gegeben nach dem Unfall? Ich war ziemlich abweisend.«

»Lange Geschichte«, antwortete Kalle und legte den Rückwärtsgang ein.

»Und wann erzählst du sie mir?«

»Nächstes Mal.«

»Ist das etwa ein Cliffhanger?«

»Genau.«

Annu schüttelte den Kopf.

»Was hast du bloß für ein Geheimnis?«

»Ich brauch einfach noch Zeit.«

»Aber wie viel?«

»Ein wenig.«

»Ist das mehr oder weniger als eine Woche?«

»Vielleicht mehr, vielleicht weniger.«

»Du hörst dich an wie ein Geheimagent.«

»Kannst du warten?«

Annu zuckte mit den Schultern.

»Vielleicht ja, vielleicht nein.«

Dann stieg sie aus und knallte die Autotür zu. Sie zählte ihre Schritte, als sie zum Gartentor lief. Eins, zwei, drei. In Filmen war das immer der Moment, wo der andere seine Meinung änderte und aus dem Auto sprang. Vier, fünf, sechs. Und wo sich die Helden in den Armen lagen. Als sie bei zehn angekommen war, drehte sie sich um. Und wirklich – Kalle kurbelte das Fenster nach unten.

Annu blieb stehen und wartete darauf, dass er etwas sagte.

Er beugte sich nach draußen und grinste.

»Tschüssikowski!«, rief er, und dann fuhr er mit quietschenden Reifen davon.

Notfälle

Die ganze Aufregung rund um das Schaf hatte auch etwas Gutes: Der Streit zwischen Thea und Annu war in den Hintergrund gerückt. Am nächsten Morgen saßen sie sich am Frühstückstisch gegenüber. Wortkarger als sonst, das schon. Aber ohne großen Groll. Mal tunkte die eine ihren Croissant in den Kaffee, mal die andere. Thea hatte ihr Tablet neben den Teller gelegt und scrollte durch die Nachrichten. Kurz bevor die Schule nach den Ferien wieder losging, musste sie sich von der Abgeschiedenheit des Dorfes lösen und zurück ins Weltgeschehen finden.

»Ich bin eine Rabenlehrerin«, lachte sie.

»Warum denn?«

»Rate mal, welche Hausaufgabe ich meiner Klasse gegeben habe.«

»Sie sollen richtig schön faulenzen und nichts lernen?«

»Ich habe sie beauftragt, jeden Tag eine Zeitung aufzuschlagen oder sich die Tagesthemen anzusehen, damit wir besser über aktuelle Themen diskutieren können.«

»Und wo ist das Problem?«

»Ich selbst bin hier vollkommen abgetaucht. Dieses Dorf ist wie aus der Zeit gefallen. Und weißt du was? Noch nie habe ich mich so gut erholt.«

»Mein Fernseher ist schon seit Jahren kaputt, sorry.«

»Wieso steht er noch wie ein Souvenir herum?«

»Lars wollte ihn reparieren, ich habe noch einen Gutschein.«

»Vom letzten Geburtstag?«

»Es müsste sechs oder sieben Jahre her sein ... aber der Gutschein hat kein Verfallsdatum.«

»Gibt es Neues aus der Stadt? Oder von dem Jungen?«

»Kalle hat sich umgehört. Er meinte, dass Lars und Birte demnächst erfahren, wie es weitergeht und ob die Ärzte die Keime endgültig vertrieben haben.«

»Und dann zeigt sich endlich, ob er wieder richtig laufen kann?«

Annu schluckte und konnte nicht mehr antworten. Sie konzentrierte sich auf ihr zweites Croissant, das sie nach und nach in winzige Stücke riss.

»Bestimmt wird alles gut«, versuchte Thea sie zu beruhigen.

»Und wenn nicht?«

»Eins nach dem anderen. Gibt es dafür nicht eine schöne finnische Weisheit, die wir zitieren können?«

»Wie wäre es damit: Dem Fröhlichen ist jedes Unkraut eine Blume, dem Betrübten jede Blume ein Unkraut.«

»Das gefällt mir.«

Annu stand auf, ging zum Regal und wusste da schon nicht mehr, was sie holen wollte. Thea vertiefte sich wieder in die Nachrichten. Sie überflog die Artikel und las die wichtigsten Schlagzeilen laut vor. Es ging um Nachrüstungen von Dieselautos, den Pflegealltag in deutschen Kliniken und die explosiven Ausbrüche des Ätna in Italien. Justus stolperte in die Küche, murmelte etwas, das sich mit viel Fantasie als »Guten Morgen« werten ließ, und nahm sich ein Brötchen, das er zentimeterdick mit Nutella bestrich.

»Weißt du, wie viele Zuckerstücke da drin sind?«, fragte Thea ihn.

»Neunundneunzig«, antwortete er und streckte ihr die Zunge raus.

»So schlecht benimmt sich nicht einmal das Schaf«, sagte Annu und hielt Thea den Korb mit den Croissants hin. »Möchtest du noch eins?«

Thea bejahte und nahm ihr ein Hörnchen aus der Hand, von dem sie genüsslich die Spitze abbiss.

»Dem Erfinder dieser Köstlichkeit würde ich gerne höchstpersönlich einen Orden verleihen«, erklärte sie. »Ohne ihn würden wir nur langweilige Brötchen essen.«

»Nach der Einführung der Bettdecke sicher die wichtigste Neuerung, die es je gab.«

»Machst du dich etwa lustig über mich?«

»Nein, nein.«

»Überleg doch mal, wie das wohl damals abgelaufen ist. Tagein, tagaus gab es nur Baguette zum Frühstück. Und dann?«

»Da lebte sicher ein verliebter Bäcker in Paris, der seine Angebetete mit einer besonderen Kreation begeistern wollte.«

»Warte mal kurz ...«

Thea hatte das Handy gezückt und überprüfte Annus Theorie umgehend.

»Ganz falsch!«, rief sie. »Die Türken waren schuld. Der Sage nach wollten sie bei der Belagerung Wiens im Jahr 1683 einen Tunnel unter der Stadtmauer graben. Doch die österreichischen Bäcker waren schon wach und konnten Alarm schlagen. Gefeiert wurde mit einem Gebäck, das die Form des türkischen Halbmonds hatte.«

»Und wieso denken dann alle, dass es ein französisches Gebäck ist?«

»Hundert Jahre nach der Schlacht wurde Marie-Antoinette nach Frankreich verheiratet. Und ihr Wiener Kipferl reiste mit! Als Croissant verbreitete es sich dann in rasantem Tempo im ganzen Land – und nach und nach auch in der restlichen Welt.«

»Wenn man es so nimmt, ist das Croissant ein Migrant!«

Thea lachte.

»Und jetzt rate noch, was der Name Croissant bedeutet?«

»Keine Ahnung ...«

»Das kommt von *croissant de lune* und heißt ›Halbmond‹.«

»Vielen Dank, Madame Thea, Ihr Bildungsfernsehen ist erstklassig.«

Thea legte ihr Tablet zurück auf den Tisch und wurde auf einen Schlag ernster.

»Wenn ich nur daran denke, dass ich in ein paar Tagen wieder vor meinen Schülern stehe. Ich sehe es schon vor mir: Keiner hat Lust auf den ganzen Trott. Inklusive mir!«

»Von mir aus könnt ihr noch bleiben, ich schreibe euch eine Entschuldigung.«

»Und was steht da drauf?«

»Thea hat Besseres zu tun und kann erst in zwei Wochen wieder unterrichten. Und Justus macht eine Ausbildung zum Hund- und Schafpfleger.«

Als sein Name fiel, sah der Junge kurz auf. Aber dann schlürfte er weiter betont langsam seinen Kakao. Er nahm im Zeitlupentempo einen Schluck, dann stellte er genauso zögerlich die Tasse wieder ab. So ging das die ganze Zeit. Seine Augen waren noch ganz klein, und Annu war nicht sicher, ob er überhaupt wach war, so abwesend wirkte er. Doch dann setzte er die Tasse abrupt ab.

»Ich hab's!«, erklärte er.

Thea und Annu sahen ihn halb irritiert, halb überrascht an.

»Du machst ein Hotel auf und nennst es *Zum Schaf*.«

»In einem schiefen Haus? Welche Gäste kommen denn da?«

Annu war skeptisch. Doch Thea gefiel der Gedanke auch.

»Eine Pension mit Streichelzoo. Das wär doch was!«

»Am Ende der Welt?«

»Wir kommen in allen Ferien«, rief Justus. »Das musst du machen.«

»Ohne euch schaffe ich das nicht. Zieht doch einfach zu mir ins Dorf.«

»In der Straße steht ein Haus leer, das könnten wir nehmen!«, schlug Justus vor.

Auf einen Schlag wurde es still.

»Du musst noch deine Sachen packen«, sagte Thea abrupt.

»Was ist denn plötzlich los? Ich habe doch nichts Komisches gesagt, oder?«

»Mach dir keine Sorgen. Pack lieber deinen Koffer.« Thea strich ihm durch die Haare.

»Lass das!«

Justus rannte davon, und statt zu seinem Gepäck zu gehen, verschwand er im Garten, der immer noch von einer dicken Schneeschicht bedeckt war. Durchs Fenster sah Annu, wie er mit seinen Handschuhen die Flocken vom Sofa wischte und sich dann dort hinsetzte, während Helsinki zu seinen Füßen lag.

Annu und Thea blieben sitzen und nippten gleichzeitig am Kaffee, in dem noch ein paar Blätterteigstückchen schwammen. Annu überlegte, wie sie das unangenehme Schweigen überbrücken könnte.

»Soll ich noch eine Kanne aufsetzen?«, fragte sie.

»Ich geh lieber zu Justus, ich muss schließlich auch noch packen.«

»Warte kurz …«

»Ja?«

»Es tut mir leid, dass ich dir nicht früher von dem Unfall erzählt habe. Und dass du es nebenbei im Laden erfahren hast.«

»Schon gut, die Besitzerin mag dich wohl nicht besonders.«

»Das kannst du laut sagen.«

»Ich war gestern ganz schön wütend, aber dann ist mir aufgefallen, dass ich dir auch einiges nicht erzählt habe. Wir sind also quitt.«

»Du meinst die Sache mit Justus' Vater?«

»Genau.«

»Schon okay. Im Urlaub lässt man manche Dinge eben zu Hause. Auch die schlechten Erinnerungen.«

»Das wär schön, wenn es so einfach wäre. Wenn Leo in irgendeiner Ecke in der Stadt bliebe und ich nicht mehr an ihn denken müsste.«

»So schlimm?«

»Da helfen nicht einmal Croissants.«

»Was hat er denn gemacht? War es doch mehr als nur ein Auseinanderleben?«

»Der klassische Fall eben.«

»Eine Affäre?«

»So sieht's aus. Nur leider mit meiner Schwester.«

»Oh! Willst du darüber reden?«

»Das geht eigentlich schnell: Ich habe es ein paar Wochen verdrängt, weil es so schmerzhaft war. Er hat sich auf meinem letzten Geburtstag in sie verliebt, sie ist vier Jahre jünger.«

»Autsch.«

»Gut sieht sie natürlich auch noch aus.«

»Und läuft immer noch etwas zwischen den beiden?«

»Angeblich war es nach zwei Treffen vorbei. Er hat es bereut und es beendet. Aber sie sagt: Sie hat es bereut und beendet. Und wem glaube ich jetzt?«

»Ist es so wichtig, wer es bereut hat, wenn es zu Ende ist?«

Thea lachte.

»Das hat noch niemand gesagt. Bisher waren alle der Meinung, ich solle ihn zum Mond schießen.«

»Und was willst du?«

»Wenn ich das wüsste. Should I stay or should I go?«

»Was sagt er?«

»Er will mich zurück. Dass es ein Riesenfehler war und nie wieder passieren wird. Solche Dinge eben.«

»Verstehe.«

»Für Justus würde ich zurückgehen, aber für mich nicht.«

»Dann lass es.«

»Bei dir klingt das so leicht. Und wenn ich es bereue?«

»Warte doch erst mal ab, ob es so weit kommt. Zurückgehen kannst du immer. Das siehst du ja an Bumerang.«

»Und an Kalle ...«

Annu schnaubte wütend auf und spritzte dabei Kaffee über die ganze Tischplatte.

»Wie meinst du das? Der ist schon wieder fort.«

»Ich wette mit dir um das schiefe Haus, dass er in spätestens zwei Wochen wieder vor deiner Tür steht.«

Thea streckte ihr eine Hand entgegen, aber Annu zögerte.

»Können wir auch um etwas anderes wetten?«

»Siehst du, du hast die Hoffnung noch nicht aufgegeben. Sonst hättest du eingeschlagen!«

Annu wurde still. Thea las wieder, aber als die Gastgeberin nur Löcher in die Luft starrte, ließ sie das Tablet sinken.

»Ist alles in Ordnung?«

»Ich habe meine finnischen fünf Minuten.«

»Und das bedeutet?«

»Es ist so, als ob es in meinem Kopf schneien würde und ich mich nicht mehr zurechtfände.«

»Kann ich etwas tun?«

Annu schüttelte den Kopf.

»Es geht von selbst vorbei.«

»Dann packe ich mal unsere Sachen.«

Thea ging zu Justus, Annu hörte sie leise reden. Kurz überlegte sie, ob sie helfen sollte, aber ihr fehlte die Kraft aufzustehen. Sie dachte darüber nach, ob Kalle wohl auch ein Bumerang war oder eher nicht. Ihre Unruhe wurde fast unerträglich. Um sich abzulenken, zog sie die neue Karte von Lars aus der Umhängetasche, die sie am Morgen im Laden abgeholt hatte. Sie las sie bestimmt zum zehnten Mal. Das Schweigen hatte Lars hinter sich gelassen, das war deutlich zu spüren. Gerade schrieb er ihr so schnell, dass sie mit dem Antworten nicht hinterherkam.

Birte kann keine Autos mehr sehen, keinen Bienenstich mehr riechen, sogar die Saurier von Aron hat sie in den Müll geworfen. Ich erkenne sie kaum wieder. Aber das sagt sie auch über mich. Aron ist in der Reha, und in letzter Zeit ging es ihm ziemlich gut. Die Ärzte sagen, die Chancen stehen halb-halb, dass er bald entlassen werden kann. Also warten und warten und warten wir. Vor ein paar Tagen habe ich meine Ordner mit den Millionärsfragen wieder hervorgeholt. Weißt du noch, wie wir für die Sendung geübt haben? Seit damals bewerbe ich mich, das habe ich dir nie erzählt. Aber die Vorbereitungen habe ich schleifen lassen, und das muss sich ändern. Nun poliere ich wieder wie ein Weltmeister mein Allgemeinwissen. Birte findet es lächerlich, aber du verstehst das. Und wenn nicht, dann tu einfach so. Sonst dreh ich durch. Aber zu Kalle wollte ich noch sagen: Der ist einer von den Guten. Ihr werdet das schon schaukeln. Habe ich recht?

Und natürlich hatte Lars recht. So musste es sein. Oder etwa nicht? Sie musste über sein halb-halb schmunzeln, das sie schon lange nicht mehr gehört hatte. Vermutlich wusste Lars gar nicht mehr, dass andere Leute fifty-fifty sagten. Sie befahl sich, dass sie nicht wieder stundenlang grübeln würde, wie es mit Arons Genesung weiterging. Dass sie nicht wieder in ein Loch fallen und sich allerhand Schreckensszenarien vorstellen würde. Mit diesem Leben im Konjunktiv musste endlich Schluss sein. Kalle hatte schon recht, es konnte ein Eisblock vom Himmel fallen und es brachte nichts, vor sämtlichen Eventualitäten dieser Welt Angst zu haben. Sie musste sich auf das Hier und Jetzt konzentrieren, auch wenn es ihr schwerfiel.

Sie wollte mit Kalle reden, aber wie so oft meldete sich bei ihm nur die Mailbox. Sie hinterließ einmal mehr eine Nachricht für ihn. Sie erfand Dinge, die Helsinki kaputt gemacht hatte und die sie ihm in Rechnung stellen würde. Erzählte ihm, wie sehr der Hund ihn vermisste. Fragte ihn, wie lange er sich noch rarmachen wollte und was das alles überhaupt bringen sollte. Sie hatte aufgehört zu zählen, wie oft sie es schon bei ihm versucht hatte. Jeden Tag mindestens dreimal, morgens, mittags, abends. Das war ihre Kalle-Routine, denn so einfach sollte er ihr nicht davonkommen. Er sollte merken, dass sein Verhalten unmöglich war, dass man eine Annu nicht warten ließ. Zumindest nicht so – ohne vernünftige Erklärung und mit einem Hund im Garten, der ohne sein Herrchen klarkommen musste.

Im Garten schrie Justus seine Mutter an, weil er auf keinen Fall ohne Schaf und Hund leben wollte. Wütend formte er große Schneebälle, die er kreuz und quer durch den Garten warf. Er wollte sich einfach nicht beruhigen, egal wie oft Thea ihm erklärte, dass in der Zweizimmerwohnung keine Haustiere erlaubt waren. Annu hörte jedes Wort, obwohl die Fenster geschlossen waren, und ging in ihr Arbeitszimmer. Sie hatte heimlich Bilder von dem Jungen im Garten gemacht: Wie er Bumerang fütterte, wie er mit Helsinki Kommandos übte, wie er einfach neben den beiden herumlag. Da der nächste Fotoladen in der Stadt war und sie keine Lust auf die lange Fahrt hatte, war sie auf ihren eigenen Drucker angewiesen. Zum Glück hatte sie noch Aquarellpapier, das Birte ihr mal geschenkt hatte. Birte benutzte es immer, wenn sie schnell noch eine Kleinigkeit für Oma oder Opa benötigte. Es war ihr Geheimtrick, ein Letzter-Drücker-Geschenk, wie Lars es nannte. Annu druckte einen Schnappschuss nach dem anderen aus, ein paar wollte sie selbst behalten, der Rest war ihr Abschiedsgeschenk für die beiden. Aber als sie die Momente der letzten beiden Wochen in den Händen hielt, wurde ihr kurz schlecht. Sie ahnte schon: Jetzt war es vorbei mit dem Rumsitzen. Mit dem Ausharren. Mit dem Abwarten. Es war an der Zeit, dass sich etwas änderte. Aron hatte verbundene Beine, aber vielleicht war es damit bald vorbei. Und sie? Sie benahm sich, als ob ihr ganzer Körper eingegipst wäre. Was war sie nur für ein Hasenfuß? Warum fuhr sie nicht mehr Auto? Das halbe Jahr war mittlerweile verstrichen und sie hatte den Führerschein zurückbekommen. Sie könnte also wie ihre Gäste durch die Gegend fahren und etwas erleben. Aber was? Und wo? Mit den Bildern in der Hand ging sie zu ihren Gästen nach draußen.

»Ich bin furchtbar schlecht im Abschiednehmen«, sagte sie zu Thea. »Können wir einfach so tun, als ob wir uns morgen wiedersehen würden?«

Während Justus den Hund umarmte, sahen Annu und Thea in den Himmel und sagten eine ganze Weile nichts.

»Was für ein Glück, dass der Bus vor deinem schiefen Haus kaputtging«, meinte Thea schließlich. »Und dass ein Schaf in deinem Garten stand.«

Annu nickte, aber Worte hatte sie keine mehr übrig. Sie gab Thea die Fotos und eine Thermoskanne mit warmem Tee.

»Die ist für die Fahrt, aber es gibt einen Haken.«

»Und der wäre?«

»Es ist Mattis Kanne, und ich brauche sie noch. Ihr müsst mich also nochmals besuchen.«

Thea lachte, und dann zog sie ihren Sohn am Arm zum Bus.

»Wir fahren«, sagte sie zu ihm, »aber alle Wege führen durch dieses Dorf und zu diesem Schaf und zu diesem Hund und zu dieser Annu. Du brauchst dir also keine Sorgen machen.«

Justus sah traurig aus, aber als sie schon ein paar Meter gefahren waren, hielt Thea nochmals an. Der Junge öffnete die Beifahrertür und beugte sich nach draußen.

»Weißt du was, Annu?«, rief er.

»Ich hab keine Ahnung!«

»Ich bin auch ein Bumerang, ich komme zurück.«

Und dann lachte er wie Goofy.

Annu winkte und winkte und winkte, bis der Bus nur noch ein kleiner roter Fleck war. Sie blieb noch eine Weile einfach so stehen, atmete die eiskalte Luft ein, die noch immer keinen Hauch von Frühling mit sich brachte.

»Die Zeit des Wartens ist vorbei«, sagte Annu. Die Gäste waren seit einer halben Stunde fort. Sie wiederholte den Satz noch ein paarmal, denn er fühlte sich gut an. Dann ging sie mit einer Schaufel zu ihrem Wagen, der eingeschneit war. Erst befreite sie die hinteren, dann die vorderen Räder. Mit einem Handbesen wischte sie den Schnee von der Windschutzscheibe, während Helsinki aufgeregt um sie herumrannte. Er schien auch zu merken, dass etwas anders war als sonst. Dass aus der alten Annu gerade eine neue Annu wurde oder zumindest eine Annu, die sich nicht mehr versteckte. Der Hund sprang auf die Rückbank und legte sich auf die Wolldecke, während Annu geduldig das Eis von den Scheiben kratzte. Es hatte sich eine feste Schicht angesammelt, aber das war ihr egal. Unermüdlich entfernte sie den Winter, diese ganze Kälte, und als sie ihre Finger fast nicht mehr spürte, konnte sie endlich wieder durch die Scheibe sehen. Wer lange nicht in Bewegung war, der brauchte länger für den Aufbruch. Etwas in dieser Art würde Lars vermutlich sagen und einen nachdenklichen Blick aufsetzen. Vor lauter Aufregung um das Schaf war sie noch nicht zum Antworten gekommen und trug die leere Karte für ihn in ihrer Tasche mit sich herum. Doch dann, als sie hinter dem Lenkrad Platz nahm, fielen ihr auf einmal die Worte nur so zu.

Lieber Lars, schrieb sie schnell, *es ist noch immer ein Mysterium, was dieser Notfallsanitäter denkt. Ich werde nicht schlau aus ihm, er ist mal da, dann wieder nicht, und was er macht, weiß ich sowieso nicht. Und ich? Ich habe mich gerade ins Auto gesetzt. Und mit etwas Glück fahre ich gleich los, und dann suche ich Kalle und hole das Schaf zurück, das krank war und von einem Tierarzt mit Happy Hour versorgt wird, der immerzu Tschüssikowski sagt. Das sind meine Pläne, und während ich durch die Walachei fahre, denke ich an euch und drücke die Daumen und die Zehen und das Schaf. Gibt es gute Nachrichten aus der Reha? Ach komm. Sag: Ja.*

Annu atmete mehrmals ein und aus. Dann ließ sie den Motor aufheulen. Die Reifen drehten in dem weichen Schnee durch, sie fuhr auf der Stelle, doch dann rutschte sie doch ein Stück nach vorne, sie kam etwas ins Schlingern, rutschte weiter und schließlich hatte sie die Straße erreicht. Ab da ging es einfacher. Sie war froh, dass sie keine Zeugen hatte und gerade niemand durchs Dorf lief. Beim Versuch in den dritten Gang zu schalten, landete sie im fünften und kam sich vor wie in der ersten Fahrstunde. Erst als sie auf die Landstraße einbog, kehrte das Fahrgefühl zurück, und ihr Puls beruhigte sich wieder. Im Fußraum neben ihr lagen leere Getränkedosen, Kaugummipapiere und ein verschrumpelter Apfel. Auf der Rückbank schnarchte Helsinki, der sich eingerollt hatte und Autofahren anscheinend ziemlich großartig fand. So fuhren sie von Dorf zu Dorf. Annu hielt Ausschau nach Krankenwägen oder einem Spaziergänger namens Kalle.

»Irgendwo musst du dich doch versteckt haben«, murmelte sie.

Es war generell nicht viel los. Die Straßen waren nur notdürftig geräumt, und wer das Haus nicht verlassen musste, ließ es lieber. Auf einmal kam Annu das ganze Vorhaben sinnlos vor. Was hatte sie sich nur gedacht? Dass sie sich aufmachte und innerhalb kürzester Zeit auf den Notfallsanitäter oder zumindest auf eine Eingebung stieß? Nicht einmal in Filmen war das so einfach. Aber ein Blick auf die Uhr erinnerte sie an Hans-Martin und seine Happy Hour. Dann würde sie eben mit dem Tierarzt eine Limonade trinken und ihn ein wenig löchern, bis er ihr mehr über seinen Cousin erzählte. Wenn sie am Ende des Tages wieder ein Schaf in ihrem Garten sitzen hatte, war das besser als nichts.

Als Annu auf dem Parkplatz noch ein weiteres Auto stehen sah, ahnte sie schon etwas.

»Zwei Doofe, ein Gedanke«, sagte Hans-Martin, als er ihr öffnete.

In der Küche klirrten die Bierflaschen.

»Wo du recht hast …«, gab Kalle ihm recht. »Auch ein Bier, Annu?«

»Ich muss noch fahren.«

»Deswegen ist es ja alkoholfrei.«

»Na dann.«

Zu dritt saßen sie da, die beiden Männer starrten vor sich auf die Tischplatte, und Annu suchte nach Worten.

»Ihr seht aus wie zwei alte Opas.«

Kalle erhob sich langsam.

»Wir sind müde vom Nachdenken«, erklärte er.

»Über was denn?«, wollte Annu wissen.

»Dieses und jenes.«

»Hör endlich auf, in Rätseln zu sprechen!«

Sie schlug mit der Faust auf den Tisch. So fest, dass im Nachbarzimmer etwas von der Wand fiel. Hans-Martin zuckte zusammen und stand auf.

»Ich hole dann mal das Schaf«, sagte er und zog sich in die Praxis zurück.

Eine seltsame Stimmung hing in der Luft, und Annu hätte sich am liebsten in Luft aufgelöst. Auch der Hund war verwirrt. Er lief zwischen ihnen hin und her und schnupperte an ihren Füßen, am Boden, an den Schränken. Danach legte er sich erst neben Annu, dann neben Kalle, als wüsste er nicht so recht, zu wem er gehörte.

»So siehst du also aus, wenn du wütend bist«, sagte Kalle mit leiser Stimme.

»Und wie siehst du aus, wenn du mir endlich sagst, warum du dich vor mir versteckst?«

Er schüttelte den Kopf.

»Ich habe doch nur etwas Zeit gebraucht.«

»Aber Zeit gibt es überall, auch in meinem schiefen Haus.«

»Es kam mir falsch vor, dich mit meinen Sorgen zu belasten.«

»Mit dem Hund hast du mich aber auch belastet. Das ist richtig viel Arbeit, der hört auf nichts und niemanden, macht Dreck und hat ständig Hunger. Nochmals nehme ich ihn nicht mit. Auch wenn er süß ist und alles, so geht das nicht.«

»In Ordnung.«

»Ist das alles, was dir einfällt?«

Annu stand auf und wandte sich ab. Aber als sie in der Tür stand, fiel ihr das Schaf wieder ein.

»Pass auf«, sagte Kalle. »Da war dieser Jahrestag. Der hat mir die Schuhe ausgezogen, und ich dachte, du hast genug um die Ohren, du kannst dir nicht auch noch meine Geschichten anhören.«

»Was hat sich denn gejährt? Etwas Schlimmes?«

»Etwas sehr Schlimmes.«

»Und wie lange ist es her?«

»Zwanzig Jahre.«

»Ich habe gar nicht so viel um die Ohren. Eine Geschichte kann ich schon noch vertragen.«

Kalle seufzte. Er ging zum Kühlschrank, nahm eine Packung Saft heraus und goss erst Annu, dann sich ein.

»Wir müssen Tomatensaft trinken, wie im Flugzeug. Bier ist aus.«

»Schon gut.«

Annu lehnte sich auf ihrem wackligen Stuhl zurück, kippelte ein wenig und wartete darauf, dass Kalle die richtigen Worte fand.

»Es ist am Abend vor meinem fünfzehnten Geburtstag passiert. Einem Samstag. Bis dahin hatte ich einen Zwillingsbruder, Lasse. Er sah genauso aus wie ich, war aber fast einen Kopf größer. Mein Bruder hatte vergessen mir ein Geschenk zu kaufen und fuhr kurz vor Ladenschluss mit seinem BMX-Rad ins nächste Dorf, die Landstraße entlang, obwohl sein Licht kaputt war. Hast du eine Ahnung, was jetzt kommt?«

»Ich fürchte es«, sagte Annu mit leiser Stimme. Mit allem hatte sie gerechnet, aber nicht damit, dass Kalle auch mit einem Unfall kämpfte.

»Ein Milchlaster kam ihm entgegen und versuchte noch zu bremsen. Aber das klappte nicht mehr.«

»Deswegen trinkst du keine Milch mehr?«

»Das ging danach einfach nicht mehr. Mein Bruder lag noch ein paar Tage im Koma, aber er schaffte es nicht. Der Krankenwagen hätte ein paar Minuten früher bei ihm sein müssen, sagten meine Eltern.«

»Bist du deshalb Sanitäter geworden?«

»Ja. Ich schrieb schlechte Noten in der Schule, wäre fast durchgefallen. Und dann sagte mein Sportlehrer: Aufgeben kann jeder, weitermachen nicht. Es war so ein abgegriffener Satz, aber das Einzige, was mich in diesen Tagen erreichte. Ich wusste, dass ich mir ein neues Ziel suchen musste, und mir war schnell klar, dass es etwas sein musste, wo ich anderen Menschen helfen konnte.«

»Und deine Eltern?«

»Die sagten wochenlang nichts mehr. Nicht zueinander und nicht zu mir. Ich weiß noch, wie sie meine Geburtstagstorte in den Müll kippten, bevor wir sie probiert hatten. Meine Geschenke standen wochenlang unausgepackt herum. Dann machten meine Eltern einfach weiter mit ihrem Alltag, wie zwei Roboter. Nach einem Jahr zog mein Vater aus. Er suchte sich am anderen Ende des Landes eine neue Frau, gründete eine neue Familie, wollte alles vergessen. Als ich mit der Schule fertig war, zog meine Mutter aus. Sie schaffte es irgendwie, sich für berufsunfähig erklären zu lassen, und dann wanderte sie nach Thailand aus. Wir telefonieren alle paar Wochen, ihr gehört mittlerweile eine Bar im hügeligen Dschungel von Ko Samui.«

»Du wohnst also seit deinem Abitur alleine auf dem Land?«

»Genau. Wo sollte ich auch hin? Mit jedem Patienten, den ich in die Klinik brachte und dem dort geholfen wurde, ging es ein Stück besser. Aber an diesem Jahrestag stand ich im Stau, es dauerte viel zu lange, bis die Rettungsgasse gebildet wurde, und so kam ich zu spät zur Unfallstelle. Es ist niemand gestorben, aber trotzdem kam alles hoch, und danach ging bei mir nichts mehr. Der Hund wohnte noch nicht lange bei mir, und ich saß zu Hause und alles drehte sich.«

»Warum hast du mir das nicht einfach erzählt? Als du Helsinki gebracht hast?«

»Ich war blockiert, Annu. Konnte nicht mehr logisch denken.«

Nach einer kurzen Pause sah er sie nochmals an und ergänzte:

»Es tut mir leid.«

Da riss sie ein lautes Mäh aus ihrem Gespräch.

»Ich will ja nicht stören«, sagte Hans-Martin.

»Und warum machst du es dann?«, fragte Kalle forsch.

»Bumerang hat genug von meiner Praxis. Er macht alles kaputt.«

»Hast du ihm etwa eine Leine umgebunden?«, fragte Annu.

»Irgendwie muss ich ihn ja halten. Und jetzt sagt schon: Bei wem von euch zieht das Schaf ein?«

»Bei Kalle natürlich«, meinte Annu.

»Bei Annu natürlich«, widersprach Kalle sofort.

»Na schön«, sagte sie.

Sie gingen gemeinsam nach draußen.

»Hat dein Volvo eine Anhängerkupplung?«, wollte Hans-Martin plötzlich wissen.

»Ja, aber warum fragst du das?«

»Ich hätte da noch etwas für dich.«

Hans-Martin zeigte auf einen Anhänger, der auf dem Parkplatz stand. Er hob die Abdeckplane hoch, unter der sich eine Futterraufe und zahlreiche Holzlatten verbargen.

»Wow«, sagte Annu.

»Woher hast du das?«, fragte Kalle.

»Ich war bei Bauer Ludwig, der hat ein schlechtes Gewissen und hat das Teil freiwillig herausgerückt. Es wird Zeit für eine Kombination aus Garten- und Stallhaltung. Sonst steht ihr schon bald wieder mit einem kranken Schaf vor meiner Tür.«

»Danke«, sagte Annu.

»Ich baue dir am Wochenende noch einen vernünftigen kleinen Stall.«

»Noch mal danke.«

Hans-Martin befestigte den Anhänger am Volvo. Kalle umarmte seinen Cousin, und Annu schüttelte ihm die Hand.

»Tschüssikowski«, sagten alle drei wie aus einem Mund.

»Aber der Hund bleibt bei dir«, sagte Annu, als sie wieder alleine mit Kalle war. »Oder kommt ihr beide mit ins schiefe Haus?«

»Ich muss vorher noch eine Sache erledigen.«

»Und was genau?«

»Ist ein Geheimnis, aber diesmal ein sehr gutes.«

»Und wie lange brauchst du?«

»Zwei, drei Tage. Aber nicht länger. Das schwör ich!«

»Bei was?«

»Bei Bumerang.«

»Na gut.«

Annu öffnete den Kofferraum und half dem Schaf hinein. Da begann Helsinki zu winseln, als würde die Welt untergehen.

»Was hat er denn?«, fragte Annu.

Kalle sah auf seine Fußspitzen.

»Sag jetzt nicht, dass das Schaf und der Hund sich nicht trennen können«, stöhnte sie.

Kalle nahm Helsinki an die Leine und versuchte, ihn zu seinem eigenen Auto zu führen. Aber der Hund setzte sich neben Annus Auto und stupste mit einer Pfote gegen die Tür, hinter der das Schaf saß.

»So langsam verliere ich die Hoffnung«, sagte Annu. »Überall Dickköpfe, die ihren Willen durchsetzen wollen.«

Kalle sah erneut auf seine Fußspitzen.

»Was soll's«, rief Annu. »Ich nehm ihn mit. Aber du beeilst dich mit deinen streng geheimen Notfallerledigungen, sonst setz ich dir nächste Woche ein Schaf und einen Hund vor die Tür. Und dann viel Spaß!«

Sie fuhr davon, bevor er weitere Ausflüchte machen konnte. Unterwegs dachte sie an Kalle und seinen Bruder und an diese verflixten Zufälle, die das Leben so schwer machten. Ich werde bis 100 000 zählen, nahm sie sich vor, nur ob es 100 000 Schafe oder 100 000 Hunde werden würden, das wusste sie noch nicht so genau. Wenn der Sanitäter bis dahin wieder auftauchte, war das gut. Aber länger würde sie nicht warten. Auch Annu hatte ihren Stolz.

Millionäre

Annu vermisste Thea, Annu vermisste Justus. Ihr fehlten die gedämpften Gespräche und die Dinge, die in allen Ecken des schiefen Hauses vergessen wurden wie einzelne Socken oder ein Buch, eine Mütze oder ein Kartenspiel. Drei Tage nach dem Abschied hatte sie im Bad ein zerknülltes Kindershirt gefunden, und in der Küche lag noch eine Zeitschrift von Thea, die zwischen den Kichererbsendosen und den Gläsern mit Tomatensoße gelandet war, warum auch immer. Manchmal stand Annu am Fenster, sah nach draußen und hielt Ausschau nach dem Schaf. Und wenn dann Bumerang angetrabt kam, fragte sie sich, wo Justus gerade steckte. Kurz darauf kam die Erinnerung zurück und auf einen Schlag wurde sie ein gutes Stück trauriger. Immer diese Phantomschmerzen.

»Du bist wie eine alte Oma, die von besseren Zeiten träumt«, sagte sie zu sich selbst. »Was soll das bringen?«

Sie würzte den Kaffee mit Kardamom und Zimt, so wie sie es von Thea gelernt hatte, und krempelte sich die Jeans hoch, so wie sie es bei Justus gesehen hatte. Und dann zog sie sogar zwei verschiedne Socken an, so wie Hans-Martin das immer tat. An Kalle dachte sie sowieso immerzu, den musste sie nicht imitieren. Auf ein großes Blatt Papier schrieb sie Dinge, die sie auf keinen Fall vergessen wollte.

Das schiefe Haus aufräumen, Zimmer für Zimmer.
Den Gemüseanbau planen, damit der Garten nicht noch ein Jahr verwildert.
Brot backen und nicht wieder beim Ansetzen des Sauerteigs aufgeben.

Ein zweites Schaf kaufen, damit Bumerang Gesellschaft in seinem Anti-Moderhinke-Stall hat.
Ein eigenes Kinderbuch schreiben, in dem es ganz viel schneit.

Nach dem fünften Punkt hielt sie inne. Die Idee war angerast gekommen, ohne dass sie lange darüber nachdenken musste, und überraschte sie selbst. Wieso hatte sie nicht früher daran gedacht? Sie sah eine Landschaft vor sich, und ein Schaf schlich sich natürlich auch dazu. Als sie das Blatt umdrehte, schrieben sich die ersten Sätze fast wie von selbst.

Bumerang stand auf einem schneebedeckten Hügel und sah sich in alle Richtungen um. Sein Määäh war trauriger als sonst. Es hatte so viel geschneit, dass alles gleich aussah. Wo war das schiefe Haus? Wo war sein bester Freund Helsinki? Nicht einmal das Dorf war zu erkennen. Langsam und hungrig trottete das Schaf weiter …

Annu schmunzelte. Sie würde schreiben, bis Kalle wieder auftauchte. Und ihm dann das fertige Buch in die Hand drücken. Damit würde sie dann durch das Land touren, von Stadtbibliothek zu Stadtbibliothek und von Kindergarten zu Kindergarten. Kalle würde sie fahren, und dann würde alles gut werden. Oder so ähnlich? Doch nach ein paar Seiten gingen ihr die Ideen aus. Und dann knurrte auch noch ihr Magen. Das hatte sie sich leichter vorgestellt … Seit die Gäste nicht mehr da waren, hatte sie die regelmäßigen Mahlzeiten vernachlässigt, weil sie es nicht ertrug, alleine am Küchentisch zu sitzen. Und die Vorratsregale waren auch fast leer. Statt zum dritten Mal in Folge Pasta mit Pesto zu essen und dabei nur bei der Form der Nudeln zu variieren, machte sie sich mal wieder auf zum Gemischtwarenladen. Luisa war nicht da, und hinter dem Tresen stand Oskar, der sie zunächst gar nicht bemerkte, da er gerade dabei war, die Gemüsepreise auswendig zu lernen.

»3,99 für das Kilo Tomaten und 2,49 für das Netz Kartoffeln«, murmelte er. »1,89 für die Schale mit Pilzen und 99 Cent für jede Paprika, egal ob gelb oder rot oder grün.«

Annu nahm einen Brief von Lars aus der gelben Kiste und füllte den Einkaufskorb. Mangold und Frischkäse, Avocados und Walnüsse, Birnen und Bananen. Emmentaler für den Hund, Karotten für das Schaf. Dazu Reis und Kartoffeln, Joghurt und Milch und einen von den teuren Weinen, falls Kalle schneller aufkreuzte, als sie zu hoffen wagte. Annu legte alles an der Kasse aufs Band, und da sah Oskar endlich auf. Die Lesebrille war auf seiner Nase verrutscht, und er sah noch nicht ganz wach aus.

»Gib mir einfach 20 Euro«, sagte er unwirsch.

»Für alles?«

»Luisa ist seit Tagen krank, und ich habe schlechte Laune.«

»Verstehe.«

Sie legte ihm einen Schein hin und nickte ihm zu, aber er hatte sich schon wieder in seine Listen vertieft.

»0,99 für den Joghurt, 2,99 für den Ziegenkäse und 1,29 für die Milch«, hörte sie ihn hinter ihrem Rücken murmeln, während sie die Einkäufe in ihrem Rucksack verstaute. Dann verließ sie den Laden und riss den Umschlag von Lars noch auf dem Weg auf. Von allen Karten, die er bisher geschrieben hatte, war diese besonders seltsam und nicht sehr lang.

Du wirst aus allen Wolken fallen. Ein Anruf wird kommen, dieser eine Anruf, den ich dir schon zu Schulzeiten angekündigt habe. Also halte dich bereit, Annu, halte dich bitte bereit. Kannst du nächsten Dienstag zu Hause bleiben?

Was war das für eine Frage? Als ob sie ihr schiefes Haus verlassen würde und Abend für Abend in der Großstadt durch die Bars ziehen oder mit den Dorfbewohnern in der Billardkneipe Schnaps trinken würde. Sie ging langsam durch den Garten, wo das Schaf ganz teilnahmslos in einer Ecke graste und anscheinend immer noch Justus vermisste. Helsinki war das Abschiednehmen leichtergefallen, er war schon fast wieder der Alte. Sie stellte die Beine hüftbreit auf und ließ den Hund Achten laufen, so wie er es mit dem Jungen geübt hatte.

»Fein«, lobte sie ihn nach jeder Runde ausgiebig.

Annu dachte darüber nach, was Lars mit seiner Ankündigung wohl gemeint hatte. Die einzige Erklärung, die Sinn ergab, war die Quizshow. War er wirklich dort gelandet, nach all den Jahren und all den Bewerbungen? Sie hätte nicht die Geduld gehabt, ständig Bewerbungen loszuschicken. Aber Lars war Lars, der kannte da nichts. Vermutlich hatte er sogar eine Strichliste gemacht, um den Überblick über all seine Briefe nicht zu verlieren. Noch dreimal schlafen, und sie würde mehr wissen, dann war dieser ominöse Dienstag gekommen. Sie dachte an das Lied, das Lars immer vor sich hin gebrummt hatte, wenn ihm besonders langweilig war und das ihr wie ein Soundtrack zum Dorfleben vorkam.

»Du zeigtest dich betroffen von der Zeitverfluggeschwindigkeit«, wiederholte er, »das ist die beste Zeile aller Zeiten. Genau so ist es doch!«

Annu sah aus dem Fenster. Wie recht er hatte!

Sie schaltete den kaputten Fernseher an und starrte auf das Störbild, als würde es eine Geschichte erzählen.

Sie hörte eine Dokumentation im Radio über die sinkenden Milchpreise.

Sie verrührte Mehl und Wasser, um einen Sauerteig anzusetzen.

Dann starrte sie auf den Brei.

Sie ging im schiefen Haus spazieren und summte finnische Lieder.

Sie dachte an Kalle.

Sie versuchte Kalle zu erreichen.

Sie ärgerte sich über Kalle.

Sie rief ihn erneut an.

Sie sprach ihm auf die Mailbox.

Sie ärgerte sich über sich selbst.

Sie zwickte sich in den Arm, um sich von den Kalle-Gedanken abzulenken.

Sie schlief auf der Couch ein.

Sie aß eine Banane, die sie zwischendurch in ein Nutellaglas tunkte.

Sie ging zurück zur Couch und begann zu lesen.

Sie schlief nach wenigen Seiten ein.

Sie wachte wieder auf, als es draußen schon hell wurde.

Sie sah nach dem Schaf.

Sie fütterte das Schaf.

Sie wollte das Schaf streicheln, das darauf keine Lust hatte und davonrannte.

Sie stapfte durch den Schnee, bis ihr zu kalt wurde.

Sie fütterte den Sauerteig mit neuem Mehl und neuem Wasser.

Sie trank Kaffee.

Sie trank Wasser.

Sie trank noch einen Kaffee und tunkte ein Kipferl vom Vortag hinein.

Sie zählte die Stunden bis Dienstag. Vierundvierzig waren noch übrig.

Sie schnitt einen Apfel klein und aß ihn mit etwas Joghurt und Knuspermüsli.

Sie dachte an Lars.

Sie dachte an den Gips von Aron.

Sie dachte an Kalle.

Sie dachte an die Quizshow.

Sie dachte an die verflixte Zeitverfluggeschwindigkeit.

Und dann geschah auf einmal etwas, obwohl der Dienstag noch nicht angebrochen war: Es klingelte an der Tür. Annu sprang auf und zog sich im Flur eine dicke Wolljacke über. Durch das Fenster sah sie eine rote Mütze und ein bekanntes Gesicht.

»Lust auf Birne-Schmand-Kuchen?«, fragte Kalle in einem ganz beiläufigen Tonfall, als würde er jeden Tag bei ihr vorbeischauen.

»Immer.«

Er schlüpfte aus den schweren Schuhen, und als er im Flur stand, lachte Annu über seine Socken. Eine war gestreift, eine gepunktet.

»Machst du das wegen Hans-Martin?«, wollte sie wissen.

»Er hat gesagt, dass es Glück bringt und einen Versuch war es wert.«

»Hat es geklappt?«

»Schau mal nach draußen!«

Annu ging zur Tür, öffnete sie und trat hinaus. Alles schien wie immer zu sein. Da waren der verwilderte Garten und der neue Stall, da waren das Schaf und der Hund. Da parkten der Volvo und der Kombi von Kalle. Und dann sah sie es – an der Anhängerkupplung hing etwas.

»Was ist das bloß?«, fragte sie neugierig.

»Ein mobiles Saunafass.«

»Und warum hast du so etwas?«

»Das ist meine neue Geschäftsidee.«

»Du willst vor meinem Haus in der Sauna sitzen?«

»Nicht ganz. Ich will übers Land fahren und andere Leute in der Sauna sitzen lassen.«

»Und dein Sanitäterleben?«

»Das kann eine Weile pausieren, ich brauche ein paar Monate ohne Notfälle.«

»Monate?«

»Vielleicht auch Jahre, wer weiß das schon.«

»Aber wie kommst du hier in der Einöde zu deinen Kunden?«

»Letztens saß ich bei Hans-Martin in der Küche, und er beschwerte sich darüber, dass auf dem Dorf bestimmte Dinge so umständlich sind: siebenundzwanzig Kilometer bis zum nächsten Kino, neunzehn Kilometer bis zu einer Sauna, vierundzwanzig Kilometer bis zu einem guten Jazzschuppen. Und dann kam uns die Idee, dass es vielen so gehen muss und dass es Zeit für eine mobile Lösung ist.«

»Stimmt, der Weg in die Stadt ist lang. Für wichtige Termine und Einkäufe nehmen die Leute das in Kauf. Aber für einen Saunagang? Das macht kaum jemand.«

»Manche fahren in die große Therme, aber ob sie da Entspannung finden?«

»Ich war mal mit Matti dort, er hat fast einen Herzinfarkt bekommen und danach stundenlang über die Deutschen geschimpft, die keine Ahnung vom Schwitzen haben.«

»Mich hat es auch abgeschreckt. Laut ist es dort und ganz schön stressig. Die Liegen werden mit Handtüchern reserviert, vor jedem Aufguss muss man sich eine Viertelstunde vorher einen Platz sichern, und im Becken drängen sich viel zu viele unentspannte Großstädter.«

»Zum Glück gibt es bald dein Fass. Wann soll es losgehen?«

»Wir sind noch beta.«

»Was soll das denn heißen?«

»Das Ganze ist im Probelauf. Ein Freund von Hans-Martin bastelt mir gerade eine App, und wir testen alles, aber bald kannst du mich buchen und dann stelle ich mich bei dir vors Haus oder in den Garten.«

»Aha. Und wo stehst du am Ende des Tages?«

»Ich habe gestern ein kleines Grundstück gekauft.«

Annu überlegte, ob das die Einleitung für einen Abschied war.

Kam nun ein Spruch wie »Danke für alles. Es war schön mit dir, aber jetzt muss ich weiterziehen«? Bei ihrem Glück bestimmt. Sie sah aus dem Fenster und zählte Schafe, um ihren Puls wieder in den grünen Bereich zu bekommen. Ein Bumerang, zwei Bumerangs, drei Bumerangs.

»Alles in Ordnung, Annu?«

Kalle sah sie besorgt an, und sie nickte. Vier Bumerangs, fünf Bumerangs, sechs Bumerangs, zählte sie weiter. Dann nahm er ihre Hand.

»Was hast du?«, fragte er noch mal.

Sieben Bumerangs, acht Bumerangs, neun Bumerangs. Sie atmete tief ein und aus, und als sie bei fünfundzwanzig Bumerangs angekommen war, schaffte sie es auch wieder, Kalle anzusehen.

»Warum hast du vorher nichts erzählt? Ist das Grundstück weit weg von hier?«

»Nicht wirklich. Es liegt zwischen Klein-Eppenhausen und Mittenheim-Bissig.«

Annu lachte erleichtert.

»Ach so! Da bin ich ja in zwanzig Minuten.«

»Dachtest du etwa, ich mache die Fliege?«

»Bei dir weiß ich so langsam gar nichts mehr.«

»Einen Haken gibt es: Ich hab den Grund für eine Spottpreis bekommen, denn er liegt neben einem Waldstück. Und dort soll es spuken.«

»Davon habe ich auch schon gehört. Aber du hast keine Angst?«

»Mir gefällt es dort. Und die Gespenster will ich sehen, die mich vertreiben.«

Annu versuchte sich vorzustellen, wie Kalle sich zwischen den Tannen ein Zuhause baute und sich abends in das Fass setzte, um eine Runde zu schwitzen.

»Hast du auch an den Schnaps für deine Sauna gedacht?«

»Warum?«

»Matti hat immer gesagt: Wenn Schnaps und Sauna nicht helfen, ist die Krankheit tödlich.«

»Wo er recht hat ... Hilfst du mir beim Birkenschnapsbrennen?«

»Vielleicht.«

»Wovon hängt das ab?«

Annu stand auf und dachte nach. Wie fing sie an? Welches Wort passte? Sie brauchte endlich Klarheit. Sicher, sie könnte weiter im Haus bleiben und warten, aber sie hatte keine Lust mehr auf halbe Sachen.

»Mach mal kurz die Augen zu«, sagte sie so bestimmt, dass er ihr ohne Widerspruch folgte. Einen Moment ließ sie ihn so sitzen und sah ihn genau an. Er hatte einen dunklen Schatten im Gesicht, weil er es mit dem Rasieren nicht mehr so genau nahm. Auch seine Haare waren gewachsen, und eine Strähne fiel ihm schräg über das Auge. Ihr gefiel das viel besser als das akkurate Notfallsanitätergesicht.

»Wie lange soll ich so sitzen bleiben?«, fragte er und blinzelte.

»Nicht mehr lange, du musst nur eine Frage beantworten.«

»Okay, schieß los!«

Annu zögerte. War es wirklich besser, den Dingen auf den Grund zu gehen? Und was, wenn ihr die Antwort nicht gefiel und er für immer aus ihrem Leben verschwinden würde? Doch auch für diese Sorge hatten die Finnen ein Sprichwort: Besser die bittere Wahrheit als eine zuckersüße Lüge.

»Stell dir vor, du parkst dein Saunafass nach einem langen Tag auf deinem Grundstück.«

»Ich sehe es vor mir.«

»Sehr gut. Du legst also die Füße hoch und genehmigst dir ein kühles Bier. Und jetzt sag mir noch eins: Wo ist Annu?«

»Neben mir natürlich, was ist das für eine Frage?«

Er öffnete empört die Augen.

»Bisher kam ich bei deinen Sauna-Plänen nicht vor«, stellte Annu fest.

»Ich muss dich schließlich noch was fragen …«

»Und was?«

»Mach mal kurz die Augen zu …«

Annu grinste.

»Stell dir vor, du fährst mit mir und meinem Fass durch die Gegend.«

»Ich sehe es vor mir …«

»Dann sag mir noch eins: Wo wohnst du?«

»Na, bei dir natürlich!«

»Und das schiefe Haus?«

Annu sprang auf.

»Stimmt, da müssen wir uns etwas überlegen. Seit dem Unfall will ich weg aus dem Dorf, aber das Haus hat mich die ganze Zeit abgehalten. Schließlich haben Matti und Marie es gebaut.«

»Vielleicht sollten wir es mitnehmen?«

»Aber wie soll das gehen?«

»Ich habe mal eine Doku über Freilandmuseen gesehen«, erinnerte sich Kalle. »Die haben sie ein Haus an einem Ort abgebaut und am nächsten wieder aufgebaut. Wir müssen uns mal erkundigen, ob das mit deinem schiefen Häuschen auch funktioniert …«

»Das wäre perfekt.«

»Wenn nicht, bauen wir ein ganz ähnliches.«

»Aber es muss schief sein.«

»Natürlich.«

»Darauf müssen wir anstoßen.«

»Mit Espresso?«

»Unbedingt!«

Als Annu aus der Küche zurückkam, hatte Kalle den grauen Wollpullover ausgezogen und es sich auf der neuen Couch gemütlich gemacht, die sie in einem Möbelgeschäft in der Stadt bestellt hatte. Beim dritten Versuch war es ihr auch gelungen, sie richtig zusammenzubauen. Dann hatte sie einige Decken von Marie darauf gelegt und ein paar bunte Kissen. Nun war es genauso, wie Lars es prophezeit hatte.

»Erst zieht ein Sofa ein und dann ein Typ. Die beiden werden unzertrennlich sein!«

Annu hatte erst überlegt, das finnische Sofa von Lars und Birte nach innen zu bringen. Aber es war nicht mehr zu retten, das Schaf hatte ganze Arbeit geleistet.

»Kommst du zu mir?«, fragte Kalle, und das musste er Annu nicht zweimal fragen.

Sie setzte sich neben ihn, aber nach drei Sekunden hatte er sie zu sich gezogen und geküsst. Ab diesem Moment waren sie ein eng umschlungenes, unentwirrbares Knäuel aus Armen und Beinen. Es fühlte sich so leicht an und richtig. Annu musste lachen. Warum hatten sie so lange gebraucht, um das zuzulassen?

»Du riechst nach Milch mit Honig«, sagte sie zu Kalle.

Er schnupperte an ihr und lachte.

»Und du riechst nach Bumerang!«

»Du bist unmöglich«, beschwerte sich Annu.

»Ein wenig riechst du auch nach Zimt«, lenkte er ein.

Aber dann hatten sie genug gesprochen für den restlichen Tag. Sie verbrachten die Zeit, als würden sie ein Spiel spielen, bei dem man immer mindestens ein Körperteil des anderen berühren musste. Um möglichst wenig Zeit mit profanen Dingen zu verschwenden, aßen sie kalte Pizza vom Vortag. Annu trank Milch dazu und Kalle Orangensaft. Dann wanderten sie zurück auf die Couch und von dort ins Bett. Annu vergaß die Zeit, das Haus und den Rest der Welt. Sie vergaß ihren Countdown für Lars, und für einen kurzen Moment vergaß sie sogar den Unfall. Wenn sie Hunger oder Durst bekamen, standen sie auf. Und wenn der Hund im Garten bellte, brachte einer von ihnen Futter nach draußen und streichelte erst Helsinki und dann Bumerang oder umgekehrt.

Doch dann klingelte das Telefon, und auf einen Schlag fiel es Annu wieder ein. Der Dienstag. Die Quizshow. Die Zeitverfluggeschwindigkeit war nicht mehr die gleiche. Annu rannte nach unten, denn sie benutzte noch immer das alte Telefon, das Marie vor langer Zeit ins Haus gebracht hatte. Sie war außer Atem, als sie den schweren Hörer abhob.

»Wo hole ich Sie denn her?«, fragte der Fernsehmoderator, dessen Stimme sie gleich erkannte.

»Ich musste mein Schaf füttern«, log sie. Denn über Sex wollte sie vor dem Fernsehpublikum lieber nicht sprechen.

»Ein Schaf?«

»Es heißt Bumerang, weil es mir zugelaufen ist und seitdem immer wiederkam.«

»Verstehe, dann sind Sie wie prädestiniert für unsere Frage. Ich spreche doch mit Annu, dem Joker von Lars? Oder wie er sagt: seinem Plus Eins?«

»Er hat Ihnen schon die Larssprache erklärt?«

»Sicher, wir kommen kaum zu den Fragen, er redet und redet und redet.«

»Das kann ich mir gut vorstellen.«

»Wir sind gerade bei der 50 000-Euro-Frage und er braucht Ihre Hilfe. Ich hoffe, Sie kennen sich mit Tieren aus?«

Annu stutzte. Wenn es ein Themengebiet gab, bei dem Lars mit Sicherheit keine Hilfe brauchte, dann waren es Tiere. Etwas stimmte nicht. Oder hatte er einen Blackout? Wie oft hatte sie mit Lars darüber gesprochen, dass all das Wissen aus den Büchern nichts brachte, wenn man im Licht der Scheinwerfer die Antworten vor Aufregung nicht abrufen konnte? Am Telefon ist es auch nicht leichter, hatte sie immer entgegnet. Und nun hatte er es nach einem fast zwanzigjährigen Bewerbungsmarathon wirklich in die Sendung geschafft, und sie saß am anderen Ende der Strippe und musste ihm helfen. Eine Situation, die sie sich früher so oft ausgemalt hatten.

Der Moderator räusperte sich.

»Zeit ist Geld ...«, sagte er.

»Tiere!«, rief Annu. »Das ist mein Lieblingsthema.«

»Sehr gut, dann legen wir los. Die Regeln kennen Sie sicher, Sie haben dreißig Sekunden Zeit zum Überlegen.«

»Lars hat es das ein oder andere Mal erwähnt.«

»Hier ist die Frage: Wer steht auf der Roten Liste der gefährdeten Tiere in Deutschland? Ist es A) das Hausschaf, B) die Hausmaus, C) die Haustaube oder D) die Hausratte?«

In den letzten Tagen, als sie auf den ominösen Dienstag gewartet hatte, war ihre größte Sorge gewesen, dass sie keine Ahnung von gar nichts hatte und sich vor Millionen Zuschauern blamieren würde. Doch über diese Haustier-Frage musste sie nicht lange nachdenken.

»Die richtige Antwort ist D«, sagte Annu schnell, bevor ihr Zeitpuffer abgelaufen war. »Die Hausratte.«

»Im Ernst?«, hakte der Moderator nach. »Haben Sie sich das gut überlegt? Nicht, dass heute der letzte Tag Ihrer Freundschaft mit Lars ist.«

»Mir wurde gesagt, dass Sie den Joker gerne aus der Ruhe bringen. Aber keine Chance – ich bin mir sicher.«

»Das kann ich kaum glauben. Was ist mit den Ratten, die uns sonst über den Weg laufen und vor denen wir uns ekeln?«

»Das sind sogenannte Wanderratten!«

»Mit Rucksack?«

Annu hörte Lars leise lachen.

»Dann logge ich das ein, Annu?«

»Genau.«

»Lars, was sagen Sie dazu?«

Annu hörte ihn etwas vor sich hin brummen, was eher nach Finnisch klang als nach Deutsch und im Applaus des Publikums unterging.

»Chapeau, Sie haben natürlich recht. Schade, dass es nicht das Hausschaf war. Dann hätten Sie mit Bumerang feiern können.«

»Das kann ich auch so.«

»Stimmt natürlich.«

»Viel Spaß noch mit Lars.«

»Den habe ich bestimmt ...«

Der Moderator lachte, und dann legte er auf.

Und direkt danach geschah etwas Seltsames: Schon bei der nächsten Frage stieg Lars aus. Annu erfuhr es erst Wochen später, als sie sich zusammen mit Kalle die Aufzeichnung der Sendung im Fernsehen ansah.

»Das muss reichen«, sagte Lars bei der nächsten Frage.

»Hab ich mich verhört?«

»Nein, nein.«

»Ihr Plus Eins rettet Sie, und Sie steigen direkt danach aus?«

»Genau.«

Und dann lachte er sein Larslachen, das immer alle in den Bann zog. Und später, als Annu sich die Sendung ansah, konnte sie dem Publikum dabei zusehen, wie es in den Larsbann gezogen wurde. Dass er ausstieg, fand Annu weniger seltsam als den Anruf. Sie hatte so ein Gefühl, dass er den Joker verschwendet und die Antwort selbst gewusst hatte. Hatten sie nicht kurz nach dem Abitur über den Entscheid zwischen Haus- und Wanderratten gesprochen? Hundertprozentig sicher war sie nicht, aber fast. Für alle anderen sah es so aus, als ob Annu ihm eine Menge Geld gerettet hätte. Und als ob er ohne sie alles verloren hätte. War das etwa sein Plan gewesen? Lars war Lars, dachte sie, niemals wird man aus ihm schlau.

Im Dorf schien die Stimmung nach der Sendung zu kippen. Zumindest war Luisa nicht mehr ganz so mürrisch wie vorher und benutzte im Gemischtwarenladen wieder den Scanner. Annu konnte kaum glauben, wie günstig die Einkäufe auf einmal wieder waren. Wenn sie auf dem Weg jemanden traf, wurde sie sogar gegrüßt. Nicht besonders freundlich, aber das Gemurmel ließ sich mit etwas Fantasie als »Grüß Gott!« verstehen und das war ein Anfang. Annu versuchte in den folgenden Wochen ein paarmal, Lars zu erreichen und mit ihm über diese Show zu sprechen. Aber er nahm nicht ab. Und Postkarten hatte er seit dem Auftritt auch keine mehr geschrieben.

»Der Typ bleibt mir ein Rätsel«, seufzte Annu, während sie gemeinsam mit Kalle durch das schiefe Haus lief und die Dinge in drei Kategorien sortierte: Kann weg, Kann nicht weg, Wird noch verkauft. Seit Tagen drehten sie ihre Runden, packten Kisten und debattierten, was sie in ihrem neuen Leben so brauchten und was nicht. Reichte ein Toaster, oder brauchten sie auch einen Ersatztoaster? Annu wollte jeden Gegenstand nur einmal besitzen, und Kalle wollte Sicherheit, falls eins der Dinge kaputtging.

Dann ging es ans Zählen. Wie viele Bücher und CDs hatten sie doppelt? Sortierten sie die Dinge nach dem Alphabet oder nach Farben? Hatten sie wirklich genügend Geschirr und Decken und Handtücher?

»Ist es verrückt, dass wir einfach zusammenziehen?«, fragte Annu.

»Das Schaf ist auch verrückt. Und der Hund erst.«

»Dann passt ja alles. So wie bei meinen Eltern: Du kannst alles monatelang testen und hinterfragen und anzweifeln, oder du lässt es und probierst es einfach. Wenn es stimmt, dann stimmt es eben.«

»Mir ist bei dir aber noch einiges unklar.«

»Wie meinst du das?«

»Ich weiß eine Menge von dir, aber nicht, wie alles anfing. Wie du dich mit Lars angefreundet hast. Oder wie deine deutsche Mutter deinen finnischen Vater traf.«

»Das ist auch gut so«, lachte Annu.

»Warum?«

»Wir Finnen haben da dieses Sprichwort. Erinnerst du dich nicht?«

»Ich fürchte …«, antwortete Kalle.

Und dann sagten sie beide gleichzeitig:

»Der Anfang kommt immer zum Schluss.«

Postkarten

An dem Tag, als der Briefträger zum ersten Mal wieder die Post auslieferte, hatte Annu morgens so heftige Kopfschmerzen, dass sie wie ein Geist durch das Haus tigerte. Sie setzte Kaffee auf und merkte nach dem ersten Schluck, dass sie doch keine Lust darauf hatte. Danach probierte sie es mit Tee, mit Saft, sogar mit dem restlichen Kakao, den Justus übrig gelassen hatte. Nichts schmeckte.

»Soll ich etwa mit Wodka gurgeln, um in diesen Tag hineinzukommen?«, wunderte sie sich. Ihr Kopf schien eine Ahnung zu haben, dass etwas geschehen würde, etwas Unplanmäßiges. Oder wie ließ es sich sonst erklären, dass sie sich nach all den guten Tagen auf einmal wieder ganz seltsam fühlte? Da schien jemand eine dünne Wand hochgezogen haben, die sie vom Rest der Welt trennte. Alles kam nur noch gedämpft bei ihr an. Für einen Moment überlegte sie, ob sie einfach zurück ins Bett gehen sollte, die Stunden untätig verstreichen lassen, bis es ihr besser ging. Aber seit Kalle regelmäßig vorbeikam, ging das nicht mehr. Er hatte ihr eine lange Liste geschrieben, mit all den Dingen, die sie erledigen mussten, bevor sie das Dorf verlassen konnten. Sie hatte nur noch ein paar Stunden, bis er zum Mittagessen kam, und die musste sie nutzen.

»Du weißt doch, was wir Finnen immer sagen?«, hörte sie Mattis Stimme aus dem Wohnzimmer, als würde er noch immer in seinem Sessel sitzen und alles kommentieren, egal, ob sie Lust auf einen Ratschlag hatte oder nicht. Annu versuchte die Erinnerung abzuschütteln, ihn zu ignorieren, bis er von selbst verschwand. Doch

Matti war Matti. Er löste sich nicht in Luft auf, bevor er nicht etwas Wichtiges verkündet hatte.

»Die Langsamen kommen ans Ziel, die Eiligen bleiben auf der Strecke«, sagte er. »Stimmt's oder habe ich recht?«

Annu machte einfach weiter. Sie schmierte sich ein Brot mit einer dicken Schicht Mandelmus, auf die sie dünne Bananenscheiben legte, und aß es im Stehen. Dann trank sie den restlichen Kaffee, der nur noch lauwarm war.

»Annu!«, rief Matti auf seine unnachahmliche Art und zog das »U« dabei in die Länge.

»Ich habe zu tun«, sagte sie leise. Kalle hatte sie gebeten, alle Zimmer auszumessen, und sie fing mit der Küche an. Wie lange und hoch waren die Wände? Wo befanden sich die Türen und Fenster? Was war gut gelöst, und was ließ sich verbessern? Mit dem Maßband in der Hand ging sie ins Wohnzimmer und sah sich um. Aber Matti war verschwunden. Nach wie vor konnte sie nicht verhindern, dass er sich in die Gegenwart schlich. Doch die Besuche wurden immer kürzer, und das war gut so. Er hatte nicht mehr so viel Macht über sie, die Gedanken an die guten Zeiten mit ihren Eltern zogen sie nicht mehr so herunter, und das Hier und Jetzt wurde wichtiger. Sie hatte Bumerang, sie hatte Helsinki, sie hatte Kalle. Und sie hatte ein schiefes Haus, das sie an einer anderen Stelle wieder aufbauen würde. Das alles durfte sie nicht vergessen. Mit dem Hundefutter in der Hand ging sie nach draußen und rief nach Helsinki. Seit gestern fraß er kaum noch, und sie wollte seinen Appetit wieder wecken. Denn wenn es im Laufe des Tages nicht besser wurde, musste sie zu Hans-Martin fahren. Sie lockte den Hund mit Schinkenstreifen und Käsewürfeln, aber er blieb teilnahmslos in der Ecke liegen. Nur Bumerang kam angelaufen und blökte fröhlich vor sich hin.

»Ausnahmsweise geht es nicht um dich, Bumerang.«

Sie schob das Schaf zur Seite und beugte sich über den Hund. Er sah immer schlechter aus und wirkte so, als ob er einfach nur seine Ruhe haben wollte. Dabei war nichts Besonderes geschehen, sie hatten gespielt, sie hatten gefressen, sie hatten geschlafen, und auf einmal war Helsinki wie verwandelt. Sie setzte sich neben ihn und überlegte, was mit ihm los sein konnte, und vor allem, wie schlimm es auf einer Skala von 1 bis 10 war. War das noch eine 5 oder längst eine 7?

Mitten in die nachdenkliche Stille hinein, die immer wieder von einem Blöken unterbrochen wurde, geschah etwas. Der Briefträger Ulli kam nach der monatelangen Abstinenz auf seinem Rad um die Ecke gebogen. Ich gebe dir noch fünf Meter, dachte Annu. Noch vier, noch drei, noch zwei, noch einen ... Aber er fuhr weiter und lehnte das Rad gegen den Gartenzaun. Ohne auf Annu zu achten, schob er einen Umschlag in ihren Briefkasten und radelte so schnell weiter, wie er gekommen war. Sie rieb sich die Augen und wollte es nicht glauben, aber das war keine Fata Morgana, das war das echte Leben. Annu zählte die Monate, die seit dem Unfall vergangen waren. Neun waren es. Seitdem war es Stück für Stück besser geworden, so wie es alle Mütter der Welt immer erzählten, ganz egal, ob jemand das hören wollte oder nicht. Die Zeit hatte die Wunden mit ein paar schiefen Nähten wieder zusammengeflickt, mehr schlecht als recht, aber immerhin.

Annu rannte zum Briefkasten, noch immer barfuß. Sie zwang sich, den Schmerz zu ignorieren, und zog den Brief heraus, die krakelige Schrift erkannte sie sofort. Auf der Vorderseite der Postkarte aus dem Naturkundemuseum waren Fossilien und ausgestopfte Tiere zu sehen. Sie setzte sich damit auf die Stufen vor dem Eingang, auch wenn es dafür eigentlich zu kalt war. Sie riss ungeduldig den Umschlag auf und drehte die Karte um. *Liebe Annu,* las sie, dann wurde ihr schlecht. Sie würde sie später lesen. Kraftlos starrte sie auf die Kinderschrift, die sie so lange nicht mehr gesehen hatte. Auf einen Schlag kehrten die ganzen Erinnerungen zurück, und es kam ihr so vor, als würde sie den Boden unter den Füßen verlieren und in ein Loch ohne Boden fallen. Sie atmete immer schneller, hatte das Gefühl, nicht mehr richtig Luft zu bekommen – und dann wurde alles schwarz.

Als sie wieder zu sich kam, beugte sich Kalle über sie und fuhr ihr mit einem kühlen Waschlappen übers Gesicht.

»Da bist du ja wieder«, sagte er.

»Bist du schon lange hier?«

»Drei Tage.«

»Was?«

»Natürlich nicht, ich sitze seit einer Viertelstunde neben dir.«

»Ich habe Post bekommen, und dann ...«

»Schon gut. Hauptsache, dir geht's wieder besser. Kannst du aufstehen?«

Annu richtete sich vorsichtig auf und stützte sich bei Kalle ab.

»Ich wollte eigentlich kein Notfallsanitäter mehr sein«, sagte er und strich ihr über die Haare. Annu richtete sich ruckartig wieder auf.

»Langsam, langsam«, wies Kalle sie in ihre Schranken.

»Mir geht es schon wieder ganz gut. Bringst du mir noch ein Wasser? Danach kannst du wieder Kalle sein.«

Er lachte und zog sie hoch.

»Wobei ... Da fällt mir noch etwas ein.« Annu hielt inne und sah sich um. »Wo sind die Tiere hin?«

»Bumerang grast vor sich hin, und Helsinki liegt daneben und schnarcht.«

»Später musst du nach ihm schauen, er frisst kaum noch. Nicht einmal Käse oder Wurst.«

»Sollen wir ihn zu Hans-Martin bringen, wenn er aufwacht?«

»Pünktlich zur Happy Hour?«

»Genau.«

»Ich brauche jetzt erst mal etwas zu trinken.«

Kalle stützte sie, und dann gingen sie Hand in Hand in die Küche. Ganz langsam. Annu setzte sich an den Tisch, und Kalle wirbelte wie ein Kellner um sie herum, brachte ihr etwas zu trinken und ein paar Kekse. Spülte ihr Frühstücksgeschirr und trocknete es ab, und dann begann er sogar noch, etwas Obst klein zu schneiden.

»Was wird das?«

»Mein Notfalldrink.«

»Um die Zeit vertrage ich keinen Schnaps.«

»Der ist alkoholfrei.«

»Dann ist ja gut.«

Annu lehnte sich auf dem Stuhl zurück und schloss die Augen. Die ganz normalen Geräusche um sie herum beruhigten sie, das laute Brummen des Mixers, das Klappern des Geschirrs und Kalles Gemurmel, der die einzelnen Arbeitsschritte mit sich selbst besprach.

»Ich habe Post bekommen«, erzählte sie Kalle, als er den Drink stolz vor ihr abstellte.

»Und?«

»Ich schaffe es nicht, sie zu lesen.«

»Soll ich das übernehmen?«

Annu schüttelte den Kopf.

»Das geht nicht. Aber kannst du mich ablenken, bis ich mich dieser Sache gewachsen fühle?«

»Nichts leichter als das. Und jetzt erst mal: Prost!«

Annu probierte, und zu ihrer großen Überraschung schmeckte es besser als es aussah.

»Was ist da drin?«

»Das ist so was von streng geheim.«

»Aha, und warum?«

»Vielleicht mache ich nach der mobilen Sauna noch eine mobile Bar auf.«

»Träum weiter, Kalle.«

Er grinste.

»Mir fällt gerade noch etwas ganz anderes ein: Wenn wir das Haus abbauen und anderswo wieder aufbauen, ist das nicht ein Schluss?«

»Du willst nur, dass ich dir von den Anfängen erzähle.«

»Genau.«

»Es ist vielleicht ein Schluss, aber nicht der Schluss des Ganzen.«

»Ich hörte, die Finnen nehmen es da nicht so genau. Ein Schluss ist ein Schluss. Und darum erzählst du mir jetzt einen Anfang.«

Kalle hatte seine Stimme erhoben und sah sie ganz ernst an.

»Na schön«, sagte Annu. »Und welchen willst du zuerst hören?«

»Am besten ganz chronologisch: Fang bei deinen Eltern an.«

»Das ist ein Schokoladenanfang.«

»Wie meinst du das?«

»Mein Vater war Sportjournalist, das weißt du ja schon. Und weil ihm Marie besser gefiel als alles andere auf der Welt, tauchte er bei jedem von Maries Rennen auf und stellte ihr Fragen zu ihrer Form oder zur Strecke oder zu ihren Konkurrentinnen. Er war sich sicher, dass sie sich von ihm angezogen fühlte, aber es fehlte ihnen die Zeit zu zweit. Marie war immer von einer ganzen Kolonne aus anderen Sportlern, Physiotherapeuten und Trainern umgeben, er kam kaum an sie heran. Bis ihm diese eine geniale Idee kam. Nach einem kurzen Gang in den Supermarkt setzte er sich vor einem Rennen im Frühstücksraum zu ihr an den Tisch. Er wartete, bis der Rest des Teams gegessen hatte und aufs Zimmer ging. Dann legte er eine Packung M & Ms vor sie hin, die waren damals ganz neu, und es gab sie nur in ganz wenigen Läden. Das darauffolgende Gespräch haben sie für mich immer wieder nachgespielt.

Die haben eine Süßigkeit nach uns benannt, sagte Matti zu Marie. Das ist ein Zeichen, oder?

Sie lachte und warf dabei ihren Kopf ein Stück nach hinten. Dann öffnete sie die Packung.

Die sehen lecker aus. Welche Farbe magst du am liebsten?, fragte sie.

Grün und orange. Und du?

Marie probierte jede Farbe.

Das passt. Ich mag die gelben und die braunen.

Sie gab ihm die Tüte mit den bunten Schokolinsen zurück und dann stand sie auf.

Was machst du heute Abend?, fragte sie.

Ich besuche dich?

Ganz genau.

Viel Erfolg für das Rennen!

Marie verschwand, aber nach dieser Begegnung ging alles wie von selbst. Sie kamen zusammen, heirateten früh und den Rest kennst du ja.«

»Du meinst den Umzug ins Dorf?«, wollte Kalle wissen. »Und diese charmante Tochter namens Annu?«

Sie lachte.

»Marie musste nach einer Knieverletzung ihre Karriere früh beenden und begann eine Trainerausbildung. Matti blieb bei ihr und sie bauten das kleine Haus am Dorfrand, das etwas abseits lag und ihnen wie eine ruhige Insel vorkam. Von dort war es nicht weit zum Biathlonstützpunkt, und dennoch waren sie für sich.«

»Ein schöner Anfang.«

»Finde ich auch. Meine Eltern aßen von da an einmal im Monat zusammen und teilten sich eine Tüte M&Ms. Sie trennten fein säuberlich die Farben, und jeder von ihnen bekam einen Stapel.«

»War es schwer für dich, einen Mann kennenzulernen? Weil du

immer dachtest, dein Anfang muss genauso magisch sein wie der Schokoladenanfang deiner Eltern?«

»Du bist der Erste, der das versteht.«

»Aber Lars doch auch!«

»Der wollte mich ständig verkuppeln, der hat das überhaupt nicht kapiert.«

»Bei uns hatte er aber recht.«

»Wie meinst du das?«

Kalle sah sie fassungslos an.

»Du meinst, du weißt das gar nicht?«

»Was weiß ich nicht?«

»Wie unser Anfang aussieht!«

»Der war nicht besonders poetisch. Da war ein Unfall, da war ich, und da war ein Sanitäter namens Kalle.«

»Aber das war nicht der Anfang. Der Anfang begann mit Lars.«

»Du sprichst in Rätseln.«

»Das ist auch gut so, denn es gibt da dieses Sprichwort ...«

»Nein, das kannst du mir nicht antun«, rief Annu empört.

»Oh doch. Die Finnen sagen nämlich: Der Anfang kommt immer ...«

»... wenn Annu ihn hören möchte!«

Kalle lachte und stand auf.

»Wir müssen nach Helsinki sehen!«, sagte er und war schon im Garten verschwunden.

Was zum Teufel meinte er damit, dass Lars seine Hände im Spiel hatte?

Ihre Neugier war geweckt und ohne länger darüber nachzudenken, wählte sie die Handynummer von Lars. Bei ihren letzten Versuchen hatte sie keinen Erfolg gehabt, aber zu ihrer Überraschung ging er diesmal nach dem zweiten Klingeln ran.

»Annu«, sagte er leise.

»Lars.«

Dann schwiegen sie, so wie früher. Nach zehn Minuten hielt Annu es nicht mehr aus.

»Ich hätte da eine Frage.«

»Wegen der Quizshow? Oder wegen Berlin?«

Annu hatte keine Ahnung, was er mit Berlin meinte, aber sie beschloss, dass sie keine Zeit für Nachfragen hatte.

»Weder noch. Es geht um Kalle.«

»Aha.«

»Er sagt, dass er auf deiner Verkupplungsliste stand. Aber das kann doch nicht sein!«

»Warum? Du weißt doch, dass ich meine Abende mit Freunden immer eine Weile im Voraus geplant habe.«

»Aber Kalle haben wir beide am Tag des Unfalls zum ersten Mal gesehen.«

»Das denkst du.«

»Und wie war es wirklich?«

»Zwei Wochen vorher hatten wir einen Notfall in der Firma. Ein älterer Kollege sackte mit starken Schmerzen im Brustbereich am Schreibtisch zusammen, und wir riefen gleich die 112.«

Lars legte ein bedächtiges Schweigen ein und wartete darauf, dass Annu so ungeduldig wurde wie Helsinki, wenn er rauswollte.

»Lass mich raten: An dem Tag hatte Kalle Dienst.«

»Genau. Er bestätigte unseren Verdacht: Es war ein Herzinfarkt, und der Kollege kam in die Klinik. Einige Tage später bat ich Kalle nochmals zu uns, damit er uns einen kleinen Vortrag über die Vorboten dieser Herz-Kreislauf-Krankheit hielt. Und da hatte ich so ein Gefühl, dass ihr beide auf der gleichen Wellenlänge seid, und habe ihn zum Essen eingeladen. Aber er hat kurzfristig abgesagt. Er wurde krank, und ich musste stattdessen Helge einladen. Zu einem weiteren Essen bei mir kam es ja nicht, sonst wäre das euer Abend geworden.«

»Ich wette, das hast du erfunden. Du kommst einfach nicht damit klar, dass deine Verkupplungsversuche nichts gebracht haben.«

»Frag Kalle. Und er wird dir alles bestätigen.«

Annu ahnte schon, dass er nicht log. Sie fragte sich nur, ob Kalle sie bei dem Essen auch in seinen Bann gezogen hätte oder ob sie in dieser Runde alles abgeblockt hätte und mit ihm nicht warm geworden wäre.

»Mach ich, Lars. Und wie geht's euch sonst?«

»Birte trainiert für einen Triathlon, um auf andere Gedanken zu kommen. Und Aron ist in der Reha und macht erste Gehversuche. Aber ich trainiere nicht, ich wüsste auch gar nicht was.«

»Man kann auch Denksport trainieren. Oder Whiskysorten auswendig lernen. Sogar ein Schaf zu halten kann man lernen.«

»Da hast du recht, ja. Was machen Bumerang und der Hund?«

Annu sah aus dem Fenster und erschrak.

»Nichts Gutes! Lars, wir hören uns. Ich muss raus.«

Draußen hatte sich Kalle über Helsinki gebeugt, und als Annu näher kam, sah sie, dass der Hund sich übergeben hatte und am ganzen Körper zitterte. Er wirkte völlig apathisch.

»Fahren wir schnell los?«, fragte sie. »Da stimmt etwas nicht.«

»Immer diese Notfälle«, seufzte Kalle. »Ich kann ihnen wohl doch nicht entkommen.«

»Hans-Martin hat sicher eine Idee, was es sein könnte.«

»Und wenn nicht?«

Wortlos warf sie ihm den Autoschlüssel zu, und dann ließen sie Bumerang im Garten zurück, hoben den Hund auf die Rückbank und fuhren los.

»Wir brauchen ein neues Thema, um uns während der Fahrt abzulenken«, sagte Annu.

Kalle bog auf die Landstraße ab und schaltete einen Gang höher.

»Hm«, sagte er.

Fünf Minuten später seufzte er.

»Hm«, sagte er erneut.

»Ist das etwa alles, was dir einfällt?«

Kalle wiegte den Kopf hin und her.

»Hm.«

Annu verdrehte die Augen, aber dann strahlte er sie an.

»Ich hab's«, rief er. »Wir haben den Anfang von Matti und Marie, und wir haben unseren Anfang«, sagte Kalle. »Aber da fehlt noch einer!«

»Der von Lars und mir?«

»Ganz genau.«

»Das ist einfach. Wir sind in eine Klasse gekommen, wir haben uns angefreundet. Fertig!«

»Das glaube ich dir nicht. Ich wette, es gibt eine Geschichte dazu.«

»Na schön.«

Eigentlich wollte sie nicht ununterbrochen an Lars denken. Aber es war immer noch besser, als sich um Helsinki zu sorgen und sämtliche Hundekrankheiten im Kopf durchzugehen und auf ihre Wahrscheinlichkeit abzuklopfen. Also begann Annu dann doch zu erzählen.

»Wir gingen in die Grundschule im Nachbardorf, und Lars hatte es vom ersten Schultag an nicht so leicht. Damals war er schmal wie ein Bleistift. Ohne Muskeln, ohne Fettpolster. Ein Strich in der Landschaft. Er wurde schlimm gemobbt. Tag für Tag setzte ihn jemand in den Mülleimer. Das war ein Klassiker und nicht besonders originell, aber es funktionierte bei Lars so gut, als hätte man diese Schikane nur für ihn erfunden. Er strampelte dann mit den Beinen und konnte sich selbst nicht befreien. Ich war die Einzige, die ihm half, und zog ihn aus dem Eimer, wenn die anderen gegangen waren. So lief es ein paar Wochen, und mir wurde klar, dass es so nicht weitergehen konnte. Wenn Lars sich nicht selbst helfen konnte und keine Lust hatte, seine Eltern um Hilfe zu bitten, dann musste ich etwas tun, damit die Streiche endlich aufhörten. Etwas Unauffälliges, aber Wirkungsvolles. Ich lief durch den Wald hinter dem Haus, und als ich ein paar Raupen sah, hatte ich einen Geistesblitz. Ich sammelte sie ein, verstaute sie in einem Einweckglas, und am nächsten Tag setzte ich den Jungs ein paar haarige Tierchen in die Schulranzen oder eine Jackentasche. Von da an machte ich das jeden Morgen in einem unbeobachteten Moment. Wenn die Raupen dann während des Unterrichts hervorgekrochen kamen, brach das Geschrei aus. Einer der besonders fiesen Jungs sprang vor Ekel auf den Tisch und weigerte sich fast eine halbe Stunde lang herunterzukommen. Mich hatte niemand im Verdacht, ich war ja ein Mädchen. Nach einer Woche steigerte ich das Ganze noch. Dann bekamen die Jungs nicht nur ein Krabbeltier, sondern auch eine Notiz. Aus Zeitungsbuchstaben zusammengeklebt, wie bei einer Geiselnahme:

Lasst die Finger von Lars. Team Raupe versteht keinen Spaß.«

»Und das hat funktioniert?«

Kalle sah sie beeindruckt an.

»Das genügte, ja. Hin und wieder schnappte ich auf dem Pausenhof Gespräche auf. Ob Erik der Übeltäter sei oder doch Jonas. Vielleicht sogar der unauffällige Peter? Oder etwa Lars selbst? Doch der verstand nicht so recht, warum die Späße auf seine Kosten aufgehört hatten. Er ging sogar zu den Jungs und fragte, warum sie auf einmal so betont nett zu ihm seien. Das war riskant, aber es ließ ihm keine Ruhe. Sie sahen Lars ratlos an und schubsten ihn weg. Dann rief ihm einer zu, ob er sich blöd stellte oder nichts von den Raupen wisse. Ich stand einige Meter abseits und beobachtete die Gruppe. Lars wandte sich ab und ging zu mir. Ich konnte förmlich sehen, wie es in ihm ratterte. Einmal hatte ich das Glas mit den Raupen nicht schnell genug versteckt, als er mich besuchen kam, und ihm nicht verraten, warum ich Insekten sammelte. Nun schien er eins und eins zusammengezählt zu haben, aber er sprach mich nicht darauf an. Seit diesem Tag wich er mir nicht mehr von der Seite, und wir wurden so unzertrennlich wie Bonnie und Clyde. Allerdings kehrte sich das Kräfteverhältnis nach und nach um. Er machte Liegestütze und Sit-ups, die bei ihm Aufsetzer hießen. Er rannte wie ein Verrückter auf der Stelle, ging danach in die Planke, die bei ihm Holzbrett hieß, und konnte von Tag zu Tag länger in dieser Position bleiben.

Hast du schon einen Sixpack?, ärgerte ich ihn gerne.

Du meinst einen Sechserpack?, antwortete er dann und zog sein Shirt hoch.

Träum weiter, sagte ich. Das ist höchstens ein Zweierpack.

Während die Muskeln von Lars wuchsen, begann ich mit meiner Mutter durch den Wald zu laufen, mal mit, mal ohne Ski. Aber es war egal, wie wir uns veränderten und was um uns herum geschah. Wir saßen Jahr für Jahr in der Schule nebeneinander und verbrachten fast jeden Nachmittag gemeinsam, zumindest bis Birte in das Leben von Lars trat. Aber auch dann sahen wir uns noch so oft, dass Lars häufig gefragt wurde, ob er eigentlich eine oder zwei Freundinnen habe.«

Annu machte eine kurze Pause und sah zu Kalle, der ihr regungslos zugehört hatte.

»Das ist ein schöner Anfang«, sagte er. »Aber ich hoffe, du hast mittlerweile nicht mehr so einen guten Draht zu Raupen ...«

»Keine Sorge!«

Die letzten Kilometer fuhren sie schweigend. Der Hund hatte sich auf der Rückbank eingerollt und war eingeschlafen. Kalle brummte ein Lied vor sich hin, Annu sah aus dem Fenster, auf die Felder und Wiesen und Wälder. In ihrer Jackentasche steckte noch die Karte von Aron, sie fuhr vorsichtig mit den Fingern über das Papier und überlegte, wann wohl der richtige Moment kommen würde, um sie zu lesen. Sie freute sich, endlich von dem Jungen zu hören, und gleichzeitig hatte sie Angst, dass beim Lesen wieder die Erinnerungen über sie hereinbrechen würden wie ein Tornado. Seit sie mit Kalle zusammen war, hatte sich so ein kleines Glück breitgemacht und sie wollte nicht, dass es gleich wieder verschwand. Oder war sie mal wieder zu pessimistisch? Die Zeit war reif für einen Aufschwung. Lars hatte angedeutet, dass es aufwärtsging und dass sie die Keime vielleicht endgültig vertrieben hatten. Dass die ständigen Wundspülungen und Verbandswechsel vorbei waren. Annu vermutete, dass alles zusammenhing. Es würde bei Lars, Birte und Aron besser werden, bei Kalle und Annu auch, und das Hoch würde das ganze Dorf anstecken, bis sogar bei Luisa eine Freundlichkeit eingezogen war.

»Woran denkst du?«, fragte Kalle.

»An bessere Zeiten.«

»Mit mir?«

»Aber sicher.«

Sie bogen auf den Parkplatz vor der Praxis ein und hielten direkt unter dem Schild, das auf die Happy Hour hinwies. Helsinki sprang nicht wie sonst aus dem Auto, und Annu musste ihn tragen.

»Er ist krank«, sagte Kalle, als sein Cousin ihnen die Tür öffnete.

»Er isst nicht mehr«, sagte Annu.

»Aha, aha.«

»Ist das alles, was dir einfällt?«, fragte Kalle empört.

Hans-Martin reagierte nicht und setzte sich neben den Hund. Er überprüfte den Herzschlag und tastete den ganzen Körper ab. Dann holte er ein Fieberthermometer hervor und maß die Temperatur.

»Und?«

Annu sah ihn erwartungsvoll an

»Ich kann noch nichts Ungewöhnliches erkennen. Seit wann ist er schon so verändert?«

»Es hat gestern Nachmittag begonnen.«

»War da etwas Ungewöhnliches?«

»Das ist es ja: Alles war wie immer.«

»Hat er viel Schnee gefressen?«

»Nicht, dass ich wüsste.«

»Hat er sich oft übergeben?«

»Nein.«

»Aha, aha.«

Der Arzt ging noch einige Punkte aus seinem Fragenkatalog mit ihnen durch und machte sich Notizen.

»Ich kann euch zumindest in einer Hinsicht beruhigen«, erklärte er schließlich. »Vergiftet hat er sich nicht. Eine Schnee-Gastritis würde ich auch ausschließen.«

»Was es nicht alles gibt. Aber was hat er dann?«

»Ich würde ihn gerne röntgen lassen, vielleicht hat er bei der Futterwahl danebengegriffen.«

»Aber er war nur im Garten ...«

»Das sagen sie alle«, belehrte ihn Hans-Martin und sah auf seine Armbanduhr. »Gehen wir lieber auf Nummer sicher. Ich fahre in einer halben Stunde mit meinem Nachbarn und seinem kranken Wellensittich Herbert in die Tierklinik. Den Hund nehme ich mit, lasse ihn röntgen, und dann bringe ich ihn euch zurück.«

»Das würdest du tun?«

»Aber sicher.«

Als Kalle und Annu alleine im Auto saßen, sahen sie sich ratlos an.

»Und nun?«, fragte sie ihn.

»Ich weiß auch nicht.«

»Das wird wieder.«

»Hm.«

»Das wird ganz bestimmt wieder.«

»Hm.«

»Wir brauchen etwas, das uns ablenkt.«

»Hm.«

»Kalle, du bekommst ein Hm-Verbot für den restlichen Tag.«

»Okay.«

»Ich korrigiere: Du darfst keine Sätze mehr sagen, die aus einem Wort bestehen.«

»In Ordnung.«

»Wir müssen auf andere Gedanken kommen. Hast du eine Idee?«

Kalle überlegte und überlegte und überlegte. Auf einmal grinste er sie an.

»Was hältst du davon, die mobile Sauna zu testen?«

»Hm.«

»Wie jetzt? Keine Lust?«

»War nur ein schlechter Scherz. Wo steht sie gerade?«

»Auf dem Grundstück neben dem Wald, wo es spukt.«

»Nichts wie hin mit uns.«

Kalle nickte, dann ließ er den Motor an und fuhr los.

»Aber eine Sache muss ich vorher noch erledigen«, sagte Annu und zog die Karte von Aron aus der Tasche.

Epilog

Ein Tief war über das Dorf gezogen und hatte über Nacht für eine weitere dicke Schneeschicht gesorgt. Annu versank bei jedem Schritt bis über die Knöchel im Weiß, und da sie so schnell in den Garten gerannt war, hatte sie viel zu dünne Sachen an. Sie dachte an den Sommer, der alles veränderte. An den Herbst mit Bumerang und Helsinki. An den Winter, in dem sie endlich wieder das Haus verließ. Und was würde der Frühling bringen, wenn sich die Tiefdruckgebiete verzogen hatten? Kalle kam zu ihr nach draußen gestapft, er hatte ihren gefütterten Parka und einen Schal für sie dabei.

»Ich bringe dir das Zaubern bei«, sagte sie zu ihm und ließ kleine Wölkchen durch die Luft wandern. Er lachte, und für eine Weile sagten sie gar nichts mehr. Annu sah Kalle an, und Kalle sah Annu an. Dann sogen sie ihre Lungen voll und ließen die Luft geräuschvoll wieder ausströmen. Immer wieder und wieder.

»Stell dir vor, jemand verfilmt dein Leben«, setzte Kalle plötzlich an. »Wie würde der Film heißen?«

»Was ist das denn für eine komische Frage?«

»Keine Metaebene, bitte.«

Annu überlegte, dann grinste sie.

»Sag schon!«, drängte sie Kalle.

»*Zieh die Regenjacke aus und tanz mit mir!*«

Kalle sah an sich herunter.

»Gefällt dir mein Outfit nicht?«

»Doch, doch. Es ist nur sehr ...«

»Ja?«

»Funktional.«

Helsinki kam um die Ecke gerannt, direkt auf sie zu, als wäre nichts gewesen. »Schaut her, wie gut es mir geht!«, schien er zu sagen. Nur die Halskrause erinnerte noch an seine apathische Phase. Hans-Martin hatte wieder einmal ganze Arbeit geleistet. Beim Röntgen war ihm aufgefallen, dass ein längliches Objekt an einer engen Stelle des Darms feststeckte. Kein Wunder, dass Helsinki nichts mehr fraß. Mit einem Darmverschluss war nicht zu spaßen, also musste Helsinki operiert und der Übeltäter entfernt werden. Hans-Martin hüllte ihn in ein Taschentuch und tat ganz geheimnisvoll, als er den Hund zurück zum schiefen Haus brachte.

»Er ist wieder der Alte«, sagte er feierlich. »Ratet mal, was er verschluckt hat?«

»Eine Maus?«, fragte Annu.

»Kalt.«

»Eine Espressotasse?«, fragte Kalle.

»Eiskalt.«

»Spuck es aus!«, beschwerte sich Kalle.

Hans-Martin lachte. Dann enthüllte er einen Tannenzapfen.

»Davon liegt hier eine ganze Armee herum!«, stöhnte Annu. »Haben wir jetzt einmal pro Woche ein Date in der Tierklinik?«

»Normalerweise knabbert er nur daran. Aber ihr könnt ja vorsichtshalber alle aufsammeln, bis der Hund älter und größer und weiser ist.«

Seitdem waren drei Tage ohne weitere Zwischenfälle vergangen.

»Denkst du, der Hund findet die Zapfen unter dem Schnee?«, überlegte Annu.

»Hoffentlich nicht.«

»Wir dürfen ihn nicht aus den Augen verlieren.«

»Das ist unmöglich.«

»Ich weiß, aber ich könnte ein paar Wochen ohne Notfälle vertragen.«

»Mir würden schon einige Tage genügen. Aber wir dürfen uns nicht zu viel erhoffen.«

»Warum?«

»Das macht unglücklich. Ganz wie die Finnen immer sagen: Besser in der Hand die Meise als den Birkhahn auf dem Baume.«

»Was ist unsere Meise?«

»Der Schnee, die Sauna und wir?«

»Das sind aber drei Meisen.«

»Stimmt.«

Annu bückte sich und formte einen Schneeball, den sie in hohem Bogen durch den Garten warf. Er landete auf der Windschutzscheibe des Volvos, direkt neben Bumerang und Helsinki, die daraufhin verwirrt aufsprangen und sich nach dem Ursprung des Schneeballs umsahen.

»Habe ich noch einen Wunsch frei?«, fragte Kalle.

»Kommt darauf an, was du willst.«

»Ich könnte ein paar Wochen ohne Sprichwörter vertragen.«

»Das ist leider unmöglich.«

»Warum?«

»Ganz einfach: Der Zapfen fällt nicht weit von der Kiefer.«

»Verstehe.«

Nun bückte Kalle sich und formte einen Schneeball, den er senkrecht nach oben in die Luft warf.

»Ich muss dir noch etwas sagen«, gab Kalle schließlich zu.

»Sätze, die so beginnen, mag ich nicht.«

»Diesmal ist es aber eine Überraschung.«

Sein Schneeball fiel genau zwischen ihn und Annu, streifte ihn dabei aber am Ohr.

»Es ist, als ob dir der Winter eine Ohrfeige gegeben hätte. So wie ich mag er keine Überraschungen.«

»Warum denn?«

»Von mir aus kann alles so bleiben, wie es ist.«

»Das geht nicht mehr.«

»Wieso?«

»Sie heißt Berta.«

»Aha.«

»Aber es ist nicht so, wie du vielleicht denkst.«

»Wie ist es dann?«

»Hans-Martin und ich haben sie vor dem Schlachter gerettet.«

»Du hast dir noch einen Vierbeiner angeschafft?«

»Nein, einen Zweibeiner.«

»Ein Huhn?«

»Knapp daneben. Zwischen den Zehen sind Schwimmhäute.«

»Eine Ente?«

»Größer.«

»Eine Gans?«

Er nickte.

»Hast du dir das gut überlegt?«

»Überhaupt nicht.«

Annu schüttelte den Kopf. Langweilig würde es nicht werden mit diesem ehemaligen Sanitäter, der sein Leben umkrempelte. Sie ging alleine zum Haus zurück. Kalle folgte ihr nicht, als würde er genau wissen, dass sie einen kurzen Moment für sich brauchte. In ihrer Jackentasche steckte noch immer die Karte von Aron. Sie hatte es noch nicht übers Herz gebracht, sie zu lesen. Eine unbestimmte Angst ließ sie davor zurückschrecken. Doch während um sie herum der Schnee so leise fiel, wie sie es am liebsten mochte, fühlte sie sich endlich bereit.

Annu, ich habe nicht auf dich gehört, schrieb er. *Du bist kein Saurier, hast du mal gesagt, du kannst nicht fliegen und nicht so hoch springen, und Schuppen hast du auch keine, also pass gut auf dich auf. Seit ein paar Tagen kann ich wieder laufen, aber ich bin schnell aus der Puste. Lars sagt, ich kann mir etwas wünschen. Das ist leicht. Können wir zusammen mit dem schnellen Zug nach Berlin fahren und ins Naturkundemuseum gehen? Wo die riesigen Skelette stehen. Bist du am Start?*

Aber sicher war sie das. In ihrem Kopf purzelten die Gedanken herum, sie wusste gar nicht mehr, was sie als Nächstes hatte tun wollen. Und dann war da noch dieser Fußballgesang, der sich breitmachte und zum Ohrwurm wurde: Berlin, Berlin, wir fahren nach Berlin. Sie lehnte erleichtert den Kopf in den Nacken, öffnete den Mund, so weit sie konnte, und ließ die Flocken hineinfallen.

»Was machst du?«, rief Kalle ihr zu.

»Ich esse den Winter.«

»Lass mir noch etwas übrig, ja?«

»Vielleicht.«

Er kam wieder näher und legte den Arm um sie. Und dann sagten sie wieder gar nichts mehr. Kalle sah Annu an. Und Annu sah Kalle an. Erst als es laut krachte, schreckten sie auf. Helsinki war hinter Bumerang hergelaufen und irgendwie mussten die beiden in ihrem Übermut die Orientierung verloren haben. Oder fühlten sie sich mittlerweile einfach wie der Mittelpunkt der Welt? Das Schaf war mit Topspeed gegen den Zaun gerannt, in dem nun eine Lücke klaffte. Helsinki sprang hinterher. Fort waren sie. Annu schrie auf und wollte ihnen nach, aber Kalle hielt sie am Ärmel fest.

»Die kommen wieder«, sagte er. »Ganz bestimmt.«

Danksagung

Ich danke meiner wunderbaren Agentin Andrea Wildgruber und dem tollen hanserblau-Team rund um Anna Riedel, Kristin Rosenhahn und Ulrike von Stenglin. Ich würde euch am liebsten ein Schaf schenken!

Danke an Julia Monge Duarte für die Hilfe beim Feinschliff, Daniel und Marlen Sahm für die medizinische Beratung rund um komplizierte Brüche, Katharina und Stefan Hader für die Last-Minute-Unterstützung, Ann-Kathrin Kunz für die Tannenzapfen-Geschichte, Anika Landsteiner für die Schreibpausenkaffees, Katharina Böttger für das zweite Wohnzimmer in der Shotgun Sister Coffeebar und Stephan Sahm für den weltbesten Faktencheck und alles andere.